A MAUN ESTADO DE GRACIA MATEMÁTICO

LIBROS UNO Y DOS FRAGMENTO: FUSIÓN FINALE

Cathy McGough

Stratford Living Publishing

LO QUE DICEN LOS LECTORES...

DE LOS EE.UU:

«¡Brillante! Se trata de una novela juvenil altamente creativa. Es una historia de imaginación salvaje, aventuras fantásticas y conceptos alucinantes sobre la naturaleza del universo».

«Grace es un tipo diferente de heroína y éste es un tipo diferente de relato distópico juvenil. A primera vista, Grace es bastante anodina, aparte de ser un prodigio de las matemáticas. Después de un accidente, empieza a hacerse evidente que las cosas podrían no ser lo que parecen en la superficie. Me gustaron las capas de esta historia. Un relato único que da gusto leer».

«La primera parte se lee como una novela de misterio, lo que hace que quieras seguir pasando las páginas. Hay muchas escenas románticas. También me ha gustado el humor que hay por todas partes. En general, hay mucho de lo que disfrutar, incluyendo grandes personajes, elementos fantásticos y una gran escritura descriptiva».

«Hay una cualidad flotante en la historia que dobla la mente para abrir posibilidades».

DESDE EL REINO UNIDO:

«Una escritura excelente y una trama apasionante hacen que esta novela avance a un ritmo soberbio».

«Una chica friki, un chico deportista... lanzados a un mundo caótico de vientos extraños, terremotos y enfrentados a ser los únicos seres vivos que quedan en el mundo. Una historia de supervivencia y amor».

ÍNDICE

CITA

"Creo que mientras nos acercábamos,
antes de hacer contacto,
estábamos en un estado de gracia matemática».
Ian McEwan, *AMOR SIN FIN*

PARA MABEL Y MICHAEL CON AMOR

LIBRO UNO: FRAGMENTO

CAPÍTULO 1

A Grace Greenway, de dieciséis años, le gustaba dormir hasta tarde, sobre todo los días de colegio.

Su madre, Helen Greenway, abrió la puerta con fuerza y entró. Las dos cabezas de sus zapatillas de koala la guiaban. Las cabezas susurraban mientras avanzaban por el fresco suelo de madera.

Cuando Helen llegó al otro lado de la habitación, bajó la guardia. Se quitó el pañuelo lleno de perfume con el que se había estado tapando la nariz. El aire de la habitación estaba maduro debido a los experimentos de la noche anterior, que por su olor tenían algo que ver con el azufre.

Cuando llegó a la ventana, Helen abrió el cristal de par en par. Sacó la cabeza al exterior y se llenó los pulmones de oxígeno puro del exterior. Refrescada, descorrió las cortinas. Helen se señaló a sí misma y a sus zapatillas en dirección al bulto de la cama: su hija, Grace.

Al otro lado de la habitación, el ordenador de Grace hizo acto de presencia al sonar una alarma. Empezaron a parpadear números aleatorios en la pantalla. Los leyó en voz alta con una voz parecida a la de Stephen Hawking.

Helen consideró el significado de dichos números. No tenían mucho sentido para su cerebro no orientado a la matemática. Sus zapatillas con cabeza de koala se inclinaron hacia ella, fingiendo comprensión. Helen cruzó la habitación, mientras las cabezas de koala asentían y susurraban entre sí. Helen no tenía ni idea de matemáticas. No tenía ni idea de quién había heredado su hija los genes numéricos. Helen consideró esta transferencia genética mientras estudiaba el capullo de su hija.

«¡Es hora de despertar, amor!» dijo Helen.

Grace se movió un poco y echó las mantas hacia atrás. Se estiró y bostezó sin abrir los ojos.

«Buenos días, dormilona», dijo Helen mientras besaba a su hija en la frente.

«Buenos días, mamá», contestó Grace, abriendo por fin los ojos.

«¡El autobús llegará en quince minutos! Tienes que ponerte en marcha. Prepararé algo para que comas en la carrera».

«Vale, mamá», dijo Grace mientras se despegaba de las sábanas. Se sentó, sólo para caer de nuevo contra la almohada. Tenía tantas ganas de volver a su estado de ensueño, al estado mental de Vincente Marino.

«¡Vamos, Grace!» Reiteró Helen mientras se dirigía a la puerta. «¡Baja en cinco minutos!».

Grace susurró el nombre de Vincente en voz alta, en voz baja, casi como si imaginara que él pudiera oírla. Se lo imaginó trepando por la celosía de la ventana. Tap-tap-tapping.

El sonido de su ordenador la hizo despertarse. Se quitó el sueño de los ojos. Miró el camisón que llevaba puesto. Lo odiaba, con su encaje blanco y su lazo rojo. Era absolutamente virginal.

Grace pasó el dedo por el lazo rojo y éste se le clavó en la carne. Le dolió muchísimo, como un corte de papel, pero la cinta era de tela. La desató de su camisón. Vio cómo caía al suelo, seguida unos segundos después por gotas de sangre carmesí.

Grace se chupó el dedo sangrante, pero siguió goteando al suelo. Se mezclaba con la cinta roja, que se retorcía como una serpiente. Cerró los ojos y se dejó caer sobre la almohada. Pensó en Vincente Marino. Estaba impaciente por verle hoy.

Grace se acercó al borde de la cama, donde habían estado las gotas de sangre, pero ahora ya no estaban. Encogiéndose de hombros, recogió la cinta roja. Grace volvió a atarla al cuello de encaje de su camisón y se dirigió al cuarto de baño.

Helen gritó otro recordatorio desde abajo, pero Grace no hizo caso. En lugar de eso, cerró la puerta tras de sí y, con un bostezo, dejó caer el camisón blanco sobre el frío suelo de baldosas.

Grace se inclinó hacia la ducha y abrió el grifo del agua caliente. Dejó que el vapor subiera mientras miraba hacia atrás por encima del hombro. Su camisón, amontonado en el suelo, parecía casi un espíritu que había ido y venido.

Luego se metió en el agua caliente y humeante. Sólo caliente, nunca fría. Se lavó el pelo, la cara y el resto del cuerpo, y luego dejó que el agua caliente cayera sobre ella.

Cuando estuvo tan caliente como un bollo de mantequilla, cerró el grifo y retrocedió. Abrió el grifo del agua fría, contó hasta tres y se metió en ella. La sacudida fue como una reacción química, una descarga eléctrica. En ese momento se sintió más viva. Todos sus sentidos estaban en sintonía. Era casi como si hubiera vuelto a nacer.

Grace contempló el agua en su viaje por el desagüe. Se dio cuenta de que la corbata roja había caído al desagüe. Atrapada en el remolino, daba vueltas y más vueltas.

Estiró la mano y cogió la cinta roja, haciéndola una bola en la palma de la mano, para escurrir el exceso de agua. Al abrir el puño, cobró vida y tomó forma.

Intrigada, repitió el proceso: Arruga la cinta, cierra el puño, abre el puño. Ver de nuevo el resultado. Una y otra vez. Y otra vez.

Siempre sucedía lo mismo.

Una y otra vez, se moldeaba con la misma forma: la forma de un corazón.

CAPÍTULO 2

Grace tiró el camisón al cesto de la ropa sucia. Empezó a vestirse con el uniforme del colegio, subiéndose la falda todo lo que podía. Todas las chicas del colegio lo hacían para que les quedara más corto de lo normal. Cuando su uniforme estuvo aceptable, volvió a su habitación y empezó a secarse y cepillarse su largo pelo castaño.

Miró por encima del hombro la pantalla del ordenador: Sigue buscando. Grace esperaba que encontrara la respuesta de la noche a la mañana. Lo había programado con un objetivo: encontrar la siguiente secuencia de Fibonacci. Si tenía éxito, el nombre de Grace Greenway quedaría registrado en los libros de historia. Su descubrimiento rivalizaría con la media áurea.

Grace sonrió y se colocó el pelo en su sitio. Recordó su apodo para Vincente Marino. Le llamaba su media de oro. Era su pequeño secreto.

Para terminar, rebuscó en el cajón donde escondía el maquillaje y la brocha. Se puso base y un poco de colorete. Grace se roció un poco de perfume en el cuello antes de bajar las escaleras. Esperaba pasar desapercibida ante su madre. Esperaba que su madre no se diera cuenta de la falda acortada o de cualquiera de sus otros acentos de esta mañana. De lo contrario, habría drama.

El conductor del autobús tocó la bocina en la acera y Grace echó a correr. Cogió sus libros y una tostada mientras pasaba volando junto a su madre. Salió por la puerta sin que su madre la viera, subió las escaleras y subió al autobús.

Helen observó a su hija subir al autobús, sabiendo perfectamente que su falda era más corta de lo debido.

Helen siguió observando cómo su hija se dirigía hacia la parte trasera del autobús. Recordó la primera vez que se quedó allí mirando cómo subía su hija al autobús. Helen había querido caminar hasta el autobús con su hija. Grace estaba tan emocionada y decidida a convertirse en una niña grande que quería hacerlo sola. Helen lo recordaba como si fuera ayer: cómo su hija estaba dispuesta a cortar el cordón umbilical. Helen no estaba preparada para el dolor abrumador que le desgarraba el corazón. Siguió el autobús en su viaje con la mirada hasta que ya no pudo verlo. Una lágrima rodó por su mejilla. Helen la apartó.

En el autobús, Grace encontró su asiento habitual y abrió su libro. Se escondió detrás del libro de texto como si fuera una pared, un disfraz. Allí podría esperar la llegada de Vincente Marino, de incógnito.

Mientras el autobús avanzaba por la carretera, Grace perdió por un segundo la noción de dónde se encontraba. Volvió a la realidad cuando Vincente Marino subió a bordo.

Grace se incorporó entonces, como si una descarga de adrenalina la hubiera atravesado. Sujetó un libro de texto delante de ella como si fuera un escudo. Por dentro, su corazón latía y latía con tanta fuerza que era casi como si le hubieran salido alas y estuviera a punto de emprender el vuelo. El pulso le latía con fuerza y tenía que pensar cada vez que respiraba.

Vincente se movía de asiento en asiento, chocando las manos y saludando, hasta que el conductor del autobús le dijo que se sentara en un banco. Después de silbar tan alto que todos los perros del barrio debieron de oírlo, Vincente se deslizó en su asiento junto a su novia, Missy Malone.

Grace estaba enamorada de Vincente Marino, pero sólo lo quería de lejos. Sabía que estaba totalmente fuera de su alcance, pero al mismo tiempo tenía esperanzas. Creía que el amor era una ecuación matemática. Creía que el amor verdadero estaba predeterminado.

Era como cualquier otra fórmula matemática: sólo tenías que buscar. Buscarla hasta encontrar la media áurea perfecta. Con todos los números de la secuencia correcta en su lugar, el universo conspiraría para que dos personas se enamoraran. Grace Greenway esperaba que su media de oro encajara en la secuencia. Entonces, ella y Vincente Marino se encontrarían en el estado perfecto de amor.

Grace levantó la vista de detrás del libro de texto. La voz de Vincente flotó hacia ella. Vio cómo su pelo rubio brillaba al reflejar la luz del sol. Sus mechones dorados le rozaban los hombros. Se rió y susurró algo al oído de Missy, y luego se volvió en dirección a la parte trasera del autobús.

El corazón de Grace se detuvo cuando sus miradas se cruzaron durante una fracción de segundo. Sus mejillas se tiñeron de carmesí. Volvió a cubrirse la cara con el libro de texto, como una cortina. Grace aún podía ver sus pies, sus zapatos. Entonces las zapatillas deportivas de Vincente Marino tocaron las suyas. Ella bajó el libro, y los ojos cobalto de él se clavaron en los ojos avellana de ella. Tosió cuando por fin se acordó de respirar.

«Hola, Grace», dijo Vincente. «Me preguntaba si podrías salvarme la vida».

Ella asintió.

«El partido de anoche se alargó, y luego tuvimos que salir a celebrarlo, es decir, ¡ganamos! Ya sabes cómo es».

«Sí, lo sé», susurró ella.

«Y luego, esta mañana, me di cuenta de que no había hecho los deberes de matemáticas, y ya sabes que el viejo señor Dense la tiene tomada conmigo. Le encantaría echarme del equipo».

«Sí, lo sé.»

«¿Grace?» Ella respiró hondo cuando él dijo su nombre, mientras él continuaba. «Si pudieras encontrar en tu corazón el prestarme tus deberes, estaría siempre en deuda contigo. Me salvarías la vida».

Ella metió la mano en su bolso sin dudarlo.

«Te lo devolveré antes de clase». Entonces hizo el movimiento de cruzarse el corazón y esperar la muerte. Sonrió en su dirección. «Gracias, nena», le dijo, lanzándole un beso mientras guardaba el libro en la mochila. Vincente volvió a su asiento, donde Missy Malone vigilaba su interacción.

Los ojos de Grace y Missy se cruzaron durante un segundo por encima del hombro de Vincente. Las dos no eran rivales. Missy sabía que Grace no era una amenaza, pero podía ver que la pobre idiota estaba prendada de su Vincente. Todo el mundo sabía que le seguía a todas partes como un cachorro callejero.

Grace volvió a colocar la barrera de libros de texto y sonrió para sí misma. De hecho, lucía la sonrisa más grande y estúpida posible. Estaba tan emocionada porque volvería a hablar con Vincente. Ni siquiera pensar en Fibonacci podía distraerla.

Entonces se dio cuenta de que el autobús se había detenido y todos los pasajeros se habían metido en el pasillo. Ella también lo hizo, metiéndose hasta situarse justo detrás de Vincente. Dejó salir a Missy delante de él. El aroma de la colonia de Vincente llegó hasta ella. Grace lo respiró, lo respiró a él.

En cuanto salió a la luz del sol, los rayos besaron el anillo de oro sangriento de su dedo y, por un momento, la cegaron. Chocó con él, pero a él no pareció importarle. Se rió y le dirigió una sonrisa con dientes.

Grace se olvidó de respirar.

Missy Malone ululó, pasó su brazo por el de Vincente y se lo llevó.

Grace llegó a su taquilla. Respiró hondo y metió la mochila dentro. Echó un vistazo a su horario matutino: Estudios Aborígenes Indígenas, Matemáticas, Arte, luego Almuerzo, seguido de más Arte, Inglés, Repuesto. Podía ir a ver el partido.

Sonó el timbre. Cerró la taquilla de un portazo. Corrió por el pasillo y se sentó junto a las ventanas.

Su profesora, la señorita Smart, pasó lista y presentó a un invitado especial. La invitada era una mujer de la Generación Robada.

Contó a la clase cómo fue raptada. Luego fue adoptada por una familia blanca. Cómo no se le permitió practicar o seguir las tradiciones del pueblo Gadigal.

Grace sintió pena por ella. Después de todo, ningún niño debería ser abandonado, y mucho menos robado. Ningún niño debería ser excluido de su propia historia. Era absurdo.

Grace no podía entender por qué los padres de la mujer lo habían permitido. Grace imaginó la situación desarrollándose en su casa. Extraños apareciendo. Exigiendo que se la llevaran. Los padres de Grace habrían contratado a todos los abogados de la ciudad y detenido la situación antes de que empezara. Pensó en hacerle esta pregunta a la mujer. Otra compañera se le adelantó.

La mujer recordó que el hombre blanco había traído armas consigo, incluidas pistolas. Sus padres sabían que se derramaría sangre si se resistían, así que no lo hicieron. Decía que no tenía sentido luchar, porque llevarse a los niños había sido sancionado por la ley.

«No ocurrió sólo en Australia», explicó la mujer a la clase. «Les ocurrió a los aborígenes canadienses y a los nativos americanos, a los indígenas neozelandeses y a muchos otros pueblos en diferentes lugares de todo el mundo. Cada caso era diferente, pero estas cosas terribles cambiaron a nuestras familias para siempre».

Aunque Grace sentía empatía, creía que la mujer debía olvidar el pasado y seguir adelante. Ella creía que la vida era como una fórmula matemática. Había que seguir buscando y moviéndose siempre. Reconfigurando. Progresando.

Grace se dirigió a la clase de Matemáticas, donde Vincente le pasó los deberes justo a tiempo para entregarlos. El Sr. Dense era el tipo de profesor que lo hacía todo según las normas. Pareció alegrarse cuando Vincente Marino fue el primero de la fila en entregar los deberes.

Hoy se repasaba Fibonacci en clase. Como Grace Greenway, de dieciséis años, era una niña prodigio reconocida, su profesor la despidió antes de tiempo. Grace pasó el tiempo libre estudiando en la biblioteca. Fue a sus otras clases, a comer, a inglés. Luego volvió a la biblioteca para su periodo libre hasta la hora del partido.

Después de leer y elegir un montón de libros de texto, se dirigió al campo para ver el partido de críquet. En ese momento, Vincente Marino salió a batear. El público del instituto prorrumpió en un tumultuoso aplauso.

Grace, distraída por el blanco uniforme de críquet de Vincente que reflejaba la luz del sol de la tarde, perdió el control de su manojo de libros. Acunó los volúmenes y hizo malabarismos con ellos con la esperanza de recuperarse. Sin embargo, su determinación de permanecer erguida acunando las obras completas de modelos matemáticos: Sophie Germain, Hypatia, Lise Meitner y Mary Somerville, no pudo ser. Cuando los libros cayeron al suelo, ella también fue derribada en más de un sentido.

✳✳✳

CUANDO GRACE VOLVIÓ EN SÍ, todo estaba borroso y nublado. Estaba mareada y tenía ganas de vomitar. Le dolía mucho la cabeza. Era como si su cerebro intentara salir de su cabeza. «¡Todo el mundo atrás!» gritó alguien, »¿Grace? ¡Grace! ¿Grace? ¡Háblame, Grace! ¿Puedes oírme?»

Cuando abrió los ojos y miró al cielo, un ángel la llamaba por su nombre. Grace se preguntó si estaría muerta. ¿Podría haber muerto y haberse trasladado a otra dimensión? Se negó a creer que fuera cierto, cerró los ojos y volvió a abrirlos. Un chico flotaba sobre ella con un halo tan grande como el sol.

«Lo siento mucho, Grace», le dijo cogiéndole una mano.

Una multitud se había reunido alrededor, empujando y gritando. Creando un caos adolescente general.

Grace podía ver cómo se inclinaban sobre ella, algunos con sus caras de risa boca abajo. En su cabeza, había un zumbido constante. Si no fuera por una cara conocida, la del joven, se habría sentido o asustada.

Intentó ser valiente y levantarse. Sus piernas no cooperaban. Se agitaban y bamboleaban como espaguetis demasiado cocidos. En sus oídos prevalecía el sonido del océano.

Volvió a sentarse y apoyó la cabeza en el pecho del joven. A él no pareció importarle.

CAPÍTULO 3

EL ROSTRO DEL MUCHACHO se acercó al de Grace, de modo que los rayos del sol disiparon la forma de su halo. Ella podía sentir su aliento dulce y canela en su cuello. Grace sabía lo que él quería. Giró su cuello desnudo hacia él. Le dio permiso para morderla. Para saborearla.

«¡Que alguien llame a Triple Cero!», gritó el chico mientras levantaba a Grace y sujetaba su cuerpo.

Grace se sintió mal. Se había propuesto seguir un programa de adelgazamiento. No era precisamente ligera como una pluma. Apoyó la cabeza en su pecho esperando oír los latidos de su corazón. Lo único que oía era el rugido del océano.

Grace le miró a la cara. Parecía tan preocupado.

Juntos, se movieron entre los murmullos y susurros de la multitud. Hacia un lugar tranquilo. Finalmente, subieron unas escaleras y atravesaron una puerta giratoria. Entonces, Grace Greenway se tumbó en un mullido catre en una habitación que olía a antiséptico y calcetines de gimnasia. Empujó la cara hacia él, tratando de recuperar su canela-y-o.

«Esta es la sala de enfermeras. Espera aquí. Iré a buscar ayuda».

«No me dejes», dijo ella. «Por favor, no me dejes.»

«¡No respira!», gritó alguien a tiempo para recordárselo.

Pronto, Grace volvió a sentirse ella misma. Sólo deseaba que las olas dejaran de golpear las costas de su mente.

«¿Puedes oírme?», preguntó una mujer. Grace asintió. «Soy la enfermera Hands».

«Enfermera, 5. ¡Manos, 5-maravilloso!» Exclamó Grace.

«¡Está delirando!» Dijo la enfermera Hands. Palpó el pulso de Grace y su frente, y luego miró a Vincente y sacudió la cabeza.

«No, está pensando en la clase de matemáticas. El señor Dense la dejó ir temprano. Estábamos haciendo Fibonacci», explicó Vincente.

«¿Sabes cómo se llama?»

«Sí, ella es Grace. Grace Greenway».

Grace estrujó la camisa de Vincente en la palma de su mano.

«Realmente necesito volver al juego».

«Grace», dijo la enfermera Hands, »estamos esperando a la ambulancia. Vincente necesita volver al partido. Por favor, suéltale la camiseta».

Grace gritó: «¡No me dejes!».

Vincente volvió a arrodillarse a su lado y la miró a los ojos.

Se quedó.

Ella suspiró.

Y entonces todo se volvió negro.

CAPÍTULO 4

E N EL HOSPITAL, LA enfermera se detuvo junto a la cama de Grace y comprobó sus estadísticas vitales. Por el momento estaba estable. La enfermera volvió a colocar las mantas sobre los brazos de Grace. Recogió la bandeja de vasos de agua sin usar y se detuvo un momento para mirar al joven del uniforme de críquet, que dormía profundamente en la silla bajo la ventana.

Vincente no se había separado de Grace desde su llegada inconsciente. Al salir, miró el reloj y calculó que le quedaban seis horas más de turno. Le encantaba su trabajo, pero éste iba a ser un día largo.

De vuelta en la habitación de Grace, la paciente empezó a agitarse y a moverse. Pronto descubrió que estaba encadenada a la cama por una serie de máquinas ruidosas.

Estaba en la habitación de un hospital. ¿Por qué estaba aquí? ¿Cómo había llegado hasta allí? Cerró los ojos e intentó concentrarse. Intentó recordar, pero no le vino ningún recuerdo.

Ansiosa por liberarse del bip-bip-bip y del goteo-goteo-goteo, Grace intentó incorporarse. Al no poder cumplir este simple deseo, se arrojó de nuevo sobre la almohada. Sintió un intenso deseo de salir corriendo.

¿Por qué estoy aquí? pensó Grace. ¿Y por qué me ha abandonado todo el mundo?

Grace se fijó en un chico que estaba profundamente dormido en la silla junto a su cama. Después de todo, no estaba sola, y se abrazó a sí misma lo mejor que pudo con las máquinas sujetas a su cuerpo.

Ahora se sentía más feliz, sabiendo que alguien estaba allí. Que a alguien le importaba.

Aunque no podía verle la cara, observó cómo su pelo rubio se movía con cada respiración. Dormía profundamente. Grace siguió mirándolo, y también el uniforme blanco que llevaba. Se preguntó si trabajaría en el hospital. Parecía extraño que un miembro del personal se quedara dormido al lado de un paciente.

Grace se sintió extraña cuando miró los brazos cruzados del chico y su cabeza de pelo rubio suelto.

Pasaron unos instantes y ella siguió mirando. Entonces, casi como si hubiera sentido sus ojos sobre él, el chico se despertó sobresaltado. Se echó el pelo hacia atrás, revelando el rostro de un ángel.

Grace se tapó la boca con la mano. Era impresionante. El chico se levantó y se acercó a ella.

Grace no podía respirar. A medida que se acercaba, sus ojos azul oscuro hacían que su corazón latiera cada vez más deprisa. Creyó que iba a desmayarse. Y entonces él habló. «¡Estás despierta, Gracie! ¡Gracias a Dios! Estaba tan preocupada. Estábamos muy preocupados».

«Sí», dijo ella, sin saber qué más decir. No era un miembro del personal. Significaba algo más para ella, podía sentirlo en su corazón y lo sabía en lo más profundo de su mente. Pero, ¿quién demonios era?

Le tendió la mano, esperando que la cogiera. No lo hizo. En lugar de eso, retrocedió un paso. Ella retiró la mano de mala gana.

El chico seguía mirando a Grace, como si esperara algo. Tras el despiste de «Quiero cogerte la mano», se protegió. Se metió las manos en los bolsillos. Al cabo de unos segundos, volvió a sacarlas.

Grace sintió calor y frío simultáneamente.

«¿Estás bien?», preguntó. «¿Te duele algo?

Grace esperó y pensó antes de responder. Quería que su respuesta fuera sucinta, pero no cortante. Cómo se sintiera no importaba. Lo que quería saber era por qué estaba aquí. Lo que quería saber era quién era él.

«Lo que más me duele es la cabeza. Es como si todo me doliera al mismo tiempo, si eso tiene sentido. ¿Y a ti?»

Esbozó una sonrisa que revelaba unos dientes blancos y deslumbrantemente perfectos. Grace pensó que sus dientes debían ir acompañados de una advertencia: SE NECESITAN GAFAS DE SOL. Se pasó los dedos por el pelo y sus miradas se cruzaron.

Grace sintió una energía procedente de él que la golpeó primero directamente en el pecho y luego pareció rebotar en las paredes. Si no hubiera estado ya tumbada, la habría hecho perder el equilibrio. Estaba enamorada. De eso estaba segura. Pero él actuaba de forma extraña. Como si no supiera qué decir o qué hacer. Era como si quisiera tenderle la mano pero no supiera cómo. «Estoy bien, gracias», dijo. Parecía Winnie the Pooh con la mano atrapada en el Honeypot.

Grace volvió a caer de espaldas sobre la almohada, sin romper el contacto visual con el chico. Quería hacerle preguntas, muchas preguntas, pero ¿por dónde empezar? ¿Debía soltarlas? Parecía tan incómodo. ¿Por qué?

Ajustó su posición en la cama. Ahora estaba un poco inclinada hacia él, con la cabeza apoyada en un brazo -todo lo apoyada que se puede estar cuando se está conectado a máquinas- y le hizo un gesto para que se acercara.

Se detuvo y se miró los zapatos. Luego avanzó arrastrando los pies. Ella sabía que él no iba a ofrecerle ninguna información, lo intuía, lo sentía, pero tenía que saberlo. Perdía el tiempo. «¿Qué me ha pasado?», soltó por fin.

El chico retrocedió un poco, empezó a decir algo y se detuvo. Abrió la boca y volvió a cerrarla, como un pez.

Grace intentó ayudar con preguntas más contundentes. «¿Qué hago en este hospital? ¿Cómo he llegado aquí?

Permaneció en silencio, pasándose los dedos por el pelo.

Grace continuó, impertérrita: «¿Y quién eres tú?».

CAPÍTULO 5

EL CHICO PARECÍA ANGUSTIADO ante la pregunta número uno y preocupado por la dos y la tres. La pregunta número cuatro provocó la reacción más sorprendente.

Todo el mundo sabía quién era Vincente Marino, y Grace Greenway lo sabía especialmente. La vio ponerle ojitos de cachorro. A veces, cuando pensaba que él no miraba, le seguía por el colegio. Incluso lo hacía cuando estaba con su novia, Missy Malone. Entonces, ¿le estaba tomando el pelo? Vincente estaba bastante seguro de que estaba jugando con su cabeza.

Se acercó a ella y la miró a los ojos color avellana, penetrando en su alma. Necesitaba saber qué estaba tramando. Quería saber si le estaba engañando o jugando, pero Grace no parpadeó ni reveló nada.

Grace no tenía ni idea de quién era.

Cuando el chico la miró a los ojos, Grace se preguntó si se había equivocado de persona. ¿Quizá él tampoco sabía quién era? Después de todo, era rubio.

«Soy Vincente -dijo, sin dejar de mirar a Grace a la cara en busca de una señal de reconocimiento. Como no lo hizo, volvió a repetir su nombre. De hecho, casi lo cantó: «Vincente Marino».

A Grace se le puso la carne de gallina en los brazos y se estremeció. No reconocía su nombre, pero algo en lo más profundo de su ser se agitó. Tal vez fuera el tono de su voz.

Repitió su nombre en voz alta. Nada despertó ningún recuerdo. La piel de gallina empezó a desvanecerse. Intentó deletrear su nombre, haciendo rodar cada letra en la lengua como si estuviera tanteando el terreno en la oscuridad:

«V- I-N-C-E-N-T».

«Yo deletreo el mío con una *e al* final», dijo Vincente. Explicó cómo le pusieron el nombre de uno de los navegantes de Cristóbal Colón. Al principio, sus padres querían llamarle Cristóbal. Cuando su madre se lo dijo a su tía, sin saber que también estaba embarazada, ésta le robó el nombre. Sus padres eligieron otro nombre para él, Vicente, por Vicente Pinzón. Cuando le vieron, cambiaron de opinión y le llamaron Vincente.

«Es interesante», dijo ella. «Pero, en realidad, ¿quién eres tú para mí?».

«¿No estarás de broma?» preguntó Vincente. «¿De verdad no te acuerdas de mí?».

«No estoy segura. Percibo algo en ti, pero... ni siquiera recuerdo mi propio nombre».

«Es Gracia. Tú eres Grace».

«Pero hace un rato me llamaste Gracie».

«Sí, lo hice».

«¿Por qué? Si me llamo Grace..., ¿por qué me llamaste Gracie? No me gusta».

«Vale, entonces no volveré a llamarte Gracie nunca más».

Se echó hacia atrás, arrastrando de nuevo los dedos por sus mechones rubios. Seguía haciéndolo. Probablemente era un hábito nervioso. Grace también quería pasarle los dedos por el pelo. ¿Por qué tenía pensamientos como ése? Intentaba comprender lo que sentía. Las ráfagas frías y calientes. Intentaba darle sentido a todo aquello. De encontrar un recuerdo almacenado en algún lugar de su cabeza. Sin embargo, cada vez que él hacía eso, pasarse los dedos por el pelo, la distraía, le hacía temblar las rodillas como gelatina.

«¿De verdad y de verdad, con el corazón en la mano y la esperanza de morir, no te acuerdas de mí?» preguntó Vincente.

«Me parece una extraña elección de palabras. Teniendo en cuenta que estoy en el hospital y todo eso».

«Ah, lo siento. No había pensado. Por favor, intenta recordar quién soy, ¿vale? Me estás preocupando. ¿Quizá debería salir a buscar a alguien?».

«¿Estás preocupada? ¡Estoy asustada! Si dices que debería conocerte, entonces debe de haber un recuerdo tuyo almacenado en algún lugar de aquí atrás». Se golpeó la cabeza con el puño cerrado. «¿Por qué no puedo encontrarte aquí?».

Él le agarró la mano, impidiendo que volviera a golpearse. Acercó una silla a la cama y se sentó. Había decidido contárselo todo. Explicarle por qué estaba aquí, cómo todo había sido por su culpa. Cómo la había herido y la había llevado al hospital.

Cómo se sentó a su lado durante días mientras ella estaba de baja. Esperando. Rezando. «Yo soy la razón de que estés aquí».

«¿Me has hecho daño?»

«Sí, te he hecho daño».

Ella hizo una mueca. «¡Me has hecho daño!»

«Sí, pero fue un accidente. Juego al críquet. Estabas en el partido.

Hace tres días».

«¿Hace tres días?»

«Sí. Hace tres días, golpeé una pelota y te dio en la cabeza. Desde entonces estás aquí. He estado a tu lado. Esperando».

«¿Me golpeaste? ¿En la cabeza? ¿Y ahora he perdido la memoria?»

«Eso parece».

«¿Y después qué?»

«Te llevé a la enfermería de la escuela. Una ambulancia te trajo aquí».

Grace examinó su cuerpo. En su forma, no podía imaginarse que él la llevara en brazos. Estaba en forma, llevaba uniforme, sí, ¿pero cargar con ella? Imposible. «¿Me has cargado?»

«Sí.

Sintió el impulso irrefrenable de pegarle y abrazarle al mismo tiempo. Pero aún le dolía más la cabeza.

«Lo siento muchísimo», dijo.

El impulso de abrazarla anuló el de pegarle. «Fue un accidente, así que no tienes nada que lamentar».

«Gracias», dijo mientras inclinaba la cabeza. Grace alargó la mano para acariciarle como si fuera un buen perro.

Una extraña mujer se abrió paso en la habitación a través de las puertas batientes como un torbellino. Se dirigió hacia ellos. Pequeña de estatura pero enérgica, avanzó hacia ellos. Sus ajustados vaqueros azules hacían ruido y los tacones de sus botas chasqueaban en el antiséptico suelo del hospital.

La mujer miró a Vincente como si fuera un forúnculo a punto de estallar.

Habló en voz notablemente baja. Se ofreció a dejarlos solos. Antes de que tuvieran tiempo de responder, se levantó y salió.

«No te vayas», suplicó Grace, pero ya era demasiado tarde. Grace observó la puerta un momento, esperando que volviera. No lo hizo. Dirigió su atención hacia la extraña mujer. Se preguntó en qué clase de hospital se encontraba para permitir que los miembros de su personal fueran vestidos con vaqueros y botas.

«¿Y cómo estás, mi amor?», preguntó la mujer, y luego se inclinó y acercó los labios a la frente de Grace.

Grace lo consideró un gesto de excesiva familiaridad y así se lo dijo. «¡No hagas eso!», exclamó, "¿Quién te crees que eres?", preguntó mientras procedía a limpiar los gérmenes del lugar donde la mujer la había tocado con los labios.

«¿Qué quieres decir con quién soy?».

«¿Tú tampoco lo sabes?» preguntó Grace, ofendida por la falta de decoro y profesionalidad de la mujer.

«¿Quién soy yo?»

«¿Hay eco aquí?» preguntó Grace.

«¿Entonces de verdad, de verdad, no sabes quién soy?».

Grace se encogió de hombros. La mujer se dio la vuelta y salió corriendo de la habitación. Corría rápido para ser una mujer bajita con botas de tacón alto.

Mientras ella salía, Vincente entraba. Estuvo a punto de derribarlo. Grace se horrorizó al oír a la mujer chillar como una banshee en el pasillo.

Grace pensó que las puertas deberían ser giratorias y se lo dijo.

Vincente le dirigió una sonrisa, que hizo que su corazón volviera a agitarse.

Grace se preguntó en qué clase de hospital se encontraba. ¿Un psiquiátrico?

«¿Quién era esa loca?»

«No era ninguna loca. Era tu madre».

✳✳✳

«¿Mi madre? ¿Cómo es posible?» Grace hizo una pausa y se miró las manos. No podía dejar de mirarlas. ¿Qué era? Había algo que la acechaba. Algo importante. Tenía que recordarlo, fuera lo que fuese, pues podía intuir que era profundamente grave.

Entonces ocurrió. Estaba s volando por el aire, yendo deprisa en brazos de un ángel. Miró hacia arriba, al rostro que tenía sobre ella, y el sol entraba a raudales por detrás del ángel, creando un halo natural. Esforzó los ojos para descubrir su identidad, pero el rostro estaba borroso. Se preguntó si sería posible averiguar los rasgos de un ángel. Pensó que los rasgos de un ángel podrían no ser distinguibles para los vivos. ¡Eso era! Grace decidió que debía de haber tenido una experiencia cercana a la muerte.

Sujetó algo en el puño mientras volaba hacia delante, y se metieron en un túnel. Durante un segundo, estuvo oscuro, o ella había cerrado los ojos. Entonces levantó la vista y se reveló la identidad de su ángel. De hecho, no era un ángel: era el chico que estaba a su lado. Susurró su nombre repetidamente. Era como música, un zumbido. Un tamborileo dentro de su cabeza.

«¿Estás bien?» preguntó Vincente.

Gracia sonrió.

Volvió a preguntar: «¿Estás bien, Grace? ¿Quieres que llame a alguien?».

«Te lo agradezco», dijo ella. «¿Para qué?»

«Por ti, claro. Por ti, ángel mío».

Vincente se miró los pies. Procedió a meterse los puños en los bolsillos. Parecía muy preocupado, como si pensara que ahora sí que la había perdido.

Pensó que ya la había visto abandonarle, no en cuerpo, sino en espíritu. Había viajado lejos en su mente. Se sabía cuando alguien estaba «lejos», porque sus ojos se volvían vidriosos y soñadores.

Vincente deseó que volviera la madre de Grace Greenway para poder largarse de allí. Empezaba a darle escalofríos.

Entonces, de repente, Grace soltó: «Vincente, ¿eres mi novio?».

«¡No!», exclamó él, en un tono de voz que no podía malinterpretarse. Por si acaso, retrocedió aún más, hasta apoyarse de espaldas contra la pared.

Parecía absoluta y completamente mortificado. Grace estaba confusa. Su negación, aquella única palabra, la golpeó con toda su fuerza en el pecho. El signo de exclamación se sintió como el pico de un cuervo atravesándole el corazón. Se sentía herida, pero su confusión era abrumadora. Lo observó y esperó a que hiciera algo, a que dijera algo. Cualquier cosa.

«Mira, Grace, tienes que saber que no soy tu novio. Sólo te he traído aquí porque fui yo quien te hizo daño».

«Entonces, ¿sueles ser demasiado fría para hablar conmigo?».

«Grace, me has ayudado con los deberes de matemáticas y me has ayudado a seguir en el equipo. Te agradezco tu ayuda, pero...».

«Agradecida...» Se recostó en la almohada y cerró los ojos.

Quería desaparecer en la almohada de plumas.

Quería desaparecer de la habitación.

Permanecieron juntos, compartiendo el mismo espacio, aunque cada uno de ellos se sentía como una isla.

«Voy a buscar a tu madre, ¿vale? Creo que deberías estar con la familia». Se dio la vuelta y salió de la habitación.

Grace se sintió como una tonta. No sabía quién era, pero en algún lugar de su corazón sabía que le quería. Qué tonta había sido al soltarlo así. ¿Quizá le había amado de lejos? Tal vez estaba enamorado de otra y ahora se había avergonzado de decirle lo que sentía.

Volvió la cara hacia la almohada y sollozó.

****

GRACE QUERÍA CORRER TRAS Vincente Marino. Tiró de las máquinas en un vano intento de desabrocharlas cuando llegó la caballería.

«¿Qué demonios estás haciendo, Grace? exigió Helen Greenway.

«Has estado a punto de arrancártelos, tonta del culo», la regañó la enfermera.

Vincente, que había regresado, no dijo nada. Arrastró los pies y metió y sacó los puños de los bolsillos como si buscara monedas sueltas.

«Estaba...» Grace empezó.

No pudo terminar porque la enfermera empezó a inclinar y ajustar la cama. Grace perdió el equilibrio y cayó de lado, a punto de golpearse contra el suelo. Habría caído al suelo si Vincente no hubiera sacado los puños de los bolsillos y la hubiera agarrado.

Volvió a estrecharla entre sus brazos, como en su recuerdo. Era un regalo, un regalo de algún lugar de arriba, y una vez más, los recuerdos de Gracia volvieron. Los recuerdos afloraron como flashbacks. Vincente en el autobús escolar. Vincente jugando al críquet en el campo. Vincente sonriéndole, cogiéndole los deberes. Vincente, Vincente, Vincente. Inundaciones de recuerdos la inundaron, y de ellos, Gracia supo con certeza dos cosas.

Número uno: amaba a Vincente Marino. Número dos: él no la amaba.

Le miró a los ojos. Eran estanques vacíos de luz, que se inclinaban hacia ella, queriendo salvarla del mal, ser un héroe. Pero detrás de aquellos ojos azul oscuro no había amor. No había amor por ella.

Grace era el sol, extendiendo sus rayos, buscando la luna: el lado oscuro de la luna. Estaban en lados opuestos, girando una lejos de la otra.

«Ejem», carraspeó Helen, haciendo que Grace y Vincente parpadearan y se separaran.

«Verá, enfermera, se le ha ido completamente de las manos. No se da cuenta de lo grave que es su situación. De lo enferma que está». Helen empezó a llorar. No pequeñas lágrimas. No, casi un torrente de sollozos desgarradores.

«No pasa nada, mamá», dijo Grace, mientras tendía la mano a su madre.

«¿Te acuerdas de mí?

«Por supuesto», dijo Grace, mintiendo. No la conocía ni la recordaba, como tampoco a la enfermera que seguía con la boca abierta.

«El médico está en camino», anunció la enfermera. Levantó el brazo de Grace y procedió a tomarle el pulso. «Tus constantes vitales son excelentes, pero necesitas descansar. Quizá sea hora de que tu amigo se vaya a casa. Él también necesita descansar».

Miró a Vincente.

La sutileza de su aprensión no pasó desapercibida para él.

«Sí, creo que debería irme». dijo Vincente. Se alejó unos pasos de la cama. Se pasó los dedos por el pelo. Volvió hacia la cama, como si esperara la aprobación de Gracia. «O podría quedarme, si tú quisieras».

«Sólo si tú quieres», dijo Grace con un atisbo de esperanza en la voz. Se dio cuenta de que sólo se quedaba por culpa, pero decidió que lo aceptaría de cualquier forma que él consintiera. «¿Quizá sólo hasta que me duerma?»

Helen charló con la enfermera como si fueran amigas perdidas hacía mucho tiempo mientras salían de la habitación.

«Saldrá en unos minutos», dijo la enfermera. «Le he dado suficientes sedantes para que duerma bien».

Helen miró a las dos y le dio un beso a su hija.

Grace pensó que a su madre le resultaba difícil dejarla allí sola con una desconocida. Su madre no se quejó. Lo llevaba como una cicatriz de guerra.

G RACE NO TARDÓ EN dormirse.

Vicente aprovechó para encender el móvil y llamar a su madre. Le había estado enviando mensajes de texto con información actualizada sobre el estado de Grace. Se negaba a separarse de ella hasta que estuviera seguro de que estaba fuera de peligro. Necesitaba ir a casa y darse una ducha, por no hablar de quitarse por fin el uniforme de críquet.

Pronto, Grace se sumió en un sueño muy, muy profundo, en el que imaginaba voces a su alrededor. Voces susurrantes. Luego las voces se hicieron cada vez más fuertes. Llenaron su mente de risas. Risas endiabladamente fuertes seguidas de gritos y arañazos, como si hubieran enterrado vivo a alguien. Las voces estaban atrapadas. Gritaban y arañaban, gritaban y arañaban.

Grace se despertó sobresaltada, con la frente sudorosa. La ropa de cama estaba húmeda y fría. Estaba desorientada. Demasiado asustada para abrir los ojos. Se preguntó si lo que había oído en sueños estaría ahora en la habitación con ella. Si abría los ojos, lo vería, y si lo veía, tendría que huir. Escuchó atentamente. Los únicos sonidos eran el tic-tac-toc y el deslizamiento del equipo médico.

Abrió los ojos mientras se repetía a sí misma: un deslizamiento, dos resbalones, tres tic-tac, cuatro tic-tac. Grace estaba sola. Empezó a temblar en la fría habitación. Necesitaba cambiarse de ropa. No podía llegar a donde tenía que ir, así que pulsó el botón del pánico. En unos segundos llegó la enfermera y la ayudó a ponerse una bata limpia.

«¿Tienes que... irte?», preguntó la enfermera. Ésta era más pequeña y amable que la otra, y sonrió amablemente. Grace se ruborizó mientras la enfermera le ponía la cuña debajo.

Después, Grace preguntó si podía acercarse más a la ventana. La enfermera empujó la cama hacia delante, manteniendo el equipo intacto. Corrió las cortinas, dejando entrar la luz del día. Su repentina intensidad cegó a Grace. Contempló las hierbas que se doblaban con la brisa. Miró hacia arriba, hacia el cielo azul, sin nubes. Después de tanto tiempo en el hospital, se sentía viva.

«Si necesitas algo más, dímelo -dijo la enfermera.

Grace tomó su mano entre las suyas y dijo: «Gracias».

Volvió a quedarse sola, pero esta vez miró más allá por el sendero. Vio un pequeño jardín de flores y, un poco más allá, un árbol. Junto a él, vio un trozo de papel que flotaba hacia arriba, burlándose a su paso. Más allá de las flores inmóviles, casi como si dijera: *¡Mírame! Puede que tengas pétalos bonitos y colores vibrantes, pero yo puedo hacer algo que tú no puedes hacer. Tú estás encadenada, pero yo puedo volar. ¡Mírame volar!*

El trozo de papel continuó su viaje. Grace lo siguió mientras volaba alto, más alto y más alto aún, hasta que ya no pudo verlo. Gracia se rió. Era como ver magia.

«¿Qué haces?» exclamó la madre de Grace cuando vio a su hija casi de pie. Helen Greenway echó a su hija de nuevo sobre la almohada y empujó la cama contra la pared. Luego metió a su hija en la cama. Grace agradeció los mimos. Pensó que podría evocarle un recuerdo, un recuerdo de la mujer que tenía delante. Pero, una vez más, no le vino ningún recuerdo.

CAPÍTULO 6

Espero que te sientas bien para una visita del Dr. Christiansson», dijo Helen. «Vendrá pronto para hablar de tu enfermedad».

«¿Tengo una enfermedad? dijo Grace.

«Sí que la tienes, Grace».

Grace se preocupó cuando el médico entró. Los saludó y acercó una silla. Se sentó un momento y luego se levantó. Tomó el pulso a Grace. Palpó la frente de Grace. «Hmmm. ¿Cómo te encuentras, Gracie?».

«Por favor, llámame Grace».

«Oh, perdona. Pues Grace. ¿Cómo te encuentras hoy?

«Me encuentro mejor. El dolor de cabeza ya no es tan fuerte, pero doctor, no recuerdo nada».

«¿Nada?»

Grace parecía avergonzada. No quería que su madre supiera que no la recordaba. Titubeó. «Tengo destellos de recuerdos».

«¿Reflejos?»

«Sí».

«Cuéntame más», dijo mientras rascaba notas en un portapapeles.

«Flashes, sobre todo de un chico. Vincente Marino», dijo Grace.

El médico miró a Helen con una ceja levantada.

«El chico. El que la golpeó con la pelota», dijo Helen.

«Ah, sí. Es normal, ya que fue la última persona que viste antes de perder el conocimiento». Vaciló, garabateó algo. Entonces recuerdas a tu madre, ¿verdad?

Grace había esperado y rezado para que no se lo preguntara. ¿Debía seguir mintiendo para contentar a su madre? Sabía que tenía que decirle al médico la verdad, toda la verdad y nada más que la verdad para que pudiera ayudarla. Negó con la cabeza. Helen empezó a sollozar.

El médico acarició la mano de Helen y luego centró su atención en la paciente. «Grace, has sufrido lo que llamamos una Lesión Cerebral Traumática. ¿Qué crees que significa eso?»

«No lo sé».

«Pues déjame que te lo explique», dijo el médico. «Te golpearon con una pelota de críquet». Vaciló y miró a Helen. Sollozaba tanto que le temblaba el pecho. Era evidente que intentaba controlar sus emociones.

Grace quería que fuera al grano.

«El impacto inicial de la pelota al golpearte, su fuerza, fue suficiente para causarte la lesión. Hay complicaciones. Complicaciones graves».

Primero una afección. Ahora complicaciones. ¿Qué más estaba pasando? ¿Peligraba su vida?

«Sí, complicaciones en forma de coágulos sanguíneos o aneurismas cerca del cerebro. La presión de los aneurismas podría estar causando tu pérdida de memoria. Esperamos que sólo sea algo temporal».

«¿Temporal?»

«Sí. Si entramos y los extirpamos, esperamos que todos tus recuerdos vuelvan. Pero la operación es extremadamente peligrosa».

«¿Quieres decir que podría morir?»

Los sollozos de Helen se hicieron más fuertes.

«Hablando claro, sí. Podrías morir si te operamos, Grace. Pero he aquí la cuestión: también podrías morir si no te operamos».

«¿Eh?»

«Los coágulos están creciendo, te causan dolor y pérdida de memoria. Son peligrosos. Pueden formarse más, aunque no sabemos cuándo. Por desgracia, no desaparecerán, a menos que revienten, se rompan y entren en tu torrente sanguíneo.»

«Entonces, ¿cómo me deshago de ellos?» preguntó Grace, intentando no llorar.

«Te damos anticoagulantes. Al final te operamos. Hoy mismo. O mañana. En cuanto des tu consentimiento. Haremos todo lo posible para deshacernos de todos ellos. Tenemos expertos a tu disposición. La cirugía es tu mejor oportunidad para sobrevivir y recuperarte por completo».

«¿Y si digo que no?»

«Tienes dieciséis años, así que tu madre puede firmar los papeles por ti. Realmente creemos que debes tomar la decisión y estar de acuerdo con ella. Será lo mejor para todos. Por eso te digo la verdad, sin rodeos».

«¿De verdad tengo elección?»

«Si dices que no, los coágulos seguirán rompiéndose cuando estén preparados para hacerlo. El resultado podría ser fatal, y sin previo aviso».

«¿Por qué no podemos esperar y operar más tarde? Si es necesario».

«Podemos. Depende de ti. Puedes esperar. Lo más probable es que cada día estés más fuerte, más sano. Pero nos estaríamos arriesgando. Si recaes, te debilitas, también pueden disminuir tus posibilidades de recuperación total.»

«Entonces, cuanto antes mejor».

«Grace, te lo estás tomando con mucha calma», dijo Helen, todavía sollozando. «Mi niña fuerte. Tan valiente». La abrazó.

«No quiero morir. Sólo tengo dieciséis años».

«Haremos todo lo que esté en nuestra mano para que salgas de ésta», dijo el médico.

«¿Cómo sabremos cuándo es más urgente?». preguntó Grace.

«Cuando estallen los coágulos, pasarás a nuestra lista de pacientes críticos. Te llevaremos inmediatamente al quirófano. En ese momento se convertirá en una situación de vida o muerte».

Grace luchaba contra las lágrimas. Quería vivir. No quería morir, no así. Necesitaba tiempo, pero el tiempo no estaba de su parte. Quería estar sola. Quería tiempo para sí misma. Tiempo para reflexionar. Tiempo para pensar.

«Te he dado mucho en qué pensar, Grace. Es mucho para un adulto, y mucho más para una adolescente. Habla con tu familia y tus amigos. Necesitarás su apoyo y su amor. Ah, y una cosa más. Tu enfermedad, los coágulos, pueden haber estado así durante algún tiempo. Quizá latentes durante meses, incluso años. Pueden haberte estado afectando emocionalmente. Haciéndote sentir cansada, dándote dolores de cabeza. Hasta que ese chico te golpeó con la pelota, no lo sabíamos. Ahora que lo sabemos, tenemos que considerar aquel accidente como un afortunado catalizador que te ayudó a recuperarte».

Grace no lo había pensado así. Asintió con la cabeza.

«¿Entiendes que pasar a la acción es imperativo?».

«Lo has dejado perfectamente claro, Doc».

«Buena chica», dijo él. «Habla con tu madre. Te quiere mucho. Luego descansa un poco. Piensa en ello. Volveré mañana para responder a cualquier pregunta que tengas».

Grace asintió. Helen se acercó más a su hija. «Y tú, Helen, descansa un poco. Grace necesitará tus fuerzas. ¿Cuándo dormiste por última vez?»

«Últimamente no duermo muy bien», admitió Helen.

«Haré que una de las enfermeras te dé algo que te ayude a dormir. Tienes que descansar, comer y cuidarte, no sólo por ti, sino por Grace».

«Sí, comprendo. Gracias, doctor Christiansson», dijo Helen.

Se dio la vuelta y se marchó. La madre de Grace estaba junto a la cama, sumida en sus propios pensamientos.

«Mamá, me gustaría estar sola un rato, para poder pensar».

«Pero no estás sola. No tienes que tomar esta decisión tú sola».

«Lo sé, mamá, y gracias».

Helen besó a su hija en la frente y salió de la habitación.

Por fin, sola, las lágrimas de Grace se desbordaron. Se abrazó a sí misma con fuerza. Se permitió sollozar.

$$* * *$$

EL AIRE DE LA noche estaba helado. Azotaba a su alrededor. Atravesaba su camisón, que ondeaba detrás de ella como un velo. Grace escondió la cara en el pecho de Vincente. Continuaron volando hacia arriba. Cada vez más alto. Hacia la oscuridad. Dejándolo todo atrás.

Gracia se estremeció.

Vincente la atrajo hacia sí. La rodeó con los brazos. La abrazó. Se sintió segura.

Era ahora. Ahora o nunca.

Se apartó el camisón de cuello alto del cuello y se desabrochó la corbata de encaje rojo. Se echó hacia atrás y le esperó. Esperó el dolor y el placer.

Vincente enseñó los dientes y ella empezó a caer. A la deriva.

Hacia abajo. Chocando. Abajo.

Podía sentirlo muy, muy profundo bajo su piel mientras caía en picado hacia el pavimento que la esperaba.

Abrió los ojos y gritó.

CAPÍTULO 7

C UANDO GRACE VOLVIÓ EN SÍ, alguien le estaba rodeando el cuello con las mantas. Sintió que una mano fría le rozaba la mejilla. El hombre preguntó: «¿Estás despierta?».

Grace abrió los ojos, tratando de concentrarse. Pudo distinguir sus ojos, profundos y color avellana. Sus mejillas le llamaron la atención, porque cuando sonreía, se extendían como las de un niño. Intentó frotarse los ojos, pero el hombre le había metido los brazos. No podía sacarlos de debajo de las mantas. Se sentía atrapada. No se sentía asustada.

«Grace», dijo él.

«No puedo sacar los brazos».

«Oh, lo siento mucho. Te he arropado demasiado», dijo mientras bajaba las mantas, permitiendo que Grace se frotara los ojos y se concentrara. Ahora notó que un segundo hombre más joven se acercaba a ella. Tenía los brazos cruzados sobre el pecho.

«Gracias».

«Grace, ¿quieres beber agua?».

«Sí, sería estupendo», dijo ella, mientras el hombre le servía un poco y le ponía el vaso en la mano temblorosa. La sostuvo, como un padre sostiene la mano de una niña cuando aprende a beber sola por primera vez. Cuando ella vació su contenido, él se la quitó y la colocó sobre la mesilla de noche. Esperó.

Grace miró alrededor de la habitación, sabiendo perfectamente que debería saber quiénes eran aquellas dos personas. Esperaban que lo supiera.

«Soy tu padre», dijo el hombre sonriente, "y éste es tu hermano mayor, Daryl".

Grace podía verlo ahora: el parecido familiar, los ojos color avellana.

Sí, tenía los ojos de su padre.

«Tu madre mencionó que quizá no nos recordaras», dijo. Acarició la mano de su hija. Daryl se acercó más, por el lado de la cama. Le tendió la mano a Grace.

«Tienes buen aspecto, hija -dijo Benjamin Greenway.

Grace se sintió incómoda y reconfortada al mismo tiempo. «Gracias».

«Estábamos muy preocupados por ti cuando nos enteramos». Su padre enjugó una lágrima. «Siento no haber podido llegar antes. Estaba de viaje de negocios, ya sabes».

«Lo comprendo.

«Pero nada es demasiado bueno para mi niña, y traeremos a los mejores expertos. Haremos todo lo posible para que vuelvas a ser normal».

«¿Normal?»

«Como eras, ya sabes... antes».

«Eh, gracias», dijo Grace, y luego arrastró los pies bajo las sábanas, despertándolas de un profundo sueño. Últimamente era así. Una parte de su cuerpo estaba despierta mientras otras partes dormían profundamente.

«Queremos que vuelvas a ser como antes -dijo su hermano. Se inclinó hacia ella y la besó en la frente. Sentía los labios fríos, como si acabara de beber un refresco.

«Estoy bien», dijo Grace. «Sólo cansada... y, por supuesto, está todo el asunto de la falta de memoria».

«Sí, es un fastidio no poder recordar a nadie ni nada». replicó Daryl. Luego tarareó un poco y se rió.

Incómodo.

Grace cerró los ojos un segundo y luego volvió a abrirlos.

Su padre y su hermano parecían algo cautelosos. Volvió a intentar evocar un recuerdo, cualquier recuerdo, pero no lo consiguió.

«Entonces, ¿has decidido seguir adelante con la operación?». preguntó papá.

«Aún no he decidido nada».

«Todo a su tiempo, querida, todo a su tiempo», dijo. Se acercó para tocar la mano de Grace. Cuando sus pieles se encontraron, ella esperaba sentir calor, pero la piel de él estaba fría.

«Ayer hablé con el médico», dijo su padre. «Le dije que hiciera todo lo posible. Le dije que el dinero no era problema. Le dije que recurriera a la artillería pesada. Que hiciera lo que fuera para recuperar a mi niña».

«Estoy aquí, papá», dijo ella, cuando Vincente asomó la cabeza por la puerta de su habitación.

«Pasa, Vincente», invitó ella, "no interrumpes".

Echó un vistazo a la habitación y caminó hacia ella. Se pasó los dedos por el pelo. Se metió las manos en los bolsillos de sus Levi's negros.

«Me gustaría presentarte a mi padre y a mi hermano, Daryl».

«¿Tu padre y tu hermano?»

«Sí».

«Eh, por eso no entré directamente. Me pareció oírte hablar con alguien».

Grace pensó que estaba actuando de forma muy extraña, casi hasta el punto de ser grosero.

«¿Quieres que llame a alguien? ¿A tu médico? ¿A una de las enfermeras? ¿Necesitas ayuda?»

«¿Qué quieres decir?» Grace se sintió muy enfadada con él, pero sonrió. «Papá, éste es Vincente Marino, el chico que me trajo al hospital. Daryl, éste es Vincente Marino. Vincente, mi padre y mi hermano».

Vincente miró a su alrededor. No había nadie en la habitación. Ni un alma. Pero la pobre e ilusa Grace creía que sí. ¿Debía seguirle la corriente? ¿Fingir? ¿Tenderle la mano? ¿Darle la mano imaginariamente? Vincente no era un profesional médico. No tenía ni idea de dónde buscar ni de qué hacer. No quería asumir la responsabilidad de llevar a Grace Greenway al límite. Ya le había hecho bastante.

«Iré a buscar al médico, ¿vale? dijo Vincente mientras se pasaba los dedos por el pelo.

«¿Por qué? ¿Porque te voy a presentar a mi familia? No es como si te pidiera que te casaras conmigo o algo así».

«¿Gracia? ¿Y si te dijera...?»

«¿Sí?»

«¿Y si te dijera que en esta habitación no hay nadie más que tú y yo?».

Grace miró a los ojos de su padre y luego a los de su hermano. La reconocieron con un movimiento de cabeza.

«¿Qué quieres decir? Están aquí mismo».

«Grace, ahora escúchame. Escúchame. Tu padre y tu hermano murieron en un accidente de coche. Fue un choque frontal. Hubo un funeral en la escuela».

«No pudieron morir», dijo Grace. «A menos, a menos... ¡Estoy viendo muertos!».

«Estoy seguro de que hay una explicación perfectamente inocente, Grace. Probablemente sólo sea un efecto secundario de la medicación para el dolor. Por favor, déjame pedir ayuda».

Grace tendió la mano a su padre. Él retrocedió. Buscó a Daryl. Él también retrocedió.

«Cariño, tenemos que irnos ya... ahora que Vincente está aquí. Volveremos en otra ocasión. En otro momento, cuando estés sola -dijo su padre. Él y Darryl retrocedieron contra la pared. Desaparecieron.

Grace se tapó los ojos y empezó a gritar. Y a gritar y a gritar.

$$* * *$$

CUANDO POR FIN LLEGÓ el personal médico, ya era demasiado tarde. Grace ya había sacado algunos de los tubos.

Después de que le dieran un sedante, se calmó enseguida. Pronto se quedó dormida.

Vincente permaneció al lado de Grace hasta que llegó Helen. Le explicó lo que había ocurrido.

Helen estaba disgustada porque no había estado allí. Se preguntaba qué significaba todo aquello. ¿Se estaba volviendo loca su hija? ¿Tenía que hablar con el médico para que la ingresara en otro tipo de hospital? ¿Uno en el que estuviera vigilada las 24 horas del día? Se estremeció al pensarlo.

Vincente intentó tranquilizarla diciéndole que Grace no estaba loca. Al mismo tiempo, también intentaba convencerse a sí mismo.

Miró por la ventana una bolsa de plástico que navegaba al viento como un fantasma diurno. Pensó en los libros que había leído sobre muertos que volvían para reclamar a los vivos. ¿Podría haber una explicación sobrenatural?

Helen contempló la forma dormida de su hija. Parecía un alma tan inocente descansando allí. Helen se abrazó a sí misma. Hacía tanto tiempo que no hablaban, que no hablaban de verdad. Miró al chico que estaba a su lado y se preguntó si conocería a su hija más que ella. Odiaba pensar que un día ella y su hija podrían separarse.

Grace se removió en sueños. Entonces empezó a contar en voz alta.

Helen escuchó hasta que Grace estuvo a punto de llegar a cien. Entonces su hija dejó de contar. Siempre había caído en el número cien. Grace había estado enamorada de los números toda su vida. Los números la reconfortaban.

Helen lo pensó. Aunque su hija había perdido la memoria, seguía haciendo cosas normales, como contar en sueños. Helen creía que era una buena señal. Estuvo a punto de compartirlo con el niño Marino. Él estaba ocupado mirando por la ventana, así que ella decidió tomar una taza de té.

Vincente aseguró a Helen que se quedaría en la habitación hasta que ella volviera. Helen agradeció su ayuda.

Vincente hojeó una revista y siguió mirando por la ventana.

Grace gritó: «Por favor, no me lleves. Por favor, ¡no!»

Vincente la levantó y la abrazó. Seguía profundamente dormida, sólo tenía una pesadilla. Cuando su cuerpo se relajó, él le apoyó la cabeza en la almohada.

«Por favor, no te mueras», susurró Vincente. Abrió la puerta y buscó a Helena. Deseaba seriamente que le rescataran de aquella situación. ¿Dónde estaba Helen Greenway?

Gracia volvió a removerse en sueños.

Suspirando, cerró la puerta y volvió a su puesto.

CAPÍTULO 8

GRACE SE DESPERTÓ DESORIENTADA. Tuvo una noche llena de sueños aterradores.

Soñó que tenía dos visitantes: su padre y su hermano muertos. La habitación estaba completamente oscura y, cuando abrió los ojos, en el aire se percibía un claro olor a jabón y antiséptico. Se preguntó cuánto tiempo habría estado durmiendo.

Grace se palpó la frente y estaba muy caliente. Estaba ardiendo de fiebre y necesitaba volver a cambiarse de ropa de dormir. Se estiró al otro lado de la cama, pulsó el timbre y esperó. Nada.

Intentó servirse un vaso de agua, pero la jarra estaba vacía. Esperó a que viniera la enfermera, pero no vino nadie. Volvió a pulsar el timbre. La sed aumentaba. Volvió a palparse la frente y se apoyó en el timbre.

Se incorporó y vio a Vincente. Estaba profundamente dormido, recostado en dos sillas justo debajo de la ventana. Tenía los pies y las piernas en una silla. La parte superior del cuerpo estaba en la otra. El problema era que su parte media estaba hundida, caída. Pronto iba a caer al suelo. La única forma de impedirlo era despertarlo.

Grace gritó su nombre. Sobresaltado, su cuerpo separó las sillas. Su medio golpeó el suelo.

Se levantó de un salto. «¿Qué? ¿Dónde?»

Grace no pudo evitar reírse.

Él miró en su dirección un momento y luego se cepilló la ropa con las manos. Por último, se peinó con los dedos. La miró durante uno o dos segundos más y luego se frotó los ojos y se dio cuenta de dónde estaba. Volvió a pasarse las manos por el pelo, se acercó a Grace y dijo: «Vaya, lo siento. Debo de haberme quedado dormido».

«No pasa nada. Esperaba evitar que te cayeras, pero lo siento, sólo lo he empeorado».

«No pasa nada». dijo Vincente. Dio unos saltitos, intentando despertarse.

«¡Es muy tarde! ¿Por qué no han venido a buscarme? Tu madre tenía que hacerse cargo. A partir de las diez sólo se admiten visitas familiares. Normas del hospital».

«Llevo un buen rato llamando a una enfermera», dijo Grace, »pero de momento, nada. Déjame intentarlo otra vez». Pulsó el timbre y aguantó.

Vincente pudo oír el sonido reverberando por todo el pasillo. Era extraño. Decidió ir a mirar. ¿Dónde demonios estaba Helen? Vincente había mencionado expresamente a Helen Greenway la necesidad de que saliera de allí a las diez en punto. Ella había prometido despertarlo. Su madre iba a recogerlo y él tenía un partido de críquet al día siguiente. Necesitaba dormir bien. Ella lo daba por sentado. Le trataba como de la familia. ¿Pero qué...?

Vincente estaba cada vez más molesto mientras daba vueltas. Al principio, todo parecía normal, pero la ausencia de todo el personal del hospital le alarmó. Se metió la mano en el bolsillo y sacó el móvil. Lo encendió y esperó a que se activara el 4G, pero la señal era débil, sólo una barra. Comprobó si había mensajes de texto y correos electrónicos, pero no había ninguno. Miró el reloj que había al final del pasillo. Eran las 2.30 h. ¿Qué demonios?

Curioso, abrió una de las habitaciones del hospital, dispuesto a disculparse por entrometerse, pero estaba vacía. Siguió abriendo una puerta tras otra, y el resultado era siempre el mismo: vacía.

Entró en el ascensor. Bajó una planta: lo mismo que antes. ¿Dónde se había metido todo el mundo? Esto empezaba a ser raro. Bajó en el ascensor hasta la planta baja. Era la misma historia. Incluso el mostrador de la recepcionista estaba vacío. No había pacientes ni familiares en la sala de espera ni en el área de urgencias.

Salió e inspiró profundamente. El aire desprendía un olor extraño, una mezcla de humo de coche y eucalipto. Sólo oía un zumbido incesante.

A lo lejos, sus ojos conectaron con la luna llena, cuyo brillo iluminaba el cielo nocturno. Las estrellas estaban en todo su esplendor. Se detuvo unos instantes en estas cosas porque eran lo que esperaba ver, es decir, lo normal.

Unos segundos después, el zumbido le devolvió a la realidad, y sus ojos escrutaron el aparcamiento. Tosió mientras se acercaba al vehículo más cercano, cuyo tubo de escape salía a borbotones.

El coche tenía la puerta delantera del conductor abierta de par en par, así que se asomó y la encontró vacía. Miró en el asiento trasero y también lo encontró vacío. Apagó el motor, pero éste volvió a arrancar inmediatamente. Finalmente quitó la llave, y eso pareció funcionar.

Se dirigió al siguiente coche, también vacío y con el motor aún en marcha. Se paró en medio del aparcamiento. Todos los vehículos estaban en marcha, pero no había ningún conductor ni pasajero a la vista. Vincente se estremeció y volvió corriendo al interior en busca de Grace.

✱✱✱

GRACE SEGUÍA SENTADA DONDE la había dejado. Nunca se había alegrado tanto de ver a nadie en su vida. Se mordió el labio superior al entrar en la habitación, preguntándose si debía contarle lo que pasaba. De todos modos, no sabía lo que pasaba. Repasó los hechos en su mente:

Hecho: el hospital estaba desierto.

Hecho: el aparcamiento estaba desierto.

Ésos eran los fríos y duros hechos.

Vincente se preguntó cómo debía transmitirle la situación. ¿Se lo endulzaría? ¿O debía contárselo todo a Grace? No podía evitar preguntarse por su salud mental. Hacía poco que parecía estar al borde del abismo. No quería ser él quien la empujara. Ya le había hecho bastante daño.

Vincente se dio cuenta de que Grace sudaba mucho. Ya parecía preocupada y ansiosa, y él ni siquiera le había dicho nada... todavía. Le preguntó si quería un trago de agua fría, y ella dijo que sí.

Llenó la jarrita de agua y sirvió un vaso. Gracia, pensando que era para ella, alargó la mano para cogerlo. Pero Vincente parecía estar en su propio mundo y, en lugar de dárselo, vació el vaso él mismo. Luego repitió el proceso y vació hasta la última gota del segundo vaso.

Cuando volvió a la realidad, Gracia empezaba a asustarse cada vez más. Sin duda, algo iba mal. Vincente había visto algo, y tenía miedo de contárselo. Era así de grave.

Los ojos de Vincente se encontraron con los de Gracia. Le sirvió un vaso de agua y se lo puso en la mano. Ella bebió, observando cómo las expresiones faciales de Vincente cambiaban de un momento a otro.

Grace no podía soportarlo más. Quería que Vincente espabilara. «Tengo que ir al baño de las niñas». Se apoyó de nuevo en el timbre. Esperaba que una de las enfermeras entrara en un segundo.

A Vincente se le acababa el tiempo. Observó a Gracia. Esperaba que viniera una enfermera a ayudarla, aunque no había ninguna cerca. ¿Qué demonios iba a hacer? Estaba en una grave crisis de salud y necesitaba medicamentos. Él no era médico y no tenía ni idea de cómo iba a atenderla.

Entonces se le ocurrió una idea: iba a llevarla a otro hospital.

Sí, eso haría.

«Siento lo de ayer. Me refiero a lo de ver muertos», dijo Grace.

«No pasa nada».

Iba a tener que contárselo. Cuanto antes, mejor.

$$***$$

«¡Hay que despedir a esa enfermera!» exclamó Grace. Realmente tenía que irse.

«¿Cuándo te dieron la medicación por última vez?». preguntó Vincente.

«No lo sé. Duermo tanto que a veces es difícil saber si es de día o de noche».

«Ahora es de noche. Ya ha pasado la hora de visita».

«Entonces, ¿te han vuelto a dejar quedarte hasta tarde?».

«No lo creo. Tu madre tenía que despertarme. Iba a pasar la noche contigo. Considerando...»

«¿Considerando qué? ¿Cree que estoy perdiendo la cabeza?»

«Más o menos. Sólo quiere vigilarte».

«Pues que se asegure de que tomo la medicación», dijo Grace.

«Para evitar que la sangre se coagule, necesitas tu medicación».

«Lo sé», dijo Grace, molesta. »Siempre anotan las cosas en la cartilla que hay al final de la cama. Échale un vistazo. Debería decirte todo lo que necesitas saber».

«Buena idea», dijo Vincente, mientras levantaba el portapapeles. Tenía abreviaturas que parecían un código secreto. Consiguió entenderlo.

Grace llevaba más de veinticuatro horas sin ver a nadie, ni enfermera ni médico.

Tenía que ir al baño. El goteo de la máquina que tenía al lado no la ayudaba. Intentó no pensar en ello. Intentó no pensar en la versión vampírica de Vincente Marino. E intentó no pensar en ver muertos, pero era difícil no pensar en nada de eso. Sobre todo cuando tenía la vejiga llena.

Vincente decidió que era ahora o nunca. Tenía que decírselo. Tenía que decirle la verdad. Tenía que sacarlos de este hospital, llevarlos a otro lugar. A un lugar donde Grace pudiera recibir los cuidados que necesitaba.

Se acercó a la ventana y descorrió las cortinas. Decidió que no podía demorarse ni un momento más. Tenía que decírselo... ahora.

****

«GRACE, TÚ Y YO estamos solos aquí en el hospital», soltó Vincente. Brutal, pensó. Absolutamente brutal.

«¿Qué?»

«Se han... ido todos».

«¡Eso es imposible! ¡Enfermera! Enfermera!», gritó, mientras volvía a apretar el botón de emergencia.

«He mirado hace unos minutos y este hospital está desierto. Totalmente».

«¿Intentas asustarme?»

«Sí. Es decir, no, pero creo que deberíamos salir de aquí».

«Pero fuera... quiero decir, fuera del hospital, ¿has visto gente?». preguntó Grace.

«No. No pude encontrar a nadie aquí dentro, ni fuera del edificio. Tenemos que irnos. Salir de aquí. Id a la ciudad. He visto coches ahí fuera, con los motores en marcha, pero no hay nadie detrás de las ruedas. No hay pasajeros. Muchos coches vacíos».

«Pero no puedo salir del hospital. ¿Qué pasa con mi estado?» exclamó Gracia. Miró a Vincente y, por un momento, se preguntó si estaría soñando de nuevo. Cerró los ojos y luego los abrió. No, estaba despierta. ¿Quizá era Vincente quien dormía y ella estaba en su sueño? O peor: ¿quizás lo que tenía era contagioso? ¿Quizá estaban perdiendo la cabeza?

«Si nos vamos ahora, podremos encontrar a nuestras familias. Ellos sabrán qué hacer».

«Pero estoy conectada a esto», señaló las máquinas y los cables.

«No hay problema, te desconectaré», dijo Vincente.

«¿Sabes lo que hay que hacer?»

«Parece obvio, pero tendrás que confiar en mí».

CAPÍTULO 9

G RACE CONSIDERÓ SUS OPCIONES. Si Vincente estaba en lo cierto, ¿por qué iba a mentir? Entonces todos los que estaban en el hospital y sus alrededores se habían desvanecido en el aire. Incluso después de reconocerlo, Grace seguía cuestionándose su propia cordura. Primero creyó que Vincente podía ser un vampiro. Luego creyó que su hermano y su padre la habían visitado, aunque estaban muertos. Y ahora, esto.

«Claro que confío en ti, Vincente. Pero tengo miedo. No entiendo lo que me está pasando».

«Esto no sólo te está pasando a ti. Me está pasando a mí. Tú y yo estamos juntos en esto. Aquí no hay nadie más que tú y yo».

«¿Pero estoy soñando? ¿Estás seguro de que no es un sueño, Vincente? ¡Dime que no es un sueño! Creo que me estoy volviendo loca».

Vincente acercó a Grace a él y la abrazó. Su cálido aliento le hizo cosquillas en la oreja. Le susurró: «No te estás volviendo loca. Esto es real. Tú y yo estamos juntos en esto... y tenemos que salir de aquí».

«¿Y si estalla el coágulo? ¿Y si...?» empezó Grace.

«Entonces nos ocuparemos de ello. Te llevaré a otro hospital. A otro lugar».

Grace asintió, mientras Vincente desconectaba el monitor cardíaco. «Tengo miedo», confesó.

«Y yo tengo miedo de lo que pasará si nos quedamos aquí», dijo Vincente. Quitó el último velcro, haciendo que la máquina se desinflara violentamente. La máquina chilló y parpadeó hasta que Vincente la desenchufó de la pared.

Entonces se hizo el silencio en la sala.

«Ahora viene lo difícil», dijo Vincente. «Tengo que quitarte la aguja de la mano, y te va a doler».

«Háblame. Distráeme».

«Vale. ¿Te he dicho que tenía que jugar un gran partido? Tenía muchas ganas de jugar. Parece que ha pasado mucho tiempo desde mi último partido». Vincente vaciló. «Todo terminado».

«No me ha dolido nada. Gracias», dijo Gracia mientras balanceaba las piernas sobre la cama. Eran piernas desnudas, que hasta ahora habían estado ocultas bajo las sábanas.

Vincente apartó la mirada cuando ella bajó al frío suelo de linóleo. El frío hizo que un escalofrío involuntario se apoderara de su debilitado cuerpo. Vincente la levantó y la sostuvo. Miró la puerta del cuarto de baño. Se dirigió hacia ella. Él la sostuvo hasta que estuvo a salvo dentro.

Grace vació la vejiga. Tiró de la cadena y fue al lavabo a lavarse las manos. Miró su reflejo en el espejo y se quedó boquiabierta. Tenía el pelo revuelto y la tez pálida. Parecía muy enferma, y lo estaba.

Grace se lavó los dientes y se peinó. Abrió la puerta y vio a Vincente registrando la casa.

Antes de que ella pudiera decir nada, él preguntó: «¿Dónde está tu ropa?».

«No tengo ni idea. Quizá mamá se la llevó a casa para lavarla». Volvió a la cama. «Estaba pensando que quizá deberíamos quedarnos aquí y esperar a que vuelvan. Seguro que vuelven. O quizá yo me despierte, o tú te despiertes, y entonces todo vuelva a la normalidad».

«No, Grace. Tenemos que salir de aquí... ahora. No estás soñando y no estás perdiendo la cabeza, ¡a menos que yo también pierda la mía! No te preocupes por la ropa. Tu bata de hospital te servirá hasta que encontremos otra cosa».

Volvió a temblar. Vincente le envolvió los hombros con una manta.

«Vamos, Grace. Dejemos de hablar de lo que fue y pensemos en nosotros aquí y ahora. Tenemos que salir de aquí».

«Quizá deberías dejarme. Sólo te retrasaré».

«No voy a dejarte, Grace. Debemos permanecer juntos. Ahora estamos juntos en esto. Vamos».

«Pero Vincente, quizá si me tumbo aquí en la cama y duermo un rato, puedas encontrar ayuda por tu cuenta. Me siento muy cansada». Se acercó a la cama y empezó a subirse a ella.

Vincente alargó la mano y tiró de ella hacia él. Le puso las manos sobre los hombros. «Grace, ¿no confías en mí?

«Sí, pero... Grace se quedó allí temblando, mirando a los ojos oscuros de Vincente. Tenía miedo. Tenía miedo de estar despierta.

Tenía miedo de estar dormida. Quería distraerse y saber más de él, más de su vida. Quería contenerse, asegurarse de que era el verdadero Vincente Marino. Había empezado a cuestionárselo todo.

«¿Dónde vivías antes de mudarte aquí?

«Mi familia se mudaba mucho», dijo Vincente. «Llevamos aquí en Sydney casi cinco años, y cinco años es mucho tiempo para que mi familia permanezca en un mismo lugar».

Grace recordó sorprendida la primera vez que Vincente vino a la escuela. Fue un regalo de la memoria. Dejó que fluyera en su conciencia y revivió la escena. La vio repetidamente en su mente.

«¿Estás bien, Grace?»

Estaba tan ocupada recordando. Olvidó que el verdadero Vincente estaba allí, delante de ella. Grace dudaba si revelarle el sueño. Quería que fuera para ella y sólo para ella. Pero finalmente decidió que no había nada que temer.

«Estaba recordando el primer día que viniste a nuestra escuela. Fue como si un rayo de luz me atravesara el corazón y me traspasara el alma. No podía respirar».

Vincente no sabía qué decir ante esta admisión, así que no dijo nada.

Gracia estaba segura de que no recordaba haberla visto el primer día de clase. ¿Por qué iba a hacerlo?

«Me acuerdo de ti», dijo.

«Sólo lo dices para que vaya contigo», dijo Grace.

«¿Por qué iba a mentir? Fue en la hierba, delante del colegio. Estabas sentado. Leyendo un libro. Estabas debajo de un árbol, sola».

«Sí. Estaba leyendo Cumbres borrascosas».

«Y pasé por delante y fingí tropezar. Se me cayó un bolígrafo cerca de ti».

«Lo recogí y te lo devolví».

«Sí, pero Grace, me miraste como si fuera una criatura de otro planeta».

«Sí, eso de despertar mi corazón y mi alma. Me quedé sin habla».

«Pero si ni siquiera me conocías».

«Te conocía, Vincente. Siempre te conocí».

«Gracia, piensa en lo que acabas de decirme. Tienes recuerdos concretos almacenados en tu cerebro, sobre mí. Creo que es una señal increíblemente positiva. Una señal de que estás mejorando».

Ella lo pensó y luego esbozó una sonrisa de oreja a oreja. «Vale», dijo, "ahora vámonos de aquí".

«No te dejaré, Grace. Tenemos que permanecer juntos. Estamos juntos en esto. Vamos».

El teléfono que había junto a la cama de Grace empezó a sonar. Grace cogió el auricular. Vincente le impidió contestar porque otro teléfono de la habitación también empezó a sonar. Luego sonó otro en la habitación de al lado. Luego sonó otro, y luego otro. El timbre de los teléfonos resonaba por todos los pasillos. El sonido era ensordecedor.

«¡Vamos!» gritó Vincente cuando entraron en el vestíbulo. El timbre reverberaba y se hacía cada vez más fuerte.

Se taparon los oídos y llegaron al ascensor. Las puertas se abrieron y se cerraron, luego se abrieron y se cerraron. Era demasiado arriesgado entrar. Se dirigieron hacia la escalera.

El zumbido disminuyó mientras bajaban las escaleras. Cuando llegaron a la planta baja y abrieron la puerta, el sonido era más fuerte que nunca.

«¡Vamos!» gritó Vincente mientras salían por la puerta principal. Encontraron un coche. Abrochó el cinturón de Grace en el asiento del copiloto.

Pisó el acelerador a fondo y se alejaron a toda velocidad en la noche inmóvil y oscura.

✳✳✳

VINCENTE CANTÓ UNA CANCIÓN sobre conducir hacia un destino desconocido. Pasaron por el Inner West de Sydney. Se dio cuenta de que Gracia estaba callada y se había quedado dormida. Pensó que probablemente era algo bueno, ya que necesitaba tiempo para pensar. Para trazar un plan.

Por todas partes había coches alineados, bloqueando la calzada principal. Tuvo que entrar y salir. A veces tenía que subir a la acera para pasar.

Por el camino vio muchos vehículos abandonados y en marcha. También había camiones de transporte, taxis, patrullas de policía y ambulancias. Todos estaban parados en la calle, incluso aviones y helicópteros. El aire estaba cargado de humo. Parecía sacado de una novela de Stephen King, un apocalipsis absoluto.

Al principio, Vincente se detuvo en los pasos de peatones, atento por si cruzaban niños, adultos e incluso perros. Al no ver nada, desistió.

Parecía que no quedaba nadie. Aún así, Vincente tenía la esperanza de encontrar a su familia y a su amigo esperando en las afueras. Intentó llamar a su madre al móvil, pero no contestó. Dejó un mensaje. Hizo lo mismo en casa de sus abuelos.

Grace se despertó y preguntó: «¿Dónde estamos?».

«Estamos dando una vuelta por Sydney. Averiguando cosas. Mientras dormías, fui al Hospital Real y lo comprobé».

«Deberías haberme despertado».

«No, no hacía falta. Allí también oía sonar los teléfonos. Sabía que el hospital estaba vacío sin ni siquiera entrar». Vincente se dirigió a un cruce. Gracia le agarró del brazo y le dijo que se detuviera.

Frenó en seco. Esperaron, pues era un paso de peatones, pero no había nadie para cruzar.

Grace mencionó la ropa que ondeaba con la brisa, ropa que había estado fuera quién sabe cuánto tiempo. Se dio cuenta de que no se veían pájaros en el cielo. No había perros ladrando. Vio que los negocios seguían abiertos, pero no había personal trabajando, ni clientes cerca para comprar nada.

También había vehículos quemados.

«La ciudad está totalmente desierta», dijo Vincente.

«No hay esperanza», refunfuñó Gracia.

«Nunca pierdas la esperanza».

✳✳✳

TODO VA A IR bien -aseguró Vincente mientras se acercaba a Grace y le tocaba la mano. Ella sintió una sacudida cuando su piel entró en contacto con la de él.

«¿Qué vamos a hacer? preguntó Grace.

«Bueno, vamos a seguir con el Plan A», dijo Vincente.

«¿Tenemos un Plan A?»

«Mientras dormías, Gracia, ideé el Plan A. Consiste en investigar el otro hospital y los suburbios conocidos. Pensé que si alguien necesitaba nuestra ayuda, lo más probable es que lo encontráramos».

«Era un buen plan».

«De momento, no se ha avistado nada, ni vivo ni muerto».

«¿Adónde han ido los pájaros?» preguntó Grace.

«Probablemente hacia el agua. Querrían alejarse de los ruidosos coches que contaminan el aire», dijo Vincente.

Se dio cuenta de que el depósito estaba casi vacío. Lo llenó en una gasolinera. Luego compró algunas cosas en la tienda. Vincente le tiró una chocolatina a Grace, y él abrió una Mars Bar. «Me he dejado el dinero en el mostrador».

«¿Te has dejado dinero?» Grace estaba realmente sorprendida.

«Sí. No puedo llevarme gasolina sin pagar. Sería el fin de la civilización tal y como la conocemos si cogiéramos lo que nos diera la gana. Además, el dueño de esa gasolinera conoce a mi familia desde que nos mudamos aquí. Ha ayudado a mamá unas cuantas veces cuando tenía problemas con el coche y papá estaba fuera de la ciudad».

«Me gusta tu lógica».

«Sí, ahora no queremos anarquía, ¿verdad?», se rió.

Ahora Vincente le inspiraba más admiración que antes. Admiraba su actitud responsable. Su honestidad. Por alguna razón, el destino los había unido. Vincente y ella estaban viviendo una aventura. Era emocionante, aterrador y extraño al mismo tiempo.

Vincente giró rápidamente hacia una casa con aspecto de pan de jengibre. «Ya hemos llegado», dijo.

CAPÍTULO 10

Je to dům mých prarodičů. Bydlím tu vždycky o prázdninách a když jsou rodiče na služební cestě. Protože se moje rodina často stěhovala, byl to vždycky můj druhý domov."

Když Grace nasála vůni eukalyptu ve vzduchu, řekla: „Je opravdu brzy ráno. Myslíš, že jim to bude vadit?"

„Zkoušela jsem včera večer volat, ale nikdo to nebral. Nechala jsem vzkaz. Jestli spí, tak jim to vadit nebude. Ale můžeme prostě jít dovnitř, protože mám vlastní klíč. Kromě toho je to tady tak trochu naléhavé."

Vincente otevřel dveře.

Grace si stále prohlížela zahradu a zaměřila se na obrovský strom uprostřed dvora. Strom byl nakloněný a měl obnaženou většinu kořenů. Zachvěla se a objala se rukama.

Vincente, který už byl uvnitř, zakřičel: „Pojďte dál!"

Teď už byla uvnitř a Grace se snažila cítit jako doma. Najednou otevřenými dveřmi vnikl dovnitř poryv větru a zachytil jí záda nemocničního pláště. Promrzla až na kost a znovu se zachvěla.

Vincente se natáhl přes opěradlo pohovky a stáhl z něj ručně háčkovaný pestrobarevný afghán, který ušila jeho babička. Přehodil jí ho přes ramena.

Grace se do něj zachumlala a vdechovala nádhernou vůni.

„Počkej tady," řekl Vincente. „Půjdu nahoru a zkontroluji je."

„Dobře." Grace sledovala, jak Vincente stoupá po schodech a obchází vrchol chodby.

Když zmizel z dohledu, Grace přistoupila k oknu a nakoukla přes závěsy. Zdálo se, že kořeny stromu se posunuly. Větve se začaly kývat. Znovu se zachvěla a pak zatáhla závěsy.

Rozhlédla se kolem, aniž by byla příliš zvědavá. Dům byl Vincentovou svatyní. Všude byly jeho fotografie. Vincente jako dítě. Vincente jako malý chlapec. Vincente ve sportovních dresech. Vincente s rodiči. Vincente se svými trofejemi. Fotky se objevovaly stále dokola. Všimla si zvláštního druhu fotografií, který mezi ostatními neviděla, a to Vincenteho s přítelkyní. To bylo dobré znamení.

Vincente se vrátil dolů. Podle jeho výrazu a spěchu poznala, že jeho prarodiče nejsou v domě.

„Nejsou tady a vůbec nic nenasvědčuje tomu, že tu včera večer byli. V posteli se nespalo a v koši na prádlo nic není. Babička byla vždycky puntičkářka, aby špinavé prádlo dávala do koše, než jsme šli spát."

Posadil se, prohrábl si vlasy a pak si dal ruce za hlavu s propletenými prsty. Sezení v této poloze mu pomáhalo soustředit se. Dělal to často, když potřeboval zablokovat dav při některém ze svých zápasů.

Grace stála opodál, tichá jako myška.

Vincente se z toho vytrhl a řekl: „Ááá!", načež vyskočil a rychle se přesunul po domě.

Grace ho následovala chodbou kolem kuchyně a koupelny do malého pokoje na konci chodby. Byla to kancelář.

Zkontroloval, zda je počítač v provozu. Nebyl - zástrčka byla vytažená ze zdi. „Děda asi zase šetřil na elektřině," řekl. „Bude trvat pár minut, než se restartuje, takže bychom si mezitím mohli dát svačinu a kafe. Pojďme."

Grace a Vincente zamířili do kuchyně s avokádově zelenými spotřebiči. Na utěrkách byly obtisky ovoce a zeleniny. Uprostřed stolu se na ně zlomyslně šklebily solničky a pepřenky s králíčky.

„Babička má ledničku vždycky dobře zásobenou," řekl Vincente, když otevřel dveře. Hodil Grace kuřecí stehno a sám začal chroupat druhé, zatímco dával vařit konvici. Pak vzal kávu s cukrem, bělidlo a dva hrnky. Když byla voda horká, nalil jim a pak se vydali zpátky chodbou k počítačové místnosti.

Jakmile se ocitli uvnitř, Vincente se posadil a začal klikat na klávesnici. Když se objevil Facebook, vstoupil do svého profilu, aby ho aktualizoval, a pak zkontroloval, jestli je někdo z jeho přátel online. Nikdo z nich tam nebyl.

Několikrát kliknul a prohlédl si seznam novinek. Žádný z jeho přátel už více než čtyřiadvacet hodin nepřidal žádný příspěvek nebo aktualizaci.

„Nemůžu uvěřit, že tu nikdo nebyl. Dokonce ani Liz, moje sestřenice z USA, která svůj profil aktualizuje nejméně pětkrát denně. Obávám se, že se to možná neděje jen nám tady v Sydney. Možná je to všude.“

Grace si zakryla ústa a snažila se zadržet dech, ale ten jí unikl a naplnil tichou místnost. „Možná jsou někde všichni pohromadě? V podzemí nebo někde v bezpečí, někde bez počítačů, kde čekají.“

„Celý svět, v podzemí a čekají? Tak to by bylo opravdu něco,“ řekl Vincente a odhlásil se z Facebooku. „Kontroluju si e-mail,“ vysvětlil.

„Máš poštu!“ uvítal ho prohlížeč. Byla to krátká zpráva od jeho babičky, která se ho ptala na kriketový zápas.

„Tak co budeme dělat teď? Kde jinde bychom se měli podívat?“ Zeptala se Grace.

„Já-já nevím,“ řekl Vincente, znovu si založil ruce za hlavu a dal si hlavu mezi kolena.

Grace se natáhla a položila mu ruku na rameno. Vzal její ruku do své a vděčně přijal její útěchu. „Vím, že je brzy ráno a tak,“ řekla, “ale jsem vyčerpaná. Možná bychom si měli zdřímnout, trochu si tu odpočinout. Až se probudíme, možná se něco změní, nebo přijdeme na skvělý nápad, co dělat dál.“

„Ano, taky jsem vyčerpaná a máš pravdu, možná mezitím přijde nějaký e-mail nebo někdo přejde na Facebook. Kdo ví? Nemáme co ztratit.

„Jen zkusím ještě jednu věc,“ řekl Vincente a vytáhl mobil. Poslal skupinovou zprávu všem ve svém adresáři. „Tak,“ řekl. „Jestli má někdo telefon, odpoví. Teď si můžeme trochu odpočinout. Neodpoví, když budeme jen tak sedět a koukat do počítače a na telefon.“ Vincente se usmál. Zapojil mobil do zásuvky, aby se dobil, a pak se vydal ke schodům.

„Kde mám spát?“ Grace se zeptala.

„Pojď nahoru, ukážu ti to tam.“ ‚Dobře,‘ řekl.

Vincente a Grace vystoupali po schodech a vstoupili do ložnice s postelí s nebesy. „Tohle je pokoj mých prarodičů a ty můžeš spát tady. Já mám svůj vlastní pokoj dole na chodbě. O pár dveří dál.“

Upřímně řečeno, Grace se trochu bála a nechtěla být v pokoji úplně sama. Ale co mohla dělat? Požádat Vincenta, aby spal na židli vedle postele, nebo s ní sdílet stejnou postel? Přikývla a pak, vděčná za měkkou postel před sebou, do ní padla a rovnou usnula.

Vincente si uvědomil, jak je Grace unavená, ale nebyl natolik unavený, aby sám hned usnul. Aby to napravil, potuloval se po domě a snědl několik sendvičů s vegemitem. Vrátil se k počítači a doufal, že se situace změnila. Nezměnily.

Zapnul televizi a doufal, že se trochu rozptýlí. Všechny kanály byly vypnuté a plné sněhově bílého statického šumu. Totéž se stalo, když zkusil rádio: samý statický šum. Začal si myslet, že svět skončil, pro všechny - pro všechny kromě něj a Grace Greenwayové.

Jak zvláštní, že se to stalo dvěma lidem, kteří se sotva znali. Aby se dostali do takového podivného uspořádání. Byla to milá holka a vůbec, měl ji rád, ale nebyla jeho typ. Přemýšlel, jestli jí tím, že ví, co k němu cítí, nezpůsobí ještě větší škodu, když ji bude vodit za nos. Už nějakou dobu věděl, že je do něj Grace zamilovaná. Ačkoli byli stejně staří, společenskými kruhy a zkušenostmi byli od sebe na hony vzdáleni.

Vincente si vzpomněl na jejich hodiny matematiky. Grace byla vždycky před všemi včetně učitele napřed. Byla předurčena k tomu, aby se stala matematičkou - o tom nebylo pochyb. On byl předurčen k tomu, aby se stal profesionálním sportovcem - o tom také nebylo pochyb. Co by ti dva dělali nebo čím by byli, kdyby zůstali jediní na planetě? Co by jim přinesla budoucnost?

Zavrtěl hlavou a odsoudil se za takové negativní myšlenky. Vyšel po schodech nahoru a podíval se na Grace. Spala tvrdě. Zamířil do svého pokoje.

Šel ke komodě, aby našel své oblečení, ale pyžamo tam nebylo. To je zvláštní. Celou noc spal ve svém oblečení a byl připraven obléct si něco jiného. Podíval se do druhé zásuvky a našel černé spodní prádlo a pár ponožek. Oblékl si obojí a padl do postele. Brzy tvrdě usnul.

***

«¡Vincente! Vincente!» llamó Gracia. Instantes después, él estaba a su lado.

«¿Estás bien?», preguntó.

«Olvidé dónde estaba», dijo Gracia. Se apartó de la cama y lo rodeó con los brazos. Pronto se fundieron en un inesperado y fuerte abrazo. Al darse cuenta, se apartó y se disculpó.

«No tienes por qué disculparte», dijo él. Miró hacia abajo y se dio cuenta de que estaba prácticamente desnudo.

Entonces ella también se dio cuenta. Se puso colorada. «Voy a vestirme ahora, si te parece bien».

Cuando Vincente empezó a alejarse, las luces que había sobre ellos empezaron a temblar. Las luminarias fijadas al techo empezaron a temblar, encendiéndose y apagándose intermitentemente. La habitación de sus abuelos parecía la de un motel de mala muerte con luz estroboscópica.

Las cosas de la cómoda empezaron a temblar y a agitarse en una danza rítmica, y luego se unió el suelo.

«¡Creo que es un terremoto!» gritó Vincente. «¡Vamos! Aquí arriba no es seguro».

La pareja subió a la escalera y, de repente, empezó a cobrar vida. Se movía de un lado a otro en un rítmico movimiento de dos pasos. Gracia intentó agarrarse a la barandilla, pero le costaba avanzar. Vincente la agarró de la mano y ella bajó las escaleras.

En cuanto llegaron a la planta baja, el temblor cesó. La escalera estaba desalineada y su desaparición era inminente.

«Seguro que habrá una réplica», dijo Vincente. «Quedémonos cerca de la puerta principal, por si acaso».

Se produjo un segundo temblor. Sólo que esta vez fue más crítico. La escalera se convirtió en una escalera mecánica. Los escalones se desplomaron hasta la planta baja en un enorme montón.

Jarrones y cuadros volaron por la habitación. Las sillas empezaron a tambalearse. Un espejo se rompió, produciendo un crujido ensordecedor. Grace gritó.

Corrieron hacia la puerta principal.

***

Antes de que Vincente abriera la puerta principal, una fuerte ráfaga de viento la abrió de golpe. La pareja se agarró mientras salían al porche.

Justo delante de ellos, el árbol gigante, en el que Gracia se había fijado antes, se retorcía y giraba. Sus ramas se extendían como dedos viejos y artríticos. Mantenía una pose espeluznante mientras se extendía en todas direcciones. Sus raíces se movían como serpientes.

Delante de ellos pasaban a toda velocidad objetos inanimados que antes no estaban destinados a volar. Paraguas, cubos de basura, barbacoas y árboles de lavandería zumbaban de un lado a otro. Chocaban contra todo. Una pala voladora golpeó el lateral de un árbol, y un gemido casi humano llenó el aire.

«Es sólo el viento», tranquilizó Vicente mientras volvía a meter a Gracia en casa. «No podemos salir, es demasiado peligroso. Es como una granizada de objetos de Home Depot».

Con el viento empujando la parte trasera de la puerta, necesitaron todo su peso para cerrarla. Se apoyaron firmemente contra ella. La puerta se movía y les empujaba la espalda. Vincente y Grace se mantuvieron firmes.

«¿Qué hacemos ahora? preguntó Grace. Estaba temblando. Las rodillas ya no la sostenían. Aun así, se mantuvo firme junto a Vincente.

«Bueno, he leído sobre los terremotos y suelen empeorar antes de mejorar. Suele haber algunos temblores de advertencia, y luego golpea uno grande. Supongo que tenemos que decidir si ése ha sido el grande, o si debemos largarnos de aquí mientras las cosas vayan bien».

«Creo que va a empeorar».

«Entonces dejémonos llevar por nuestros instintos, porque el mío me dice exactamente lo mismo. Primero, coge la guía telefónica para que podamos comprobar la dirección y el número de teléfono de tu casa. Puedes llamar a tu madre cuando tengamos esa información. Vale, ¡ahora vámonos de aquí!». gritó Vincente, mientras se producía otro temblor.

Este mostró una potencia fenomenal. Le siguió un estruendo, un chasquido y un crujido. Entonces el gran árbol cayó sobre la casa, atravesando el tejado. La pareja se quedó mirando el árbol, ahora firmemente implantado en el salón. Parecía irónico que la puerta que protegían siguiera intacta, mientras que el techo era ahora el cielo.

«¡Vamos!» gritó Vincente mientras salían corriendo por la puerta principal.

Los objetos voladores volaban a su alrededor mientras se dirigían hacia la seguridad de su coche. Cuando Vincente se dispuso a abrir la puerta, Grace se dio cuenta de que el anillo que llevaba en el dedo brillaba y resplandecía como un tercer ojo. Parecía atraer la luz del cielo.

En la cabeza de Gracia revoloteaban pensamientos extraños, mientras los objetos se dispersaban y chocaban a su alrededor. Miró a Vincente y consideró que si era un vampiro, entonces era inmortal. Él también podría convertirla en vampiro. Si eso ocurría, ninguno de los dos volvería a estar solo. Era una locura, lo sabía.

Entonces, algo extraño pero distinto centelleó en su mente. Un recuerdo lejano sobre matar vampiros con estacas de madera. Miró a Vincente mientras la rama de un árbol se dirigía hacia ellos. Le perforaría la espalda si no hacía algo.

«¡Entra!», gritó. «¡Cuidado con la espalda!»

Saltó dentro justo a tiempo, cuando el trozo de madera impactó y abolló el coche.

«¡Gracias! Ha estado cerca!» exclamó Vincente.

Una vez dentro, un derviche giratorio con forma de paraguas metálico pasó frente a ellos.

Un crujido estrepitoso. Tan fuerte que tuvieron que taparse los oídos. Siguió otro crujido. La tierra empezó a abrirse ante ellos como un coco roto. La fisura de la tierra se movía a lo largo del camino, acercándose peligrosamente hacia ellos. Caían cosas en ella, como casas enteras, árboles y coches.

«¡Vamos!» gritó Gracia mientras la devastadora grieta serpenteaba acercándose a ellos.

Vincente retrocedió, y luego pisó a fondo. Sus cuellos volaron hacia atrás como bandas elásticas mientras se alejaban en una nube de polvo.

«¡No mires atrás!» gritó Vincente.

Condujo como nunca lo había hecho. Esquivó coches abandonados y escombros como un piloto de carreras profesional. Siguió adelante; los mantuvo a salvo y fuera de la mortífera trayectoria de destrucción del terremoto.

Condujeron y condujeron, y condujeron, sin mirar atrás.

****

P ASÓ BASTANTE TIEMPO ANTES de que se detuvieran. Antes de que sus patrones respiratorios volvieran a la normalidad.

«Podemos volver, cuando sea seguro», dijo Gracia.

«Me temo que no tiene sentido», dijo Vincente, mientras respiraba hondo. «La casa está seguramente en el agujero. Ha desaparecido. Todo ha desaparecido».

«Lo siento mucho, Vincente».

«No pasa nada, tengo buenos recuerdos de aquella casa. Están aquí dentro». Señaló su corazón. «Y aquí dentro». Señaló su cabeza. «Nadie puede quitármelos».

Grace pensó en su situación actual. En cómo le habían arrebatado sus recuerdos. Una lágrima solitaria resbaló por su mejilla.

«Lo siento, Grace. No pretendía...»

«Sé que no querías, pero es verdad. Me han quitado a los míos».

«Pero los recuperarás. Sé que lo harás».

«Gracias por decirlo, pero nadie sabe con seguridad si lo haré o no, sobre todo sin ningún médico cerca».

«Sé que los recuerdos siguen ahí, en algún lugar, dentro de ti. No se han perdido del todo. Sólo tienes que encontrar la forma de acceder a ellos».

Grace accedió. Le gustaba cómo sonaba eso de acceder a sus recuerdos.

«Y hablando de eso», dijo Vincente. «¿Por qué no hojeas las Páginas Blancas y buscas el número de teléfono y la dirección de tu familia? Así podremos llamar a tu madre».

Gracia sonrió y empezó a pasar los dedos por las páginas, deteniéndose cuando encontró a Greenway. Vincente le dio su móvil y ella empezó a marcar. Cuando oyó una voz al otro lado -la voz de su madre-, sonrió. Empezó a hablarle, pero al oír la señal le indicaron que dejara un mensaje.

«Es sólo un contestador automático».

«En mi casa pasaba lo mismo. No pasa nada. Tenemos la dirección, así que ahora podemos ir allí y comprobarlo».

«Parece que tenemos un Plan C».

CAPÍTULO 11

«¡DIOS MÍO!» EXCLAMÓ GRACE. «¡Cuidado!»

Vincente desvió su atención hacia la carretera. Grace se estiró y agarró el volante. El vehículo viró bruscamente a la derecha. Vincente intentó mantener el control del coche, pero con las manos de Grace agarradas a las suyas, no pudo.

«¡Cuidado!», volvió a gritar ella.

Vincente forcejeó con Grace. Recuperó el control del coche. Ya era demasiado tarde para detenerlo: el rumbo estaba fijado. Los neumáticos empezaron a derrapar y pronto el coche se detuvo por completo al chocar contra el tronco de un árbol.

«¿Estás loco? bramó Vincente.

«I-» dijo Gracia.

«¿Qué demonios crees que estás haciendo?». Sacudió la cabeza de un lado a otro, como si acabara de salir de la ducha. «Apenas salimos vivos de la otra situación y ahora, ¡maldita sea, Grace! ¿Qué...?»

«I-» dijo Grace.

«¿Por qué has hecho eso?»

«¿Quieres que te responda ahora?». dijo Grace con mucha calma.

«Claro que sí». dijo Vincente. «Casi consigues que nos maten. K-I-L-L-E-D!»

«Sé deletrear matado, muchas gracias. ¿Quieres que me explique o no?».

«Sí», dijo Vincente, exasperado. Intentaba calmarse respirando hondo.

«Primero», dijo, »tengo que volver allí y ver si la encuentro. Luego te lo explicaré».

«¿A ella?»

«La niña», explicó.

Y pronto echó a correr. Su bata de hospital ondeaba al viento, pero no le importaba. Lo único que le importaba era la niña.

Vincente corrió tras ella. Le pisaba los talones. Pensó que se había vuelto loca. ¿Una niña? No había visto a nadie. Gracia debía de haberla imaginado.

Grace se detuvo. Dio vueltas y vueltas en círculos, buscando a la niña en cada arbusto, en cada posible escondite. Grace, sin aliento e incapaz de encontrarla, se detuvo. Quieta, escuchó atentamente.

«Era una niña, vestida con un camisón blanco con encaje en los bordes y un lazo rojo en el cuello. Tenía el pelo largo y oscuro, que le caía por los hombros, y unos ojos almendrados de color verde oliva».

Vincente estaba de pie junto a ella, escuchando su descripción. Le prestaba atención e intentaba comprender, pero no entendía.

«Ella estaba justo aquí. Casi la atropellamos».

«¿Una niña pequeña?»

«Sí.»

«Grace, aquí no había ninguna niña pequeña».

«¡Estaba allí! ¡La vi! Allí de pie, en medio de la carretera. Era preciosa».

«Grace, no la vi. No era real».

«Era real, tan real como tú lo eres para mí, aquí presente».

«¿Estás diciendo que sólo se te apareció a ti? preguntó Vincente con la esperanza de sacarla de sus casillas.

«No lo sé. No lo había pensado».

Vincente no quería hacerlo, pero tenía que volver a encarrilarlos. Vaciló. «¿Reales como lo eran tu padre y tu hermano?».

«¡Eso es un golpe bajo y lo sabes!» dijo Grace, mientras corría por la carretera, a través de los árboles. Lejos.

Vincente estaba más seguro de que estaba perdiendo la cabeza.

Grace intentó salvar a una niña. Vio a la niña tan clara como el agua, allí de pie. ¿Qué debía hacer? ¿Dejar que la golpeara? Tenía tantas ganas de pegarle, y fuerte. En lugar de eso, siguió corriendo. Corriendo hacia cualquier sitio. A cualquier parte.

✳✳✳

CUANDO POR FIN LA alcanzó, estaba en la hierba de un campo, observando las nubes que pasaban por encima.

«¿Puedo acompañarte?», le preguntó.

«Claro».

Palpó la suave hierba y aspiró su aroma. Se quedaron en silencio un momento.

«Cuéntame otra vez lo que viste en el camino con la niña».

Ella permaneció en silencio.

«Te prometo que escucharé lo que tengas que decirme».

«Mira las nubes allá arriba, que siguen como si nada. Son tan hermosas, en lo alto del cielo, flotando ingrávidas».

«Grace, dímelo».

Inspiró profundamente, miró a Vincente y, volviendo a mirar al cielo, dijo: «Había una niña. Me vio. Me reconoció. Me hizo una señal como ésta». Levantó la mano, convirtiéndola en la señal de stop del lenguaje de signos.

«¿Cuándo aprendiste el lenguaje de signos?» Vincente frunció el ceño, dándose cuenta de que no recordaría cuándo ni por qué lo había aprendido. «Lo siento, pregunta tonta».

Gracia se quedó en silencio, observando las nubes, prestándoles toda su atención.

«Un momento, ¿no recuerdas tu número de teléfono, pero sí el lenguaje de signos?».

«Supongo que sí».

«¿No te das cuenta de lo que esto significa, Grace?».

Ella permaneció en silencio.

«Significa que tenía razón. Puedes acceder a tus recuerdos cuando quieras», dijo Vincente con emoción en la voz.

«Supongo que en cierto modo lo hice con mi padre y mi hermano».

«Y ahora, esta niña. ¿Quién era? ¿Qué era para ti?

«No lo sé, pero ahora pienso en cómo nos puse en peligro. Podríamos haber muerto al estrellarnos contra aquel árbol».

«Sí».

Grace se puso en pie, sintiéndose esperanzada de nuevo. Preguntándose si la niña estaba escondida, asustada. Gritó: «Niña, dondequiera que estés, sal y habla conmigo. No te haremos daño. Estarás a salvo. Podemos ayudarte».

Sólo el sonido de las hojas al agitarse y el silbido del viento llenaban el aire. Grace se puso las manos en las caderas. Estaba convencida de que la niña no podía haber desaparecido en el aire. Tenía que estar en alguna parte.

Vincente seguía dudando. Intentó tocar a Gracia, pero ella lo apartó como a un insecto.

Siguió llamando a la niña para que saliera. Gracia estaba concentrada en su tarea, gritando hasta que se le quedó ronca la voz.

$$***$$

TODA LA ENERGÍA DE Grace se había agotado. Seguía sin haber rastro de la niña. Era hora de darse por vencida, así que regresó al coche. Vincente la siguió en silencio. Su lenguaje corporal decía todo lo que había que decir: ahora comprendía la verdad. La niña había sido una ilusión. La pregunta era: ¿por qué?

Vincente dio una patada a la rueda del coche y miró a Gracia. Estaba agotada y avergonzada. Ni siquiera podía establecer contacto visual con él. Sin embargo, a pesar de ello, la encontraba extremadamente atractiva allí de pie. Parecía tan vacía de esperanza y tan sola. Como si necesitara que la salvaran.

Se acercó a ella y cogió un mechón de su pelo entre los dedos. Lo envolvió una y otra vez, acercando cada vez más a Grace a él. Luego la besó. Con delicadeza, suavemente. Un pequeño beso, suficiente para dejarla con ganas de más. Ella respondió al principio, y entonces él se apartó. «Lo siento».

«No lo siento», dijo Grace, sonriendo por dentro y por fuera. «Pero la próxima vez que te diga que pares el coche, para, ¿vale?».

«Lo haré, lo prometo».

«¿Aunque no puedas ver a nadie?»

«Aunque no pueda ver a nadie».

«Vale».

«Vale».

«Creo que quizá deberíamos quedarnos aquí un poco más, por si vuelve».

«Grace, no va a volver. Por favor, entra en el coche».

El motor se encendió enseguida. Se pusieron en marcha. Grace intentó no mirar atrás, pero el impulso la dominaba.

CAPÍTULO 12

MIENTRAS EL COCHE SEGUÍA avanzando a toda velocidad, Grace se centró en el presente. Bajó la ventanilla y extendió el brazo. Dejó que la brisa le cosquilleara el vello del antebrazo, poniéndole la piel de gallina. Se sentía viva. Como si Vincente y ella tuvieran ahora la oportunidad de ser lo que había soñado que serían. Aun así, tenía miedo de pensar demasiado en ello, de centrarse demasiado en ello, porque no quería gafarlo.

Grace se rió mientras el viento corría entre sus dedos. Por un segundo, recordó aquel momento. El momento del beso: su primer beso. Había sido agradable, suave, cálido, pegajoso, y podía sentir el deseo de él empujando contra ella.

Era extraño conducir entre una ola de vehículos inmóviles. Sin bocinas. Ni sirenas sonando. Nadie gritaba. Ella no echaba de menos esos sonidos. Los sonidos, de los que sólo tenía un vago recuerdo, eran en general irritantes. Sin embargo, echaba de menos el canto de los pájaros. Echaba de menos su actividad, los cantos, el revoloteo de árbol en árbol. Echaba de menos el zumbido de las abejas. Se preguntó cómo proveería la Naturaleza, cómo se produciría ahora la polinización. La Naturaleza se adaptaba a muchos cambios. La Madre Naturaleza encontraría la forma de sobrevivir.

Grace miró a Vincente. Estaba concentrado en conducir.

Parecía sumido en sus pensamientos.

Vincente estaba preocupado y enfadado consigo mismo. En primer lugar, se dijo a sí mismo que no la engañara. Sabía que no era su tipo. En absoluto. Era Grace Greenway: un fenómeno matemático inteligente. Pensaba en números.

Probablemente soñaba con números.

Intentó no pensar en el beso, en su primer beso. Decidió que su primer beso sería el último. Aunque había sido inesperadamente agradable. Dulce. Inocente. Ella no se lo esperaba, y luego estaba... No quería pensar en lo que sintió cuando ella le besó. Cómo se había excitado tan rápidamente, con un simple beso. Probablemente se debía a que estaba en el mundo, vagando en ropa interior. Probablemente, su deseo por ella no era más que un impulso incontrolable, una reacción natural. No algo que él quisiera que ocurriera.

Se detuvo un momento, sintiendo los ojos de ella clavados en él, y ajustó el agarre del volante. Intentó pensar en otras cosas para no pensar en ella. Pensó en películas. En videojuegos. En comida.

Mientras tanto, Grace pensaba en el mundo. En el gran mundo de ahí fuera, que era sólo suyo, de ella y de Vincente para compartir. Pensó en su pasado, en cómo se sentía incompleta sin todos sus recuerdos a su disposición. También pensó que era algo bueno, en vez de negativo. Era una forma de recrearse a sí misma. Al mismo tiempo, sabía que nunca estaría completa sin la mayor parte de sí misma restaurada. La parte que era su naturaleza matemática: el estado matemático de Gracia.

Intentó recordar todo lo que sabía sobre Pitágoras. Antes lo sabía todo sobre su vida y sus teorías matemáticas. Ahora los hechos y los números se confundían en su mente. Intentó recordar los números de Fibonacci, pero tampoco los tenía claros. Decidió ir a una biblioteca y leer sobre ellos dos y sobre otros, como Einstein y Galileo. Se enseñaría a sí misma todo lo que sabía y, al hacerlo, esperaba abrir su banco de memoria, aprovecharlo.

«Vi esta película hace mucho tiempo», dijo Vincente. «Era sobre unos alienígenas que bajaban a la Tierra y atacaban en sus naves espaciales».

Grace se sobresaltó. Se había acostumbrado al cómodo silencio que compartían. Le animó a que le contara más cosas sobre la película. «Suena intrigante».

«Era precisamente eso. Pero aún no te he contado lo más fascinante».

«Bueno, no me mantengas en vilo».

«En la película, sólo quedaban dos supervivientes, un hombre y una mujer».

«¡No puede ser!»

«¿Y por qué no los mataron los alienígenas?» preguntó Vincente. Gracia se encogió de hombros. «Porque querían observarlos. Estudiarlos». Se detuvo y esperó, observando a Gracia por el rabillo del ojo. «Y luego, metieron a los dos humanos en una jaula, como en un zoo. Para verlos procrear».

«¿Y si no querían procrear?». dijo Grace, con la voz temblorosa.

«Les obligaron».

«¿Cómo pudieron obligarlas a hacerlo?».

«No querían morir y necesitaban comida para sobrevivir. Así que hicieron lo que tenían que hacer, y los alienígenas los observaron, observando lo que hacía funcionar a los humanos».

«Asqueroso».

«Bueno, si lo piensas, los humanos llevan siglos metiendo animales en jaulas. Observándolos procrear. Estudiándolos, incluso a veces utilizándolos para experimentos, para hacer avanzar la medicina y otras cosas. ¿Así que realmente serían peores?»

«No, supongo que no, no cuando lo planteas así. Pero tú y yo tenemos aquí la oportunidad de cambiar las cosas. No podemos cambiar el pasado».

«Cierto. Si somos los dos últimos supervivientes», conjeturó Vincente, "entonces podremos vivir como queramos".

«¿Qué pasó... quiero decir, al final de la película?».

«Nunca vi el final. Estaba en una fiesta de pijamas en casa de un amigo. Éramos niños y no deberíamos habernos levantado tan tarde. Cuando nos descubrieron sus padres, corrimos a su dormitorio. Nunca volví a encontrar esa película».

«¿Qué hicieron los alienígenas con todos los demás habitantes de la Tierra, si eran los dos únicos que quedaban?».

«Eso sí lo sé. Los electrocutaron. Es un poco irónico, si lo piensas, porque en la película los alienígenas les disparaban con fáseres y desaparecían. No dejaron nada, ningún resto. Es decir, ni huesos, ni cuerpos, ni cenizas. Fue como si nunca hubieran existido».

Grace se cruzó de brazos, dándose cuenta demasiado tarde de que le daba escalofríos. Esperaba que él hubiera terminado ya, para poder volver a sus hermosos pensamientos sobre el futuro, su futuro, juntos.

Vincente interrumpió su felicidad con otra charla sobre cine. «Otra que recuerdo era sobre unos alienígenas que venían a la Tierra e incineraban a todo el mundo. Lo único que quedaba era un montón de polvo en el lugar de cada ser humano. Era la única prueba de los que habían vivido. La prueba de que una vez hubo personas». Hizo una pausa. Ella no hizo ningún comentario. Esperaba que hubiera terminado. «Luego hubo otra, en la que intervinieron todas las mentes humanas plantándoles un chip en el cerebro y controlándolas. Esas películas daban cada vez más miedo».

«No te olvides de E.T.». dijo Grace.

«¿Qué?» jadeó Vincente, fascinado, esperando a que Gracia se diera cuenta de que, sin saberlo, había accedido a un recuerdo.

«Ya sabes, 'E.T. llama a casa'».

«Sí, lo sé», dijo él, y esbozó una sonrisa tan grande que por un momento Grace se preguntó por qué sonreía.

Entonces se dio cuenta. Había desbloqueado un recuerdo. Es cierto que no era la información más fascinante, pero no dejaba de ser un recuerdo. Le devolvió la sonrisa.

Él estaba tan orgulloso que se acercó a ella y le cogió la mano por un momento, y luego volvieron a guardar silencio.

****

C UANDO VINCENTE NECESITABA GIRAR en una rotonda o en una curva, soltaba la mano de Gracia. Sus miradas se cruzaron un segundo, y luego él volvió a concentrarse en la carretera.

Se sentía orgulloso de ella.

Grace se sentía enormemente orgullosa de su pequeña ruptura de memoria. Visualizó el interior de su mente como una biblioteca. Caminaba por los pasillos en busca de recuerdos. Alcanzó las estanterías y los cogió, examinándolos individualmente. Seleccionó un libro grueso, de tapas rojas, con la esperanza de encontrar algo sobre sí misma en él, pero no ocurrió nada. No iba a renunciar a esta técnica. Pensaba seguir intentándolo.

Vincente pensaba en los avances de la tecnología a lo largo de los años. Tantos inventos creados, algunos buenos y otros no tanto. Mirando a su alrededor, con sólo ellos dos para atender, se preguntaba para qué había servido realmente tanto trabajo.

A lo lejos, se oyó el sonido de una campana. Se hizo cada vez más fuerte cuando se detuvieron frente a un edificio. «¿Lo reconoces?», preguntó.

Grace leyó el letrero: «Instituto Reina Victoria, el instituto donde haces realidad tus sueños». Ella no lo recordaba.

«Es nuestro instituto», dijo.

«Pensé que podría serlo, pero no estaba segura», dijo Grace. Miró por el campus y por fin encontró el campo de críquet en la parte de atrás: El campo donde se había lesionado el último día de clase. «Me pregunto para qué era esa campana». preguntó Grace.

«Estaba pensando en ello. Probablemente estaba programada con un temporizador. Automático. Pero existe la posibilidad de que alguien esté atrapado dentro y necesite ayuda, así que me gustaría ir a comprobarlo. ¿Quieres quedarte aquí?»

«No, quiero ir contigo».

«Vale, pero quédate detrás de mí. No sabemos lo que nos espera. Probablemente no sea nada, pero nunca se sabe», dijo Vincente. Se había imaginado a alguien atrapado dentro, demasiado asustado para salir.

Gracia se había imaginado a los alienígenas, como en las películas, esperando para atrapar y atrapar a las dos últimas personas de la Tierra. Se estremeció cuando Vincente abrió las puertas y entraron en el largo pasillo. Era muy silencioso; sólo se oía el golpeteo de sus pies en el frío suelo de linóleo.

Vincente recordó lo bien que se lo había pasado entre aquellas paredes. Siempre había sido un héroe del deporte, a falta de una palabra mejor. Llegó a su taquilla, la abrió y sacó su bolsa de deporte. Se puso unos pantalones cortos de críquet sobre la ropa interior negra y se puso la camiseta. Aún se le veían los calzoncillos negros a través del pantalón. Grace se rió.

«No es como si no los hubieras visto antes», dijo Vincente, aunque también se rió.

La mayoría de las puertas de las taquillas estaban abiertas de par en par, con el contenido esparcido por todas partes. «Probablemente fue a causa del terremoto», supuso Vincente.

Grace seguía temblando.

«Respira hondo», le dijo, intentando calmarla y tranquilizarla.

El corazón de Grace latía cada vez más deprisa. Aquel lugar le daba malas vibraciones.

Vincente preguntó en voz alta: «Hola, ¿hay alguien aquí?».

Su voz resonó por los pasillos, sin obtener respuesta. Entonces volvió a sonar el timbre de la escuela. Como estaban dentro, el sonido resonó.

Más adelante en el pasillo, Vincente empujó las puertas y entró en el gimnasio. Lo habían dejado para preparar un partido de baloncesto. Las gradas y la cancha vacías le parecieron un poco tristes.

«¿A ti también se te daba bien el baloncesto?» preguntó Grace.

«Se me daban sorprendentemente bien la mayoría de los deportes. Me encantaba la emoción. Los vítores del público. El subidón que sentía cuando metía una canasta, o cuando ganábamos un partido. Algo muy embriagador».

«Sí, ya lo veo. Parece una droga muy potente».

«A veces parecía una droga, pero esto es sólo el instituto, conseguir una oportunidad en el gran juego, ¿sabes? Llegar a ser profesional, eso era sólo un sueño».

«¿Querías ser profesional?»

«Sí, pero ahora me parece una tontería».

«Los sueños nunca son tontos», dijo Grace con seriedad.

«Eso es lo que me habrían dicho mi madre y mi padre».

«Ojalá los hubiera conocido», dijo Grace. «Algún día los conocerás».

Saltaron cuando volvió a sonar el timbre.

«Salgamos de aquí, me da escalofríos», dijo Grace.

«No, primero comprobaremos las oficinas, al final del pasillo. Asegúrate de que no hay nadie y luego nos iremos».

Grace siguió a Vincente fuera del gimnasio. El mal presentimiento en el estómago de Grace pasó de ser un estruendo a un rugido.

✳✳✳

OH NO, OH NO, oh no, pasaba por la mente de Gracia. No pudo controlarlo mientras seguía caminando detrás de Vincente.

«Éste es el despacho de la secretaria. Allí está el despacho del consejero». Miró dentro, ya que la puerta estaba abierta de par en par, confirmando que estaba vacía. «Éste es el despacho del vicedirector. Y éste es el despacho del director». Probó la puerta. Estaba cerrada. «¡Hola!», llamó.

Oyeron algo. Era un tap-tap-tap. Débil, pero constante. Procedía del interior del despacho del director.

Vicente llamó a la puerta. «¿Hay alguien ahí?»

No hubo respuesta.

«Probablemente los extraterrestres no hablan inglés», dijo Gracia.

Vincente empujó la puerta con el hombro, pero no se movió.

Los golpecitos cesaron. Esperaron, conteniendo la respiración. Volvió a sonar.

Fuera lo que fuera, se estaba quedando sin energía. Tenían que entrar. Se estaba quedando sin tiempo.

✳✳✳

«¡Piensa! ¡Piensa!» se dijo Vincente mientras se paseaba de un lado a otro. Unos segundos después dijo: «Vale, ya lo tengo. Sígueme».

Gracia hizo lo que le ordenaban. Pronto estuvieron de nuevo dentro del gimnasio. Vincente le decía a Grace que se colocara detrás de las gradas mientras él empujaba una de las canastas de baloncesto. Empezaron a arrastrarla por el pasillo.

Vincente explicó que su base estaba llena de arena. Una vez que lo tuvieran de vuelta en el despacho, podrían utilizarlo para derribar la puerta.

«¡Qué gran plan!» dijo Gracia. «Creo que podría funcionar».

«Tenemos que utilizar la máxima fuerza. Es decir, darlo todo».

Justo cuando pasaban por el lavabo de señoras, Grace se dio cuenta de que hacía tiempo que necesitaba ir y dudó antes de intentar abrir la puerta.

«¡Ni hablar!» gritó Vincente, «No vas a entrar ahí sin que yo lo compruebe primero».

«No pasará nada».

«Probablemente no lo recuerdes, pero la mayoría de las cosas malas de las películas de miedo ocurren en el baño de las chicas. Iré a echar un vistazo y, si no pasa nada, podrás entrar después de mí. Quédate aquí. Es decir, no te muevas ni un centímetro».

«De acuerdo, jefe», dijo Grace.

Hubo un arrebato, y luego volvió Vincente, diciéndole a Grace que estaba todo despejado.

Ella entró, pero ahora se dio cuenta de que no podía ir después de todo, aunque sabía que lo necesitaba. Empezó a hacer correr el agua en uno, dos y tres grifos hasta que sus riñones respondieron de la misma manera. Después de hacer sus necesidades y tirar de la cadena, salió del retrete.

Siguieron adelante, con su arma atlética a cuestas. De vuelta al exterior de la oficina, se detuvieron y reconsideraron el método de entrada.

«Primero, cambiemos de extremo», dijo Vincente. Pensó que lo mejor sería que él tuviera el extremo trasero, la parte más pesada de su arma, para transmitir los máximos resultados sobre el objetivo: la puerta de la oficina. Cuando estuvieron en posición, Vincente siguió explicando lo que tenía en mente.

«Cuando cuente hasta tres, empújala hacia delante con toda la fuerza que puedas reunir. Luego detente. Volveré a contar hasta tres, y lo empujaremos otra vez. Y así sucesivamente, hasta que nos abramos paso».

«Me parece un buen plan», dijo Gracia, agarrando bien la parte delantera del aparato.

Vincente contó y su primer golpe fue certero, pero no movió la puerta. Al segundo golpe, se movió en el marco y sintieron que saltaba una de las bisagras de la parte superior. Volvieron a golpearla, ganando fuerza, y a la cuarta vez, la puerta se derrumbó hacia dentro, cayendo con estrépito sobre el escritorio del director. La pareja se encontró ahora con un nuevo problema: la puerta estaba medio abierta y medio cerrada, verticalmente. No les quedaba más remedio que entrar.

«¿Hay alguien ahí?» preguntó Vincente.

El silencio fue la única respuesta.

***

D E PIE, UNO AL lado del otro, mirando por el hueco, ambos dudaban si trepar por la puerta y entrar.

Desde el pasillo, divisaron una rama de árbol. Había atravesado la ventana y estaba colocada encima de la mesa del director. También observaron una gran cantidad de restos de cristales rotos y destrozados esparcidos por el suelo.

A ambos se les ocurrió un pensamiento simultáneamente. Como la ventana estaba abierta de par en par, si alguien hubiera estado atrapado allí, ya habría salido. A menos que estuvieran heridos. No parecía haber sangre alrededor. ¿Quizá estaba inconsciente, bajo el escritorio?

Vincente decidió utilizar la puerta como tablón. Al fin y al cabo, estaba anclada en el otro extremo, junto al escritorio.

«Voy a entrar», gritó Vincente. Se encaramó a la puerta y avanzó un poco. «¡No puede ser!», exclamó, mientras conducía a Gracia al interior del despacho.

Era un cuervo negro. Les miraba fijamente a la cara mientras se balanceaba de un lado a otro en el extremo de la rama. Su pico chasqueaba contra el escritorio con un violento repiqueteo.

«Qué extraño», dijo Vincente. «Muy al estilo de Edgar Allan Poe».

En ese momento, el viento pareció levantarse. Hizo que la rama se balanceara. La cabeza del pájaro chocó varias veces con el escritorio, haciendo ruidos aún más fuertes.

Vincente y Grace se estremecieron ante el sonido.

Grace, deseosa de alejarse, se preparó para volver a salir del despacho. Cuando retrocedía, Vincente la detuvo con la mano en la espalda.

Ella se volvió.

La rama se estaba levantando sola, con la ayuda del viento. ¿Se levantaba? Sí, extrañamente, se elevaba, cada vez más alto, casi a ras de la ventana abierta.

Observó cómo la rama llevaba al pájaro hacia arriba. De repente, sacó la rama completamente fuera de la ventana. La ráfaga siguió llevándola hacia el cielo.

«¡Ven aquí, Grace, tienes que ver esto!», susurró.

La rama rozó la ventana rota en su viaje hacia el exterior. Atrajo al pájaro cada vez más alto.

Los dos se quedaron mirando por la ventana, preguntándose adónde llevaría el árbol al cuervo muerto.

Grace no podía apartar la vista de los ojos del pájaro muerto. Atrapaban en ellos los rayos del sol y los reflejaban. Era como una máscara, una máscara de muerte.

«¡Tenemos que salir de aquí!» dijo Grace.

«No, espera. Quiero...» Vincente empezó a decir, y entonces el viento barrió la rama.

Las otras ramas cobraron vida de repente. Se movieron hacia arriba por voluntad propia. Siguieron de cerca a la rama con el pájaro muerto atado a ella.

El sonido de todas las ramas, moviéndose juntas, meciéndose con el viento, elevándose hacia arriba, creó una cacofonía espantosa. Sonaba como el aplastamiento de los huesos.

Grace se rodeó con los brazos mientras se le ponía la piel de gallina. Cuando el sonido se hizo demasiado fuerte para soportarlo, se tapó los oídos. Aun así, no pudo apartar la mirada de los ojos muertos del cuervo.

El ave fallecida seguía meciéndose hacia delante y hacia atrás, hacia delante y hacia atrás en una canción de cuna. Todo ello mientras permanecía ensartado en el extremo de la rama como una brocheta.

Grace contuvo la respiración. Con cada fibra de su ser, quería huir.

Sin embargo, no podía dejar de mirar los ojos del pájaro. Estaba paralizada. Absorta.

Igual que Vincente.

Se quedaron congelados en el tiempo.

Esperando a ver qué ocurría a continuación.

✳✳✳

LAS RAMAS SIGUIERON ELEVÁNDOSE. Se hizo un silencio ominoso en la oficina mientras el pájaro proseguía su viaje. Seguía rodeado de ramas, que lo rodeaban y lo recogían como si no pesara nada. Luego, con sus dedos artríticos y crónicos, las ramas empezaron a acunar al pájaro y a mecerlo, de un lado a otro, de un lado a otro.

El espectáculo era tan espantoso que Grace quiso gritar. En lugar de eso, empezó a mecerse de un lado a otro, al igual que Vincente. Era la belleza en movimiento, la elevación. El balanceo. El balanceo y la elevación.

Tenían que avanzar, acercarse a la ventana para verlo ahora. Tuvieron cuidado de no pisar los fragmentos de cristal que cubrían el suelo a su alrededor mientras alzaban el cuello a través de los cristales rotos y se asomaban a la ventana. Cada vez más alto, el pájaro seguía meciéndose suavemente, siendo llevado hacia el cielo.

Entonces todo se detuvo en el aire.

El silencio llenó la escena.

El tronco del árbol se movió.

Al principio fue un movimiento pequeño.

Apenas perceptible.

Se agitó, como alguien que acabara de despertarse.

Tosió. Chisporroteó.

Se balanceó y convulsionó.

Y entonces bostezó con un rostro grotesco. Una cara con una boca enorme y abierta en la que cayó el cuervo muerto.

Se oyeron crujidos. Ruidos espantosos, como de huesos rompiéndose, rechinando.

Eructó. Unas cuantas plumas negras salieron volando de su boca. Una fue a parar al alféizar de la ventana, donde Grace y Vincente estaban boquiabiertos.

Luego las ramas reanudaron el movimiento. Cambiaron de dirección. Apuntaron hacia abajo.

✳✳✳

«¡Corre!» exclamó Vincente.

Detrás, podían oír cómo el árbol se movía rápidamente. Cuando las ramas volvieron a entrar por la ventana, más fragmentos de cristal se estrellaron contra el suelo.

Cogidos de la mano, Vincente tiró de Gracia por el pasillo. Volaban, casi como si el espíritu del cuervo hubiera entrado en sus cuerpos.

Los artríticos dedos de madera avanzaron a tientas por el pasillo, siguiendo, golpeando, destruyendo y raspando todo lo que estaba a su alcance.

Una vez que Vincente y Gracia salieron de la escuela, él sacó las llaves del bolsillo y se las tendió a ella. Le dijo que abriera la puerta, que arrancara el coche y que volvería con ella en un momento. Si no, que se marchara.

«No sé conducir».

«¡Aprenderás rápido!»

Una vez dentro del coche, le vio quitarse la camiseta. Le vio atarse la camiseta alrededor de los tiradores de las puertas. Lo metió y sacó tantas veces como pudo, con la esperanza de ganarles algo de tiempo.

Cuando las ramas doblaron la esquina al final del pasillo, Vincente se dio la vuelta y echó a correr. Se metió en el coche, cerró la puerta de golpe y pisó a fondo el acelerador.

El coche se despegó cuando las ramas atravesaron las puertas.

«Vaya, eso ha estado demasiado cerca», dijo Grace, una vez que estuvieron a unas manzanas de la escuela. Aún respiraba ruidosamente, le costaba recuperar el aliento.

«¡No me digas! Todo aquello era una locura».

«¿Qué clase de árbol era ése?». preguntó Grace.

«Creo que era un olivo. La pregunta es: ¿por qué se alimentaba de pájaros? ¿Por qué tenía una boca casi humana y la necesidad de comer carne?».

«¡He oído hablar de pájaros que anidan en árboles, pero nunca de árboles que comen pájaros!».

«Sí, bueno, ahora estamos en un mundo totalmente distinto, Grace, y estoy pensando que quizá deberíamos hacernos con algunas armas. ¿Quién sabe qué más hay ahí fuera? Tenemos que pensar en protegernos. Cuanto antes, mejor».

«¿Dónde podríamos conseguir armas?»

«Conozco un sitio en la ciudad. Podemos conseguir pistolas, cuchillos, lo que necesitemos. De hecho, no hay momento como el presente. Estoy lo bastante agitado como para ir a buscar las armas ahora».

«Estoy agotada, pero no creo que me duerma pronto», dijo Grace mientras cruzaba los brazos sobre el pecho.

Mientras conducían por las calles arboladas, ahora sentían un miedo en el corazón que nunca antes habían sentido: ¡árboles! Árboles carnívoros.

«Siempre pensé que los olivos eran simbólicos, para la paz. Y recuerdo historias de olivos en la Biblia y en la mitología», dijo Vincente.

«¿Son autóctonos de Australia?»

«Desde luego que no. Pero, ¿por qué iba a importar eso?»

Ninguno de los dos lo sabía con certeza. Tampoco sabían por qué el árbol carnívoro había adoptado un rasgo tan poco característico.

Intentaron no pensar en ello mientras se dirigían a la armería del corazón de Sydney.

CAPÍTULO 13

UN CARTEL PARPADEANTE EN la fachada pulsaba ¡Armas! ¡Armas! ¡Armas! Debajo: Permiso requerido por la ley estatal de Nueva Gales del Sur. Ya no era la ley del país.

Vincente Marino y Grace Greenway no tenían permiso. No tenían 18 años. No tenían identificación ni dinero. Pero no importaba. Estaban aquí para protegerse. Nada iba a detenerlas.

Vincente empujó la puerta y entraron. Grace se quedó detrás de Vincente, abrumada por todo el armamento. Miró a su alrededor, intentando captar el espíritu de las cosas, pero era algo que superaba su imaginación.

«Ésta es buena», dijo Vincente. «Puedes llenarla con muchas balas, así no tendrás que recargar tanto. Sería bueno tenerla en una batalla. Puede perforar fácilmente el tronco de cualquier árbol».

«Hmmm», dijo Gracia sin comprometerse porque no se le ocurría nada más que decir.

Entonces Vincente siguió adelante y cogió otra arma. «Ésta también es buena porque es pequeña y fácil de esconder. Verás, puedo ponerla en la parte delantera de mis pantalones y nadie sabría que la llevo».

«¿Pero eso no es peligroso? Para ti, quiero decir. ¿No podría dispararse accidentalmente?».

Vincente sonrió: «Yo dejaría el seguro puesto. No me gustaría disparar nada».

Gracia sonrió y se sonrojó. No podía creer que estuvieran teniendo esta conversación mientras Vincente le ponía la pistola en la palma de la mano. «También es lo bastante pequeña para que la metas en el bolso».

Palpó la pistola. No pesaba nada y cabía perfectamente en la palma de la mano. Le sorprendió que no le pareciera más extraña, pero no le dio demasiado miedo, probablemente porque parecía un juguete.

«No está cargada», dijo Vicente. «De hecho, ninguna de las armas está cargada. No tengas miedo de cogerlas y mirarlas más de cerca».

«¿Probar antes de comprar?»

«Sí, muy gracioso. Sigamos mirando».

Observó cómo Grace abría su mente, aceptando el hecho de que su nueva realidad requería armamento.

Grace cogió una cesta de plástico y empezó a examinar los cuchillos. Los había de todos los tamaños y formas, y también había espadas. Intrigada, cogió unos cuantos cuchillos en fundas de metal y los metió en la cesta. Siempre podría utilizarlos para cortar zanahorias y cebollas, en el peor de los casos.

«Vaya, ese bebé -señaló Vincente uno de los cuchillos que Grace tenía en la cesta-, probablemente podría cortar un tronco por la mitad. Gran elección».

Grace sonrió. Vincente había apilado bastantes armas en un baúl de aspecto militar. Llevaba varias dianas portátiles grandes bajo el brazo.

«Te enseñaré a usar las armas cuando salgamos de la ciudad. Yo también tendré que hacer un curso de repaso con armas de verdad, ya que toda mi experiencia con armas es de jugar a juegos de ordenador.»

«Podríamos disparar un tiro en línea recta por la calle George y nadie lo oiría», dijo Grace.

«Cierto, cierto, pero me parecería demasiado raro. Incivilizado, si sabes a qué me refiero».

«Sí, lo entiendo», dijo Grace. «Al fin y al cabo, Sydney es nuestro hogar. Tenemos que tratarla con el respeto que se merece».

«Sí, es nuestra ciudad, nuestro Sydney, y no se me ocurre una ciudad más hermosa en la que estar varado contigo, Grace».

Ella se sonrojó cuando él se acercó a ella. Cogió el recipiente de plástico de los cuchillos y se dirigió hacia el coche. Nunca le había querido tanto. Cuanto más se hacía cargo, más rezumaba sensualidad y testosterona. Deseó poder correr hacia él y besarle abiertamente. Probablemente él pensaría que era demasiado atrevida y que había perdido la cabeza... otra vez.

Vincente pensaba en lo sexy que parecía Grace, sosteniendo la pistola en la palma de la mano. Pensó que estaría aún más sexy si él le enseñara a disparar. Se detuvo. Grace no era su tipo. Había sido muy valiente en la oficina del director. Mantuvo la calma cuando muchos otros habrían perdido la cabeza. Aun así, estaba preocupado, sobre todo porque pensaba demasiado en ella. ¿Por qué? Ya pasaban juntos las veinticuatro horas del día. ¿Por qué no anhelaba un poco de tiempo a solas?

Con Missy Malone, al cabo de un par de horas -si no se estaban besando- se aburría. Quería hacer deporte o salir con los chicos. Ella era su tipo: guapa y popular. No era la chispa más brillante, pero eso no importaba mientras encajaran bien.

La realidad era que Missy probablemente ya se había ido, como todas las demás. La echaba de menos, y se preguntaba si serían los últimos que quedaban, si las cosas serían diferentes. Diferentes de lo que eran ahora entre él y Grace. Se sentía cómodo con Grace, y ella no era exigente.

«¿Estamos listos para irnos AHORA?» exigió Grace, haciéndole volver a la realidad.

«Sí, lo siento. Me he dormido un segundo».

«Está oscureciendo. ¿Quizá deberíamos buscar un sitio donde pasar la noche?

«Sí. Conozco el sitio perfecto. Vamos a quedarnos en el puerto de Sydney. Podemos relajarnos allí y fingir que somos turistas».

«Me parece perfecto».

Condujeron hacia The Quay y se detuvieron justo delante del Marriott. Entraron y, tras prepararse algo de comida en la cocina vacía del hotel, subieron a la suite del ático, que tenía varias habitaciones.

En habitaciones separadas, se durmieron y soñaron con árboles carnívoros.

Y besándose.

CAPÍTULO 14

A LA MAÑANA SIGUIENTE, Vincente estaba en su balcón. Miró hacia el puente del puerto de Sydney y luego oteó el horizonte, contemplando la Ópera. Todo parecía normal, igual que antes. La mayoría de los transbordadores del puerto estaban anclados al muelle, zarandeados de un lado a otro por las olas. Esperando a los pasajeros. De cerca, todo parecía como lo recordaba. Entonces amplió el campo de visión y se dio cuenta de que unos cuantos transbordadores se habían estrellado contra la orilla. Estaban mitad en el agua y mitad en tierra.

Grace le llamó. Cuando él le devolvió la llamada, ella entró por su habitación y se reunió con él en el balcón. Les preparó a los dos una taza de café. Se sentaron fuera.

Grace ya se había duchado. «Creo que hoy tenemos que comprarnos ropa nueva».

«Sí, estoy de acuerdo. Debería haberlo pensado ayer».

«Demos un paseo, compremos algunas cosas y luego podemos intentar disfrutar un poco del día y del sol».

«Ése es un buen plan para la mañana. Luego, por la tarde, te dejaré aquí y tal vez puedas conseguir un libro, o podemos buscarte un portátil».

«Creo que prefiero quedarme contigo».

«Ah, entonces debes de sentirte mucho mejor esta mañana», observó Vincente.

«Sí, así es. Me siento... Bueno, hoy me siento muy muy feliz».

«Vamos a desayunar algo y luego hacemos unas compras».

«¡Vamos!»

$$***$$

Se probaron mucha ropa, tanto de lujo como artículos más prácticos, pero ir de compras no era lo mismo cuando podías tener lo que quisieras. Al cabo de un rato, se aburrieron y sólo se llevaron lo que necesitaban.

De vuelta a la habitación, Grace se puso unos vaqueros ajustados, un jersey azul cielo y unas zapatillas Nike. También encontró unas cómodas chanclas rojas.

Vincente se puso unos vaqueros Levi's negros, una camiseta blanca y unas zapatillas Reebok.

En el coche, estaban notablemente callados mientras conducían por las calles arboladas. Observaron todo tipo de árboles muertos, que parecían burlarse de ellos en su viaje. Los esqueletos de los árboles, moribundos o ya muertos, les hicieron perder un poco la esperanza. Los dedos largos y huesudos de las ramas se extendían, burlándose de ellos.

Parecía que la naturaleza se volvía contra ellos. Un árbol carnívoro. Los árboles muertos o moribundos. No más manzanas.

Ni naranjas. Ni peras. Ni limones. Ni limas. Ni aceitunas. Ni árboles de Navidad. Ni robles majestuosos meciéndose con la brisa.

Junto a la carretera, encontraron la estructura de madera más doblada y retorcida que habían visto nunca. Sus miembros atormentados y decadentes se extendían hacia el cielo, como si buscara lo que no podía tener, por toda la eternidad.

Grace se estremeció, y entonces divisó un único árbol en la distancia. Este árbol era diferente de los demás. Sus brazos se extendían por el tronco, en forma de cruz.

Vincente detuvo el coche. «Mi madre es artista», dijo Vincente. «Creo recordar un cuadro de alguien, quizá de Delacroix, con árboles parecidos y Jacob luchando contra un ángel».

«¿Crees que es una señal?».

«Si lo es, una señal, no sé cómo leerla».

«Quizá simplemente creció del suelo de esa manera».

«Tal vez».

Grace se fijó en otra cosa. Era un grupo de arbustos. Rosales. En el extremo de una rama crecía una sola rosa roja. Era la última. Quizá la última flor de la historia.

Grace se agachó junto a ella, como si se arrodillara ante ella. Rezándole.

Vincente la observaba, sin saber qué hacer ni qué decir.

Gracia olió su fragante perfume, acunándola. Protegiéndola de la brisa. Gracia pensó que le gustaría tumbarse junto a ella, permanecer allí, a la vista de aquella hermosa y única rosa roja.

«Vamos, Grace», Vincente interrumpió sus pensamientos. «Cada vez está más oscuro».

«Quiero quedarme aquí».

«No podemos quedarnos aquí. No podemos hacer que el tiempo se detenga».

«¡Ya lo sé! No estoy loca. Sólo quiero quedarme aquí, aferrándome a esta rosa». La acunó. «Quiero formar parte de algo de auténtica belleza. Quiero sostener algo surgido del suelo; de la tierra que una vez conocimos. Quiero sustituir el recuerdo de aquel árbol sanguinario por el recuerdo de esta rosa. Una cosa bella-»

«-Es una alegría para siempre», dijo Vincente. «Clase de inglés. John Keats».

Gracia seguía fascinada por la rosa.

Vincente empezaba a preocuparse, pues ahora estaba muy oscuro y se encontraban en un campo rodeado de todo tipo de árboles y arbustos.

¿Y si uno era como aquel otro árbol, que creían que era un olivo? ¿Y si todos eran así? Quería salir de allí, sacar a los dos de allí. Fuera del peligro inminente.

«Gracia -dijo, agachándose junto a ella-, esa flor caerá cuando esté preparada para ello. Puedes arrancarla ahora y llevártela contigo. Así permanecerá contigo. La belleza permanecerá contigo unos días. O puedes dejarla en manos del destino, del azar, de la naturaleza o de Dios, si es que existe, y marcharte».

El viento cobraba fuerza y Gracia empezó a temblar.

«Se avecina una tormenta, Vincente. Mira las nubes. Se están juntando, casi como si intentaran empujarse mutuamente fuera del cielo».

Miró hacia arriba, pero sólo veía oscuridad.

«¿No lo sientes?», preguntó ella. Volvió a estremecerse y sus dientes empezaron a castañear. Se rodeó con los brazos y soltó la rosa.

Permanecieron juntos en el campo, hasta que el cielo nocturno empezó a agitarse, arremolinarse y enrollarse. Entonces empezó a llover en gotas negras como la tinta, lo que les hizo ocultar sus rostros y correr para ponerse a cubierto.

Desde el cielo oscuro se lanzaron rayos de luz en forma de lanzas con forma de Z hacia la tierra, golpeando dondequiera que se dirigieran de forma aleatoria.

A su alrededor, los rayos alcanzaron árboles y casas, estallando en llamas. La lluvia cayó con más fuerza y los relámpagos volvieron a caer.

«Tuvo que aprender a luchar por sí misma para sobrevivir», dijo Gracia. Se refería a la rosa, pero sabía que ellas también debían luchar, y que la propia naturaleza iba a dar la batalla de su vida.

«Demasiado para nuestras ropas nuevas», dijo Vincente.

Escaparon de aquel lugar, mientras jugaban al dodgem con los rayos.

CAPÍTULO 15

CUANDO POR FIN EL cielo nocturno se hubo consumido por los relámpagos y la lluvia, Gracia y Vicente se detuvieron a un lado de la carretera. Juntos observaron cómo salía el sol en el horizonte.

«Es un día nuevo», dijo Gracia.

«Sí, y hoy es el día en que creo que deberíamos hacer una excursión a casa de tu madre... a tu casa».

«¿En serio? Me da un poco de miedo. ¿Crees que quizá sea demasiado pronto para que vuelva allí, para que experimente de nuevo mi hogar? ¿Y si...?

«Hoy nada de 'y si...'. Vámonos y ya veremos lo que encontramos cuando lleguemos, ¿vale?».

«¿A qué distancia está?»

«No muy lejos de donde estábamos antes, junto a la escuela».

Grace pensó un momento en su casa. Se imaginó a su madre en la puerta principal, abriéndola. Saludándola con un fuerte abrazo. Contenta de verla. Grace sintió que una lágrima le corría por la mejilla y se la apartó con la palma de la mano, esperando que Vincente no se hubiera dado cuenta.

«Está bien que pienses en tu madre. No deberías tener miedo de recordar».

«Es que… me imagino cosas, me las invento, en lugar de tener recuerdos reales con los que vivir. Me parece una mentira».

«¡Eh, no eres la primera persona que se miente a sí misma, y no serás la última! Cuando era niña, soñaba con ser artista, como mi madre, y mírame ahora: Soy atleta. Y si hubiera sido artista en vez de atleta, ¿crees que habría sido popular? ¿Me habrían aceptado?»

«¿Por qué es eso tan importante para ti? Quiero decir, ¿ser aceptada por otras personas, algunas de las cuales probablemente ni siquiera conoces?».

«La verdad es que nunca había pensado en ello», dijo Vincente. Ahora se mentía a sí mismo, y también mentía a Gracia. No podía decirle que, en efecto, era un artista por derecho propio, porque nunca se lo había contado a nadie ni había enseñado a nadie su obra. Siempre lo tenía escondido en su habitación. Nadie lo sabía, excepto sus padres y sus abuelos.

La miró. Grace Greenway, la chica que una vez le hizo los deberes de matemáticas. Grace Greenway, la chica cuya capacidad para formular ecuaciones matemáticas superaba con creces su edad.

Y ahí estaba él, Vincente Marino, el chico deportista, el que era venerado y adorado, el que dependía de la ayuda de ella para mantener sus notas lo bastante altas como para poder seguir jugando. Porque si no hacía deporte, no era nada y no era nadie. Fue Grace quien le permitió seguir jugando, y ni siquiera le pidió su agradecimiento o aprecio a cambio. De hecho, ni una sola vez le rechazó, ni siquiera cuando él se dejó llevar por la multitud y no siempre fue el tipo más amable con ella. Es decir, nunca la apoyó abiertamente, ni siquiera cuando los otros chicos se burlaban de su peso y de su mente calculadora superior.

Sin embargo, ahora la apreciaba más de lo que ella creía, y estaba decidido a no caer en la misma trampa que antes. Ya no quería ser el tipo de hombre que daba por sentada a Grace Greenway.

«Llegó el momento», dijo Vincente cuando entraron en la entrada del número 15 de Wheat Field Lane.

«Antes de entrar, tengo que decir algo». Grace vaciló y luego continuó: «Allí atrás, ¿sentiste que algo sufría? ¿Aquellas gotas de lluvia negras, quiero decir, negras? Aún puedo sentirlo, pero no es tan fuerte. Es como si algo burbujeara bajo la superficie, esperando venganza, aunque no sé de quién. Es como si la propia naturaleza sufriera y pidiera ayuda.

«Grace, creo que podrías tener razón, y es algo en lo que debemos pensar. Pensar de verdad en ello, y tal vez incluso investigar un poco sobre esas gotas de lluvia. Eran sólo temporales y nos quitaron la ropa. Pero por ahora, centrémonos en el presente. Estás en casa, y lo que fuera que estuviera ocurriendo antes, ahora está en calma. Disfrutemos del nuevo día».

«Lo intentaré», dijo Grace, "pero sea lo que sea lo que hay ahí fuera, creo que tenemos que estar preparados".

«Estamos preparados. Tenemos armas. Sobre todo, nos tenemos los unos a los otros. Ninguno de nosotros está solo en esto. Ahora somos un equipo».

«Un equipo», repitió Grace mientras salía del coche y miraba su casa por primera vez. Recorrió con la mano los ladrillos de color amarillo rojizo hasta llegar a la puerta principal.

Se detuvo un momento, contemplando su belleza. Esperaba recordar una puerta principal tan significativa, pero no le vino ningún recuerdo.

«Es una...» dijo Grace, admirando la vidriera, que adoptaba la forma de un pájaro en vuelo. Grace pasó los dedos por los bordes exteriores, con la esperanza de captar una conexión con ella.

«Fénix», observó Vincente. «Según la leyenda, estalla en llamas y luego renace».

«Un pájaro combustible. ¿Mis padres tienen un pájaro combustible en la puerta de casa?».

«Eso parece. A mí me parece genial. También es un símbolo de paz y verdad. Supongo que ésa es otra razón por la que podrían haberlo elegido».

«Sí, parece un bonito pájaro para tener vigilando tu casa». Grace pisó con cuidado el césped, observando las cosas.

«No intentes presionarte demasiado, Grace. Sólo abre tu mente a los recuerdos. Hazles saber que estás preparada para recibirlos».

«¡Estoy preparada para recibirlos desde el día en que me desperté!». exclamó Grace, pero comprendía perfectamente lo que quería decir. No quería reforzar las dudas ni las barreras innecesarias. Quería ser como un río, un río en el que sus recuerdos pudieran fluir libremente hacia ella.

«Deja que tus sentimientos te guíen», dijo Vincente. «Deja que tus sentidos tomen el control».

«Vale, vale», dijo Gracia. «Haces que parezca muy fácil, pero no lo es. Me siento como un lienzo en blanco, y no debería sentirme así. No cuando estoy en casa».

«Dale tiempo. Ten paciencia. Ahora vamos dentro. Quizá dentro...» Grace sabía exactamente lo que estaba pensando. Alargó la mano hacia el picaporte. No cedió. Llamó a la puerta y tocó el timbre, pero estaba claro que no había nadie.

«Quizá haya una llave en algún sitio por aquí», sugirió Vincente. «Intenta pensar: ¿dónde dejaría tu madre una llave?».

«No tengo ni idea», dijo Gracia. Aunque tuvo una idea, una inclinación a que su madre podría haberla dejado en el buzón. Siguió el impulso, abrió la solapa, pero la búsqueda fue infructuosa.

«¡Lo estás haciendo muy bien!» dijo Vincente.

Gracia sabía que intentaba animarla. Pero se sentía tan fuera de sí que le resultaba difícil apreciar o aceptar sus pequeños mensajes de apoyo sin sentir que eran condescendientes.

Grace cerró los ojos e intentó imaginar una llave. Pensó que estaría debajo de un felpudo, pero no había felpudo en la puerta principal.

«Vincente, creo que está debajo de un felpudo».

«Ahí es donde mi madre siempre me deja la llave. ¿Seguro que no te estás metiendo en mis recuerdos?». bromeó Vincente.

Se rieron.

«¿Tal vez por detrás?»

Encontraron un felpudo y la llave. Por fin Grace Greenway estaba en casa.

CAPÍTULO 16

Grace dudó antes de meter la llave en la cerradura. Pensaba en lo agradecida que estaba de que hubieran encontrado la llave. Temía lo que pasaría si no la encontraban. Tendrían que romper una ventana o derribar una puerta. Entrarían en su propia casa como lo haría un intruso, y pensar en ello la hacía estremecerse, incluso ahora.

«Ya casi estamos», dijo Vincente, tratando de instar a Gracia a que abriera la puerta. Sabía muy bien lo asustada que debía de estar. Era todo un mundo, su propio mundo, ¿y si no tenía recuerdos de él? Bueno, eso sería duro, pero juntos se enfrentarían a ello.

«¿Estás preparada?», preguntó él, volviéndose hacia ella.

«Estoy pensando en lo agradecida que estoy por haber encontrado la llave».

«No la hemos encontrado nosotros, sino tú, y eso es buena señal, pero no tenemos ninguna prisa. Cuando estéis listos». Se sentó en la escalera superior, dejándole espacio para que abriera la puerta a su tiempo. Ahora tenían tiempo de sobra. Antes no era así, cuando tenían clases a las que ir, autobuses que coger, amigos con los que salir, deberes y exámenes y deportes escolares, y también cosas de la familia. Los días siempre estaban llenos de cosas que hacer.

«Vale, allá vamos», dijo Grace. Giró la llave en la cerradura y empujó la puerta para abrirla. Invitó a Vincente a que la acompañara dentro, y de nuevo se le pasó por la cabeza la idea de que los vampiros necesitaban una invitación para entrar en cualquier casa.

Sonrió, preguntándose por qué el tema de los vampiros le rondaba por la cabeza en los momentos más extraños. Si él era uno, un vampiro, ¿cómo podía estar alimentándose? ¿Cuando eran los dos únicos cuerpos calientes que quedaban en el mundo? A menos que lo que hubiera sucedido hubiera cambiado su sistema y ya no necesitara sangre para sobrevivir. ¿Por qué recordaba todo eso de los vampiros y nada más?

Grace sacudió la cabeza. Intentó hacer desaparecer los extraños pensamientos vampíricos para poder volver al momento. El momento en que volvía a entrar en su propia casa. Por otra parte, tal vez era exactamente eso en lo que intentaba evitar pensar.

El final de la casa era un atrio, con muchas plantas y cojines. Un lugar donde sentarse, mirar al jardín y relajarse. Grace se volvió y vio un columpio y un tobogán escondidos detrás del cobertizo del jardín.

Se imaginó por un momento deslizándose y columpiándose como una niña pequeña. Intentó recordar a su madre o a su padre empujándola en el columpio, o a Daryl y a ella correteando por el jardín. Podía imaginárselo todo, pero era sólo eso: su imaginación. No eran recuerdos de lo que realmente había ocurrido.

Vincente estaba a su lado, mirándola y no mirándola al mismo tiempo. Pensó que ella necesitaba espacio, y no quería estorbar ni hacer que se sintiera incómoda. Al mismo tiempo, quería que ella guiara el camino. Al fin y al cabo, aunque ella no lo recordara, era su propia casa, y él no era más que un extraño. La observó en silencio, perdida en sus pensamientos, mientras sus ojos recorrían el jardín.

«No lo recuerdo», dijo finalmente Gracia.

«Ya llegará». dijo Vincente. «Entremos e intentemos relajarnos».

«De acuerdo», dijo Gracia, y se encaminó por el pasillo. Pasó junto a una habitación con la puerta cerrada. Curiosa, la abrió y se encontró con la lavandería. Más adelante, entró en la cocina. Fue como entrar en un rayo de sol. La cocina era toda amarilla. Amarillo canario, incluidos los electrodomésticos, las cortinas, el papel pintado, el mantel y los manteles individuales. Grace se acercó y observó pequeñas huellas de girasoles en casi todo. Estaba claro que a su madre le gustaba mucho el amarillo, y aún más los girasoles.

«Girasoles», dijo Grace, esbozando una sonrisa. Sacó los tallos secos del jarrón, lo llenó en el fregadero y volvió a ponerlos en agua fresca. Enseguida se animaron. Grace miró por la ventana y descubrió una hilera de girasoles muertos a lo largo del lateral de la casa. Los que acababa de tocar habían sido arrancados por su madre. Tal vez por ella misma. Los llevaron a la cocina y los colocaron exactamente en aquel jarrón.

«Tu madre sí que sabía cómo llevar el sol al interior», dijo Vincente, intentando tranquilizar a Gracia, que volvía a estar perdida en sus pensamientos. Se sentó a la mesa del comedor, procurando no hacer mucho ruido al echar la silla hacia atrás. Echó un vistazo a la habitación y pensó que era bonita, pero un poco recargada para su gusto. Un poco de sol en la casa estaba bien, pero esto era realmente, bueno, brillante. En este momento, echaba mucho de menos sus gafas de sol.

Grace pasó la mano por la encimera, intentando reconectar. Abrió algunos armarios y encontró una taza de café con su nombre. Había una que decía: «Papá número uno», otra que decía: «La mejor madre del mundo», y luego una taza que sólo decía una palabra: Daryl. Ésta era su casa. Había pruebas. Pruebas. ¿Por qué no podía recordar?

Por favor, déjame recordar, pensó, algo, lo que sea. Por favor.

Vincente pensó que Grace ya llevaba demasiado tiempo sumida en sus pensamientos y decidió que era hora de distraerse. Movió la silla hacia atrás, esta vez no en silencio, haciendo un ruido de raspado mientras decía: «Uy, perdona, pero me está rugiendo tanto el estómago que me vendría bien un tentempié».

Grace volvió a los pensamientos vampíricos durante un segundo, y luego se dio la vuelta y abrió la nevera. No había mucho, ya que su madre había pasado la mayor parte del tiempo en el hospital. Abrió el armario de arriba, sacó una jarra de café y preparó una infusión para cada uno. Echó un poco de crema falsa. Sorbieron en silencio durante unos instantes.

«Si pudieras comer cualquier cosa, lo que fuera, ¿qué comerías? preguntó Grace. Si él respondía que una botella de sangre, ella se desmayaría.

«Me comería un jugoso filete de ternera, una patata asada con crema agria y mantequilla derretida, y de postre, un Lamington».

«Hagámonos un festín la próxima vez que nos quedemos a dormir en un hotel, ¿vale?». dijo Grace.

«¿Eres buena cocinera?»

«¡No tengo ni idea! Pero estoy dispuesta a intentarlo».

«No he cocinado mucho. Normalmente cocina mamá, y en ocasiones, cuando no está, uso el microondas o pido comida para llevar».

Volvieron a guardar silencio unos instantes más. Grace miraba hacia el pasillo, dispuesta a echar un vistazo al resto de la casa. Miró el reloj que había sobre el fregadero, y le dijo que eran poco más de las seis.

Sin embargo, pronto estarían cansados y necesitarían dormir un poco. Pronto oscurecería. Es cierto que podían encender las luces, pero ella prefería echar un vistazo a la casa ahora, cuando aún tenían toda aquella luz natural con la que trabajar.

«Vale, estoy lista para continuar la exploración», dijo Grace. Se levantó y enjuagó las tazas vacías en el fregadero. Luego salió de la cocina y continuó por el pasillo.

Vincente la siguió en silencio, dándole una vez más tiempo y espacio para explorar libremente. Le dio la oportunidad de abrir su mente de par en par.

$$***$$

EL PASILLO ERA LARGO y no tan luminoso como lo había sido la cocina. Aunque la madre de Grace tenía mesas auxiliares, espejos y cuadros que te hacían compañía mientras te dirigías hacia la oscuridad absoluta del salón. Grace atravesó el suelo enmoquetado y corrió las cortinas de un tirón. Se dio la vuelta para ver qué se le había escapado. Esperaba que con aquel movimiento repentino todo volviera a su memoria.

Vincente observó, sin que se notara. No quería añadir más presión a la situación.

Gracia puso las manos en las caderas y, por unos instantes, la esperanza apareció en su corazón.

Contuvo la respiración.

Vincente también percibió un atisbo de esperanza e hizo un movimiento hacia ella.

Ella lo detuvo con la palma de la mano. Empezó a pasearse.

Grace era como un pájaro, buscando comida desde arriba. Dio vueltas por la habitación haciendo piruetas.

Pronto el brillo de la esperanza desapareció de sus ojos y cayó desplomada.

Se puso las manos sobre la cara y lloró.

CAPÍTULO 17

V INCENTE SE ARRODILLÓ DELANTE de Gracia. Buscó las palabras adecuadas. No las encontraba porque la mente le daba vueltas y el corazón se le aceleraba. Se había quedado sin aliento de tanto contener el impulso de tomarla en sus brazos y...

Vincente se controló. Mantuvo una conversación consigo mismo sobre cómo ella no era el tipo de chica que le atraía. Que no importaba lo mucho que se dejara llevar por su agitación emocional. A veces era una persona empática. No a menudo, pero a veces. Cuando veía cosas en las noticias, sobre gente herida, sobre personas cautivas, o países asolados por la guerra, o niños o animales maltratados, lloraba.

Ver a Grace ante él, aquí y ahora, se había convertido para él en como ver las noticias. Quería tenderle la mano y consolarla como haría con un niño. Entonces, ¿por qué sentía también algo más? ¿Algo diferente? ¿Y qué era? Examinó su sentimiento durante un momento, y se dio cuenta exactamente de lo que era. Sentía la necesidad de cuidar de Grace. De protegerla. Sí, ¡tenía que ser eso!

No podía ser otra cosa. La sensación que tenía en sus entrañas en ese momento. No podía ser lujuria. No, eso no.

Cuando Vincente volvió al presente, Grace estaba de pie. Pasaba los dedos por la repisa de la chimenea y las fotografías enmarcadas. Cuando Grace se detuvo, Vincente fue a ponerse a su lado.

Cuando vio la fotografía, sonrió y la cogió. Juntos la examinaron más de cerca. Era Grace. Probablemente tendría unos cuatro o cinco años, y estaba acunando un ábaco.

«Sin duda eres tú», dijo Vincente. «Puedo ver tus ojos en los suyos».

Gracia sonrió y tamizó la niebla de su mente.

«Sé que soy yo. Puedo ver que soy yo. Pero no puedo recordarla a ella, ni al ábaco».

Vincente cogió entre sus manos sus arrebatos cerrados y los abrió uno a uno, como si abriera dos rosas. La atrajo hacia sus brazos.

Ella se acurrucó allí, escuchando su corazón, sintiendo un nuevo tipo de conexión. Se apartó.

«¡Mira!», exclamó. «Son mi padre y mi hermano». Bajo la fotografía, una placa rezaba *Benjamin Greenway, amado esposo de Helen, querido padre de Grace y Daryl. Fallecido demasiado pronto, a los 55 años.*

La otra fotografía también tenía una placa: *Daryl Greenway, amado hijo de Helen y Benjamin Greenway. Se fue a descansar con su padre, a los 21 años.*

Grace tomó una gran bocanada de aire, recordándolos en el hospital. Sacudió la cabeza. No la habían visitado, se corrigió, porque ambos habían muerto. Debía de estar imaginándoselo.

«Es muy triste», dijo Grace. «Dos personas que significaban el mundo para mí, y no siento nada. Excepto tristeza por mí misma, por no poder recordarlas. Soy una persona tan egoísta».

«¡No eres egoísta! Es sólo que ahora no puedes recordar, y no es culpa tuya».

«Tengo tantas ganas de recordar algo. Cualquier cosa».

«Y lo harás, sólo ten paciencia. Dale tiempo».

«No creo que vaya a ocurrir, Vincente. No creo que lo recuerde nunca».

Vincente se puso las manos en las caderas. «Volvieron a visitarte, al hospital, por alguna razón. Quizá volvieron para ayudarte».

«¿Cómo? ¿Haciéndome creer que estaba perdiendo la cabeza?».

«No, para demostrar que aún los conocías, aunque hubieran cruzado al otro lado. Hablaste con ellos. Mantuviste una conversación con ellos».

«Sí, pero carecía de sentido».

«Porque interrumpí. Quizá aún no te habían dicho lo que tenían que decirte».

«Sería interesante si fuera cierto, Vincente. Pero no me parece muy creíble. De todos modos, gracias -dijo Gracia. Cruzó la habitación y se detuvo al pie de la escalera.

«Quizá», dijo Vincente. Grace se volvió hacia él. «Quizá te estaban dando un mensaje. Llevándote a una época de tu vida en la que tenías a ambos contigo: una época más feliz. Un tiempo en el que tenías un pasado que recordar, un presente en el que vivir y un futuro que esperar».

«Dos de tres, entonces», dijo Gracia.

Vincente se echó a reír y empezó a cantar y bailar.

«Sigue», le insistió Gracia.

Vincente se deslizó por el suelo utilizando un jarrón como micrófono y, sobre una rodilla, cantó una serenata a Grace, que aplaudió con entusiasmo.

Tenía las mejillas sonrojadas cuando se acercó a él y le besó con fuerza en la boca.

Él le devolvió el beso. Las manos de él vagaron y las de ella también, y sus lenguas se exploraron.

Ambos se dieron cuenta de lo que ocurría al mismo tiempo y retrocedieron simultáneamente.

«¿Qué intentas hacerme? preguntó Grace. «Lo siento, lo siento mucho», dijo Vincente.

«Fuimos los dos...».

«Sí, fue el momento. Estoy de acuerdo en que ambos-»

«Olvidemos que ha ocurrido», dijo Gracia.

«Buena idea», convino Vincente. Vio cómo Grace subía las escaleras.

Cuando llegó arriba, se dio la vuelta y sonrió por encima del hombro. «Hasta pronto. Voy a buscar mi habitación y a refrescarme un poco».

«Estupendo», dijo Vincente, mientras se pasaba los dedos por el pelo. Cuando la perdió de vista, volvió al baño y se echó agua en la cara. Se miró en el espejo y se preguntó quién era la persona que le devolvía la mirada. ¿Quién era esa persona? ¿Quién tenía sentimientos, sentimientos de verdad, por alguien que hace sólo unos días no habría significado nada para él, aparte de una chica que podía ayudarle con los deberes de matemáticas para que siguiera en el equipo? Ahora, la había engañado a lo grande, y ella había respondido, se había abierto a él. Se sentía tan avergonzado de sí mismo por haberse aprovechado de Grace, sobre todo en ese momento en que ella era tan vulnerable.

Entonces pensó en sus suaves labios, en cómo habían dudado y luego se habían abierto a él. Le besó como ninguna otra chica le había besado antes. Se estaba enamorando aún más de él, y él lo sabía.

El problema era que él también se estaba enamorando de ella.

CAPÍTULO 18

ARRIBA, GRACE TAMBIÉN SE echó agua fría en la cara. Estaba radiante, tanto por dentro como por fuera. Por un momento, no le importó en absoluto recordar su pasado, porque pensó que su futuro era más importante. Vincente era más importante para ella que cualquier recuerdo.

Caminó por el pasillo, pasando junto a habitaciones con las puertas cerradas. Su mente recordó el beso y la fiebre que había recorrido su cuerpo como el fuego, hasta que encontró su habitación. Tenía que ser la suya, porque había un ordenador haciendo tictac, fotos de Einstein y Fibonacci, libros de texto, un ábaco y... bueno, tenía que ser su habitación.

Sobre la cómoda, descubrió un pequeño joyero. Cuando lo abrió, empezó a sonar una canción.

«¿Necesitas ayuda? llamó Vincente.

Gracia volvió al final de la escalera con una pequeña almohada en la mano. Se la lanzó. Era una almohada con forma de corazón.

De vuelta a su habitación, dio la vuelta al joyero que identificaba la canción como una famosa canción de amor. Dejó la caja abierta, escuchando la melodía una y otra vez mientras se dirigía a la ducha.

Se detuvo un momento al oír un sonido extraño. Un murmullo. Un susurro. Escuchó. Cerró la tapa del joyero. Volvió a escuchar. Pensó que debía de estar dentro de su cabeza. Dio otro paso. Volvió a oírlo. Se detuvo. Escuchó.

El volumen aumentaba, pero sólo ligeramente.

«¿Estás bien ahí arriba?» preguntó Vincente, al ver que Gracia permanecía inmóvil, con la mirada perdida en el pasillo.

Grace asintió. Volvió a su habitación. Se cambió de ropa justo a tiempo, cuando Vincente llegaba al rellano.

«Estoy bien -dijo Gracia-. «Sólo...», vaciló. «¿Has oído algo? Desvió la cabeza, esperando volver a oír el ruido.

«He oído música», dijo Vincente.

«Sí, era mi joyero, toca música. ¿Pero algo más?»

«¿Como qué?» dijo Vincente, mirándose los pies.

A Gracia le pareció que había oído algo, pero no quiso decírselo, por si ella no lo había oído. Se notaba que estaba preocupado. «Como un susurro», dijo Grace.

«Sí, he oído algo».

«Pensé que estaba en mi cabeza», confesó Grace. «Al principio. Pero ahora...»

«No, yo también lo oigo. Es como...» Vincente hizo una pausa, quedándose inmóvil.

«Shhhhh», dijo Gracia, pues había vuelto a empezar. Un poco más fuerte aún.

Casi como un gemido.

Susurraba su nombre, Gracia, repetidamente, como si fuera el estribillo de una canción. «¿Quizá sea mi madre?». sugirió Grace.

«Quizá».

«Quizá esté herida».

«Quizá».

«Shhhh».

Una fuerte ráfaga de viento pareció entrar por la puerta principal y subir las escaleras hacia Gracia y Vicente. Su fuerza era tan grande que los empujó contra la pared. El contenido de la casa tembló y los cimientos gimieron.

¿Otro terremoto?

Decidieron que estar en el último piso no era el mejor lugar. Se cogieron de la mano y se dirigieron hacia la escalera.

«¡Salgamos de aquí!» exclamó Vincente.

Gracia sabía que debían hacerlo, y de inmediato. Sin embargo, le preocupaba que su madre estuviera atrapada en la casa. ¿Y si estaba herida?

Cuando llegaron a la escalera, se agarraron a las barandillas de madera mientras la escalera se balanceaba de un lado a otro. La casa empezó a temblar y a retorcerse, casi como si pretendiera levantar el vuelo. La escalera empezó a sonar como las teclas de un piano, rompiéndose, lo que les hizo abandonar su plan de volver a Tierra Firme.

Una vez más, la voz llamó: «Gracia».

$$* * *$$

G RACE AVANZÓ A TROMPICONES por el pasillo, pareciendo seguir el sonido de la voz. Procedía de una habitación con la puerta cerrada al final del pasillo.

«Creo que es mi madre», dijo Grace cuando pasaron junto a un dormitorio con la puerta ligeramente entreabierta.

Era la habitación de Daryl, discernió por el conjunto de instrumentos musicales, CD, la cama deshecha y la silla de mimbre vacía. La silla estaba sentada justo debajo de la ventana, casi como si esperara el regreso de su hermano. La ventana estaba abierta de par en par, y entró una nueva ráfaga de viento. Evitaron que los empujara por encima de la barandilla cerrando la puerta del dormitorio justo a tiempo.

Volvieron a oír la voz susurrar: «Gracia».

Temblaron y se cogieron de la mano. Juntos recorrieron el pasillo. Hacia la puerta cerrada del final del pasillo, mientras la casa gritaba y rugía a su alrededor.

✳✳✳

EL GEMIDO ERA CADA vez más fuerte.

El susurro ya no era un susurro.

Era claramente la voz de una mujer.

Era la voz de Helen Greenway, que llamaba a su hija.

«¿Quizá deberías contestar?» sugirió Vincente.

«¡Mamá!»

«¡Grace!»

«¡Mamá!»

«¡Grace, Grace!»

Llegaron justo delante de la puerta. Se sentía caliente al tacto, y estaba intacta. Seguía en sus goznes.

La casa había dejado de temblar y rugir.

La abrieron de un empujón.

Algo se deslizó junto a ellos, entrando en la habitación que tenían delante.

Era como una brisa helada.

Se estremecieron cuando la puerta se cerró tras ellos y el mecanismo de cierre encajó por sí solo.

$$***$$

Sus dientes castañetearon cuando sus ojos se adaptaron a la luz y pudieron mirar a su alrededor. Grace estaba segura de que no estaban solas, pero no podía ver a su madre y la voz ya no la llamaba ni susurraba su nombre.

Sentía frío. Fría como la muerte.

«¿Puedes ver algo, cualquier cosa? preguntó Vincente.

«Veo un aliento frío. En forma de copos de nieve de Fibonacci».

«¿Qué?»

«¿Lo ves? Copos de nieve».

Los copos de nieve caían a su alrededor. Temblaron más y se rodearon con los brazos mientras su piel sentía cómo los copos húmedos que se derretían pasaban del blanco cristalino a las lágrimas.

«Puedo sentir algo, una presencia aquí con nosotros. Quizá por eso recordé lo de Fibonacci».

«Sí, bien hecho, pero ¿es peligroso?». preguntó Vincente, «quiero decir, ¿intentará hacernos daño?».

«No, no siento que quiera hacernos daño. Pero siento que quiere conocerme».

«¿Qué?

«Quiere que la consuele».

«Quédate aquí, a mi lado. No te muevas», dijo Vicente.

«Intenta llegar a mí, a mi mente. Pensó que si me traía aquí, si nos traía aquí, conseguiría lo que quería de nosotros, pero ahora que estamos aquí, no sabe qué hacer». Grace dejó de hablar y se llevó las manos a la cabeza, dolorida.

«¿Hablas con ella? ¿Te está haciendo daño? preguntó Vincente. Todo el cuerpo de Gracia se estremeció en respuesta.

«Utiliza una especie de percepción extrasensorial para comunicarse conmigo. Escanea mi cerebro, mi cuerpo. Escuchando mis pensamientos y emociones».

«¡Aléjate de ella!» gritó Vincente mientras cogía una silla y la arrojaba contra la pared.

Gracia gritó de dolor mientras Vincente se elevaba en el aire y caía violentamente sobre la cama.

CAPÍTULO 19

GRACE SIGUIÓ OBSERVANDO HORRORIZADA cómo Vincente era zarandeado de un lado a otro como si hubiera sido poseído por un demonio. No podía evitar preguntarse, a través del velado nivel de dolor que remachaba su cuerpo de vez en cuando, qué estaba causando aquello. ¿Era una criatura de otra dimensión? ¿Un hombre lobo? ¿Un vampiro? ¿Un fantasma? ¿Un demonio? Gracia escudriñó la habitación en busca de un arma. Al no ver ninguna, esperó a que el cuerpo de Vincente se calmara. Un ser invisible y desconocido le ató los pies y los brazos.

Vincente permaneció inmóvil. Gracia trató de correr a su lado, pero fue como si de repente sus pies se hubieran clavado en una losa del suelo. La parte superior de su cuerpo se movía hacia delante, como si fuera un fenómeno de circo, pero sus piernas eran inamovibles.

«¿Estás bien, Vincente?»

«Ya no siento dolor».

«Eso es bueno.»

«¿Y tú?

«Vuelvo a sentirme normal, pero tengo mucho miedo, Vincente. No puedo mover los pies».

«Sin mencionar que pronto va a oscurecer aquí. ¿Puedes alcanzar la luz?»

Grace se esforzó por doblar la parte superior de su cuerpo en dirección al interruptor de la pared. Se estiró y estiró, imaginando que en realidad era un monstruo de circo hecho de goma, lo tocó y oyó el clic, pero no pasó nada. Se había cortado la corriente.

«No funciona, Vincente. Pronto estará todo oscuro». Grace se rodeó con los brazos e intentó detener el temblor.

«¿Todavía puedes sentirlo, la presencia a tu alrededor?»

Grace trató de expulsar sus sentimientos, imaginándolos como tentáculos en busca de algo invisible y desconocido.

«Ahora está tranquilo, Vincente. Quizá consiguió lo que quería de nosotros y ahora se ha ido. O quizá no éramos lo que esperaba que fuéramos».

«Sí, por primera vez en mi vida, no me importaría ser una decepción para esta cosa. Pero intentemos pensar. ¿Qué podría querer de nosotros? ¿Qué podría ser?»

«¿Un hombre lobo?» Grace sugirió.

«No es luna llena, no por unos días, al menos. Pero oye, no creo que puedan ser invisibles».

«¿Y un vampiro?»

«Sí, sólo salen de noche, ¿no?». dijo Vincente, riendo por lo bajo. La cuerda estaba muy apretada alrededor de sus extremidades, y la necesidad de moverse era abrumadora. El problema era que cuando se movía, las ataduras se tensaban aún más y le cortaban la piel. Podía ver gotas de sangre que se acumulaban en la sábana de sus tobillos.

Grace también se dio cuenta de que la sangre goteaba sobre las sábanas. Vio cómo el rojo sangraba sobre el blanco, extendiéndose. La desconcertaron unos movimientos que venían hacia ella desde debajo de la alfombra. Definitivamente movimiento. Como una serpiente. Lento. Deslizándose. Venía hacia ella.

«¡Vincente!» gritó, mientras la cosa se acercaba a ella.

La parte superior de su cuerpo retrocedió. Atrás, atrás, tan lejos como podía ir.

Por desgracia para Grace, no era lo suficientemente lejos.

****

« ¡Vincente!» gritó Gracia.

Él podía ver que estaba aterrorizada, pero no tenía ni idea de por qué. Intentó aflojar las cuerdas, pero no podía hacer nada. Cualquier forcejeo sólo provocaba que se tensaran y mordieran aún más su carne.

La cosa continuó abriéndose camino hacia Gracia.

Vincente pudo discernir la existencia de una cosa que se movía bajo la alfombra. Vio cómo las piernas de Gracia se volvían gelatinosas, a medida que cerraba la brecha que los separaba.

Grace se mantuvo firme, intentando controlarse. Quería gritar y chillar, pero en lugar de eso se concentró en respirar. A medida que se acercaba más y más, podía sentir cómo empezaba a sondearla.

Una sensación de calma la invadió, abrumó sus sentidos. Sentía intrínsecamente que no quería hacerle daño.

«¡Gracia!» gritó Vincente, y las cuerdas le cortaron la piel. Se dobló por la mitad, pareciéndose ahora a un ternero recién nacido. Entonces surgió de la nada una mordaza. Se sujetó a la boca de Vincente.

Bajo ella, Gracia pudo ver que gritaba, más fuerte de lo que había gritado nunca. Pero lo único que salió de su boca fue un silencio doloroso. Los gritos silenciosos son los más aterradores de todos.

Se miraron el uno al otro. Se tendieron la mano con todo lo que tenían y se miraron mientras la cosa llegaba a los pies de Grace.

Empezó a moverse hacia arriba, empezando por los dedos de los pies, avanzando cada vez más.

Fue entonces cuando la voz de Grace llenó la casa con un chillido electrizante.

✳✳✳

No luches contra ello, se dijo Grace, sabiendo muy bien que Vincente le estaría diciendo exactamente esas mismas palabras, si al menos pudiera.

Relájate, pensó, *deja que haga lo que tenga que hacer y entonces tal vez desaparezca.*

Intentó bloquearlo, bloquearlo todo excepto a Vincente en la cama con los ojos más abiertos que nunca. Desde donde estaba, podía ver una pequeña acumulación de sangre, que se acumulaba en su tobillo derecho. Vio cómo su pecho se agitaba arriba y abajo.

Aquella cosa la hizo girar y retorcer hasta que sintió que ya no era ella misma.

Su poder había ido en aumento. Al principio, el dolor era soportable, como una ligera sensación de quemazón. Casi como un beso caliente. Era adictivo; quería otro beso, y luego otro, y luego otro. Luego se convirtió en algo diferente. Un ardor más definitivo. Como una marca. Caliente. Más caliente. Chisporroteante.

Se sonrojó y apretó los puños. Su voluntad de luchar avanzaba, pero el dolor era demasiado intenso para soportarlo.

Cuando llegó a la zona pélvica, el chisporroteo se intensificó y la temperatura aumentó. Era como si estuviera ardiendo. Ardiendo en la hoguera. No podía pensar. Era como un gran nervio, un nervio en carne viva. El dolor era insoportable. No podía soportarlo por más tiempo y, sin embargo, aumentaba. Permaneció consciente mientras subía hacia sus pechos. También ellos ardían, mientras el calor avanzaba, sincronizando el dolor de modo que latía por todo su cuerpo.

Todo se volvió negro.

CAPÍTULO 20

CUANDO VOLVIÓ EN SÍ, Grace ya no estaba dentro de su cuerpo. Lentamente comprendió lo que había ocurrido. El dolor había hecho que su mente se fragmentara.

Desde algún lugar por encima de la escena, aún podía verse a sí misma retorciéndose, dando vueltas en una caja imaginaria parecida a un capullo, mientras el torbellino de dolor la zarandeaba, la hacía girar y retorcía su cuerpo, que seguía moviéndose dentro de ella. Manteniéndola cautiva en sus ardientes garras.

Sintiendo el ardor, oliendo cómo chisporroteaba su propia carne, Gracia ya no pudo soportar observarse a sí misma, así que en su lugar dirigió su atención hacia Vincente.

Él también se retorcía. Su cuerpo se movía de un lado a otro y temblaba casi como si estuviera sufriendo un ataque epiléptico. Se acercó a él, flotando. Le tocó la frente ardiente con los labios.

Sus ojos se abrieron de golpe, casi como si percibiera su presencia. Ella le gritó, intentando atravesar las barreras, pero sus gritos ahogados no se oyeron. La intensidad de sus gritos, a través del cuerpo, del que ya no formaba parte, heló la calurosa habitación y le causó aún más angustia.

Grace quería asesinar a aquella cosa. Fuera lo que fuera, quería cogerlo y estrangularlo, arrancarle la vida, cortarle el espíritu. Quería acabar con él. Entonces supo lo que tenía que hacer. Tenía que volver a su cuerpo, enfrentarse a la horrible criatura. Tenía que volver. No tenía otro sitio adonde ir.

Sí, aquella cosa tenía su cuerpo, pero no su mente ni su espíritu. Lo mismo le ocurría a Vincente. Sí, ambos estaban siendo torturados, por razones desconocidas. Tal vez, porque eran los dos últimos seres humanos de la Tierra. Como en la vieja película que Vincente había mencionado, en la que los alienígenas intentaban descubrir qué hacía funcionar a los humanos. O quizá intentaban matarlos.

Fuera cual fuera el motivo, Gracia no iba a dejar que tuvieran lo que querían. A dejar que les quitaran la vida sin luchar.

Durante una fracción de segundo, se imaginó volando por la ventana. Dejándose a sí misma y a Vincente atrás. Pero no podía hacerlo. Amaba aquel cuerpo, aunque tuviera sus defectos. Aunque tenía muchos, seguía siendo suyo y sólo suyo. Y luego estaba Vincente. Lo amaba, de eso no cabía duda. Tenía que volver a sí misma. Tenía que salvarle. Quizá salvarlos a los dos.

Fuera de la habitación, los altos árboles soplaban hacia delante y hacia atrás, hacia delante y hacia atrás, con el poder magnético de la brisa. Ella y Vincente eran como esos árboles, se movían con el dolor como se movían con el viento.

Respiró hondo y volvió a entrar en su cuerpo. El dolor la atravesó como un cuchillo. Al instante quiso separarse, pero pronto se dio cuenta de que la había debilitado, había disminuido su control y su poder. Su esencia se había alterado. Ahora comprendía que, al fragmentarse, había otorgado a esa cosa un poder adicional sobre su yo físico. Ahora estaba decidida a recuperar ese poder.

Una vez dentro de su cuerpo, su hogar, reunió todos sus pensamientos positivos y su energía, además de todo el amor que pudo encontrar en su corazón. Invocó estas cosas desde el banco de memoria, almacenado muy lejos de su alcance.

Empujando hacia atrás la voluntad de desprenderse de nuevo, concentró toda su energía no en el dolor chisporroteante e implacable, sino en crear una poderosa fuente de luz propia.

Una vez que la imaginó, la movió como una bola de sol. La sostuvo en la palma de la mano hasta que la bola de luz fue como un corazón: los corazones combinados de Gracia y Vicente.

Proyectó toda la energía de la bola hacia Vincente. La bola recorrió la habitación, brillando galantemente. Durante unos segundos, el cuerpo de Vincente dejó de retorcerse. Tiró del corazón hacia atrás cuando el dolor abrasador volvió a dominarla y lo retuvo. Le dio fuerzas para soportar lo que necesitaba.

Y en algún lugar de su alma empezó a sonar una canción, una canción que no reconocía. Una canción que le era totalmente desconocida. Mientras sonaba y la cantaba, sus labios dejaron de arder y sus ojos se dirigieron a Vincente. Su corazón le dijo que se uniera a la canción, que la cantara con ella.

Juntos cantaron en sus mentes y en sus almas, y la bola de luz se hizo cada vez más fuerte.

«Nunca te he invitado aquí, espíritu o lo que quiera que seas. No tienes derecho a invadir mi cuerpo. A invadir el cuerpo de mi amigo. Ahora, ¡fuera!»

Y lo hizo. Se fue.

Grace se desplomó en el suelo.

CAPÍTULO 21

Horas después, Grace se sentía desorientada y se preguntaba una y otra vez: «¿Dónde estoy?

Cuando intentaba moverse, le dolía todo el cuerpo. Tenía los brazos y las piernas retorcidos en posiciones antinaturales, como ramas de árbol muertas o desarticuladas. Intentó recoger su cuerpo, pero cada movimiento la hacía retorcerse de dolor.

Intentó ponerse en pie -la palabra clave era intento-, pero volvió a desplomarse. Grace miró la alfombra. Intentó pensar, recordar. ¿Qué tenía aquella alfombra? Echó un vistazo a la habitación. Encontró la cama. Encontró a Vincente.

Recordó todo lo relacionado con su escalofriante experiencia.

Se impulsó hacia arriba, caminando como una niña pequeña, mientras tenía que volver a enseñar a su cuerpo los movimientos. Finalmente llegó hasta Vincente y contempló su cuerpo inmóvil. Las manchas de sangre, ahora marrones. Ya no se extendían.

Sus ojos se posaron en sus labios. Sus labios tan besables. Se inclinó hacia él, pero se detuvo cuando sus ojos se abrieron más y más. No se alegró de verla. Estaba aterrorizado.

«¿Qué pasa, Vincente? Sea lo que sea, ya se ha ido. Estamos a salvo. Estamos bien. Todo va a ir bien».

Aunque Gracia seguía ronroneándole estas palabras positivas, la expresión aterrorizada de Vincente sólo parecía aumentar. Sus ojos iban de un lado a otro, de un lado a otro. Le estaba diciendo algo. ¿Advirtiéndole?

Susurró, preguntando si había algo detrás de ella. Él asintió.

Ella pensó un momento, extendió la mano y palpó la cosa, pero no pudo encontrarla. Quería huir, escapar, pero sabía que la cosa estaba allí por ella. Había vuelto por ella.

¿O era otra cosa? ¿O algo diferente? Le aterraba la idea de que aquella cosa pudiera ser más fuerte, más poderosa, que pudiera destrozarla. Destruirla.

Los ojos de Vincente permanecían congelados, mirándola por encima del hombro. Su miedo era contagioso, y ella tembló y se estremeció. Entonces se dio cuenta de que la única forma que tenían de vencer a aquella cosa era juntos.

Gracia se agachó y empezó a desatar las cuerdas que lo sujetaban con una mano, mientras con la otra buscaba en la mesilla de noche algún tipo de arma. Algo que pudiera utilizar. Esperaba que su madre tuviera algo allí, una herramienta que pudiera ayudarla en aquellas graves circunstancias.

Los ojos de Vincente gritaron. Sus ojos se convirtieron en los ojos de ella.

En el cajón, la única herramienta útil que encontró fueron unas pinzas, y Grace empezó a cortar las cuerdas. Sin embargo, a este paso tardaría siglos en liberar a Vincente. Se inclinó y empezó a morder las cuerdas con los dientes, avanzando a buen ritmo, hasta que Vincente empezó a agitarse y retorcerse de nuevo. Sus ojos se encontraron con los de ella y luego los cerró.

Se dio la vuelta y gritó: «¿Qué eres y qué quieres de mí? ¿De nosotros? No pretendemos hacerte daño. Dinos lo que quieres y te lo daremos. Intentaremos ayudarte, pero, por favor, deja de hacernos daño. Dejad de hacer daño a mi Vincente. Os daré lo que sea».

Vincente dejó de retorcerse.

Sus ojos se abrieron de golpe cuando Grace fue levantada de sus pies y lanzada por los aires.

La fuerza la golpeó contra el techo. Luego la golpeó contra las paredes. Golpe. Golpe. Golpe.

Finalmente, la dejó caer al suelo, donde quedó inerte como un muñeco de trapo.

$$***$$

Rompiendo cristales. Haciéndose añicos. Volando por todas partes. Golpeando su piel. Perforándole la piel.

Grace se protegió lo mejor que pudo con los brazos y las manos.

Algo la levantó y la sacó por la ventana. Estaba a lomos de una criatura voladora. Se agarró. Era suave. No tenía plumas, sino pelo, pelaje.

Estaba muy oscuro, tanto que no podía distinguir la forma de la criatura que la transportaba.

Se deslizaban hacia dentro y hacia fuera y por encima de cosas: moradas terrestres, torres y puentes negros, informes y sombríos. Sintió que ganaban altura, que se elevaban cada vez más, hasta que no hubo nada con lo que pudieran evitar chocar. Estaban en las nubes.

¿Quizás estaba muerta?

✳✳✳

GRACIA Y LA CRIATURA volaron en el cielo nocturno. Cuando la criatura viró bruscamente a la derecha, ella casi perdió el control. La cosa soltó un tranquilizador «Gwap-Gwap». La arrojó de vuelta a un lugar seguro. La rodeó con los brazos.

Deslizándose. Grace entraba y salía de la conciencia sin saber si estaba muerta o soñando. Continuaron, adentrándose cada vez más en la negrura de la noche.

Grace abrió los ojos, y durante unos segundos imaginó que estaban envueltos en un túnel de metal.

Olfateó el aire, olió el mar y luego perdió el conocimiento.

Parecía que llevaban toda una vida viajando y ahora empezaba a salir el sol. Reflejaba la luz como una nave espacial espejada cuando empezaron a descender.

Se le cayó el estómago cuando rebotaron en las nubes extrañamente sólidas. Rebotando, cayendo. En aquel momento, Grace no sintió miedo. Se sentía segura. Agradecida de estar viva.

Entonces la criatura la dejó caer.

Luchó contra el viento al descender.

$$*\!*\!*$$

El sol estaba en lo alto del cielo, eso era normal. Donde estaba Grace, no lo era.

Estaba acunada en los brazos de un árbol gigantesco, y sólo con mirar hacia abajo se le revolvía el estómago. Se alegró de poder tocar algo. Recorrió con la mano la robusta rama sobre la que se había posado.

El sol proyectaba sus rayos sobre sus hombros. Se quitó astillas de cristal de la piel y evitó mirar hacia abajo.

Sin nada que la distrajera, siguió la línea del tronco del árbol. Seguía y seguía y seguía. El árbol era muy alto, de unos 145 metros por lo menos.

Grace examinó su entorno, recorriendo con la mirada un círculo. Un círculo de árboles. Supo instintivamente, y sin ninguna razón lógica, que su árbol era el árbol Rey. Los demás eran Caballeros. Buscó un árbol Reina, pero no pudo distinguirlo.

Intentó recordar lo que podía sobre los árboles. Árbol del Conocimiento. Árboles de Factores. Árboles Binarios. Árbol del

Bien y del Mal. Árbol de los Deseos. Árbol de Navidad. Árbol de la Sabiduría.

Se preguntó sobre la divinidad de los árboles. Imaginó que, si volviera a ser una niña, éste sería un árbol que la asombraría. Era mucho más que magnífico. Este árbol era tan alto; era casi como si pudiera llegar hasta el Cielo si existiera.

Gracia sacudió la cabeza. Se distraía con su magnificencia cuando necesitaba una forma de bajar.

Por no hablar del árbol carnívoro. ¿Qué clase de árbol era éste?

El pensamiento la atormentó sólo un momento, porque se echó hacia atrás y observó cómo pasaban las nubes. Sentía su presencia en su interior, como si estuviera surcando el cielo sobre una de ellas. Olvidó todo lo demás que se suponía que debía recordar al imaginarse pisando una forma parecida a un malvavisco, como una almohada.

Estaba dentro de una, flotando, cuando volvió a quedarse dormida.

✳✳✳

E L SOL CASI HABÍA desaparecido, y el crepúsculo estaba en el horizonte. Se estiró y bostezó, sintiéndose reconfortada. Olvidó por completo dónde estaba, pero sólo por un segundo.

Bajo ella, el círculo de árboles -los Caballeros- permanecía con las ramas a los lados. Todos eran árboles muertos. Sin embargo, el árbol en el que ella estaba tenía algunas hojas y estaba muy vivo.

Siguió el tronco de su árbol hasta el suelo. Se dio cuenta de que la tierra se había removido en la parte inferior. Había caminos frescos que se alejaban del árbol. Caminos que conducían a los otros árboles, a los Caballeros. Parecía claro que los demás árboles habían estado vivos alguna vez, pero habían desviado sus fuentes de alimento y energía para salvar al Rey. Habían muerto por el árbol Rey. Habían hecho el sacrificio definitivo.

Pero, ¿por qué?

A esta pregunta, Gracia no tenía respuesta.

Miró a la cara de la luna. El rostro de Albert Einstein se reflejó en ella. Ella le sonrió, casi esperando que escupiera algunas respuestas científicas y matemáticas formulistas.

Estaba rodeada de simetría, en las ramas y en cualquier otra forma de vida. Era reconfortante sentir la familiaridad de la simetría.

Aunque no ofrecía respuestas, como tampoco lo hacía la luna de Einstein.

***

EINSTEIN ESTABA ENMARCADO POR estrellas parpadeantes. Parpadeaban en reconocimiento a su genio. Se sintió reconfortada porque él velaba por ella.

Abrió su mente a cualquier cosa y a todo a la vez.

Sin sentirse cansada, buscó respuestas en los cielos. Si intentaba bajar, podría caerse. O podría llegar al fondo. Podría bajar lentamente. Lentamente.

Si saltaba, se rompería el cuello. No estaba tan ansiosa por volver a pisar tierra firme como por estar muerta en ella.

Pensó en gritar pidiendo ayuda, pero ¿quién podría ayudarla? ¿Vincente? No, seguía atado a la cama, por lo que ella sabía.

O podía esperar. ¿Quizá la cosa que la había llevado al árbol tenía intención de volver a por ella? ¿Quizás la llevaría volando hasta Vincente? Por otra parte, tal vez acabaría con ella.

Examinó la simetría del árbol; era una bella obra de arte. Le llevaría tiempo, pero podría utilizarlo como una escalera.

Aspiró el aroma del árbol. Se estremeció al pensar que podía ser un olivo capaz de comerse un pájaro muerto. Un árbol que podía ensartar con sus ramas a una presa viva. Decidió que prefería caer al suelo y encontrar su fin, antes que ser ensartada y devorada.

Estaba demasiado oscuro para empezar a descender. Gracia estaba segura de que tendría más suerte de día, aunque apreciaba la ironía de que Einstein estuviera allí para guiarla.

Se recostó en los brazos de las ramas y pensó en Vincente. Le echaba de menos. Habían pasado juntos cada momento de cada día durante la última semana, y él se había convertido en una parte importante de su vida.

Descansó los ojos, utilizó las manos como almohada e ideó un plan: Uno que implicaba un hacha muy grande.

CAPÍTULO 22

Cuando amaneció un nuevo día y el sol reapareció en el horizonte, Gracia se quedó paralizada. Como un ángel en lo alto de un árbol bastante gigantesco, que no tenía nada de navideño.

Llevaba horas despierta, cansada de permanecer sentada, esperando a que se le ocurriera una idea brillante o un nuevo plan de fuga. Durante toda la noche, había enviado mensajes telepáticos a todos los matemáticos y científicos que habían traspasado la Tierra hacia otra dimensión. Les instó a que le enviaran o transmitieran una idea desde dondequiera que estuvieran, pero no llegó nada.

Abatida, Grace se dio cuenta de que estaba totalmente sola. Nadie en quien confiar salvo ella misma.

Miró abajo, abajo, abajo. Se tambaleó todo lo que pudo sobre la rama, que había demostrado su capacidad para soportar todo su peso. Retrocedió.

Era un largo camino hacia abajo, terriblemente largo. En aquel momento se le fue la imaginación. Se imaginó a Vincente llegando en helicóptero para rescatarla. Él bajó por una gran escalera en el cielo, y juntos volvieron a subir a la máquina zumbadora. Se besaron apasionadamente, y luego se elevaron a los Cielos, donde podrían vivir felices para siempre.

Gracia se enfadó consigo misma por idear fantasías tan infantiles. Vincente no estaba en condiciones de rescatarla. Ahora no tenía el control. Aquella cosa, fuera lo que fuese, le tenía atado a la cama, como si fuera un esclavo sexual.

Cada vez estaba más furiosa y agitaba los puños en el aire, para lo que servía. No había nadie que la viera blandiendo los puños.

Sin embargo, en el fondo de su mente, una parte de ella seguía creyendo que Vincente podría rescatarla y lo haría. Sólo tenía que esperar. Sabía que era una idiotez y que sólo ella tenía el poder de volver al suelo, pero no podía motivarse lo suficiente para iniciar el descenso.

Durante todo el día, observó cómo el sol jugaba con las sombras, bailando dentro y fuera de las ramas. Las hojas reían, casi como si les hicieran cosquillas, y ella desperdició un día entero sin hacer absolutamente nada para ayudarse a sí misma.

Las estrellas centelleaban a su alrededor mientras se dormía. En su mente sonaba una canción,

«Rock a bye Gracie, en la copa del árbol,

Cuando sople el viento, la cuna se mecerá,

Cuando la rama se rompa, la cuna caerá,

Y caerá Gracie, con cuna y todo».

Se despertó sobresaltada, descubriendo que se había desplazado hasta el borde mismo del lugar seguro en que la habían colocado.

Se agarró al tronco con todas sus fuerzas y volvió a colocarse en su sitio, mientras las hojas que la rodeaban parecían susurrarle todos los cotilleos del árbol que se había perdido.

Esperaba que todo hubiera sido un mal sueño. Intentó convencerse de que Vincente cabalgaría y la rescataría.

CAPÍTULO 23

L A POBRE GRACE LLORÓ hasta que se le saltaron las lágrimas. Se imaginó cómo sería si tuviera un par de alas. Podría salir volando del árbol. Podría escapar sin peligro. Podría rescatar a Vincente, y juntos podrían escapar.

Cuando el sol volvió a hacer acto de presencia, Gracia tomó la decisión de empezar a trepar de inmediato. El árbol parecía extenderse hacia el sol con sus ramas desgarbadas y, por un momento, Grace imaginó que, en efecto, le tendía la mano con dedos de madera.

La vista desde la percha donde estaba sentada la dejó sin aliento. Llegaba hasta donde alcanzaba la vista. Todo estaba quieto. Nada se movía, excepto con la ayuda de la brisa.

Grace se sentía cálida y segura, descansando allí en la red de luz del sol. Casi como imaginaba que se sentiría si una regresara al útero. Se sentía como si fuera una con el mundo: una con el universo. Y, sin embargo, se sentía más sola que nunca en toda su vida. ¿Cómo podía ser?

Grace se sintió paralizada por su profundo deseo de creer en un poder superior a ella misma, y de repente supo por qué. Antes de que existieran la física, la ciencia y la simetría, debió de existir la necesidad de un alma. La necesidad de la supervivencia del alma: un alma única. Una.

Se apretó las rodillas contra el pecho y dejó que su espíritu se apoderara de todos sus sentidos. Sabía, sin sombra de duda, que volvería a tocar la hierba al pie de este árbol, y también sabía que se alejaría de todo esto.

Otra cosa que sabía con certeza era que Vincente era sólo un niño. No tenía poderes ni habilidades especiales que se tendrían si fuera inmortal. Sentía dolor. Podían hacerle daño. Y, sobre todo, Grace comprendía que los hombres a veces necesitaban ayuda. Sí, un tipo tan atlético y fuerte como Vincente incluso necesitaba a veces la ayuda de una chica.

La ayuda de una chica, en un momento como éste.

La ayuda de una chica como Grace Greenway.

✳✳✳

S E PREPARÓ. SE INCLINÓ hacia abajo, comprobando que las ramas de abajo podían soportar su peso. La rama se dobló con ella e incluso crujió un poco, pero se mantuvo firme.

Se apoyó un poco más en ella, dándose cuenta de lo extraño que le resultaba descender por un árbol. Estaba segura de que, de niña, nunca había sido una trepadora por naturaleza. *Nota para mí misma*, pensó Grace, *si alguna vez tienes una hija, asegúrate de construirle una casa en un árbol cuando sea pequeña para que aprenda a trepar como es debido.*

Grace se imaginaba a sí misma como una trepadora profesional. Alguien que había subido y bajado de muchos árboles y lo hacía con facilidad. Se dio cuenta de que probablemente no estaba trepando como treparía un trepador de árboles profesional. No, pensó, él o ella utilizaría el tronco. La parte gruesa del árbol, para tener estabilidad.

Y eso fue exactamente lo que hizo. Siguió descendiendo, poco a poco. Centímetro a centímetro.

Estaba centrada. Tenía astillas clavadas en los vaqueros, y las manos le sangraban de sostener su peso sobre la áspera corteza.

Cuando se sintió demasiado cansada para seguir bajando, rodeó el tronco con los brazos y las piernas y descansó. Entonces el dolor y la sangre palpitante resonaron en su cerebro, pero estaba demasiado cansada para escuchar, y se durmió.

$$***$$

«Déjate llevar», le dijo una voz mientras entraba y salía del sueño. «Es hora, Grace, de que te sueltes».

Se aferró con fuerza, incluso más que antes. Giró la cabeza, amortiguando la voz con los brazos.

«Suéltala, Grace», le dijo.

Cada vez estaba más cansada de aguantar. Le palpitaban los brazos y las piernas. Evitó mirar hacia abajo.

Resbaló. Cayó.

Una enorme astilla se incrustó en su mano y la sangre brotó goteando por el árbol.

Miró la sangre que manaba y volvió a bajar, impertérrita.

✳✳✳

Siguiendo hacia abajo, barrió la sangre, que fue absorbida por su ropa. Hizo una pausa para recuperar el aliento. Empezó a moverse de nuevo. En cuanto volvió a descender por su goteo rojo, empezó a fluir más sangre, ayudada por la gravedad para abrirse camino hacia abajo.

Las gotas de sangre de Grace brillaban y bailaban a la luz del sol, como zafiros.

No podía seguir bajando. Anhelaba la seguridad del espacio superior, donde podría descansar. Se dio cuenta de que había avanzado bastante en su descenso del árbol. Sí, aún quedaba un largo camino hacia abajo, pero en su corazón había una esperanza renovada.

Lo conseguiría.

Se extendió a lo largo del tronco todo lo que pudo. Apoyó las piernas enrollándolas en las ramas cercanas. Parecía un pretzel, pero se mantenía firme y estaba orgullosa de sus progresos.

Su mente empezó a divagar y se dio cuenta de la sed y el hambre que tenía. Se aferró a la vida e intentó concentrar su mente en otras cosas. Se imaginó a Vincente, cómo era cuando se despertaba. Cómo se pasaba siempre los dedos por el pelo. Cómo se le iluminaba la cara cuando sonreía. Cómo sus ojos azul cobalto parecían mirar en lo más profundo de su alma.

«¡Vincente!» Gritó: «¡Vincente!».

Estaba delirando -o casi- cuando gritó a nadie: «Cuando baje de este árbol, voy a comer sólo una dieta de corteza de árbol... ¡Ñam, ñam!». Se rió como una loca.

La constante exposición al sol le había cocido el cerebro. Aguantó, riendo atolondradamente, hasta que algo extraño le ocurrió al tronco del árbol: respiró.

Quiso soltarse. Caminaba por una línea muy fina. Ciertamente, estaba perdiendo la cabeza. Pensó que tal vez había malinterpretado sus acciones. Reevaluó las cosas y decidió que era más bien un suspiro. El árbol había suspirado.

Árboles que servían a otros árboles. Árboles con necesidades carnívoras.

El árbol estornudó.

Fue un estornudo corto y rápido, ni demasiado fuerte ni demasiado largo. Gracia se preguntó si el corazón de un árbol se detenía cuando estornudaba. Se contuvo y se dio cuenta de que los árboles no tienen corazón.

Se abrazó al tronco para salvar la vida y se desmayó.

$$***$$

GRACE NO ESTABA SEGURA de lo que había pasado cuando se despertó. Sentía palpitar el árbol. Podía sentir su corazón latiendo y latiendo y latiendo a través de la gruesa madera. Comprendió la necesidad de localizar su boca para evitar convertirse en un aperitivo del árbol.

Imaginó la boca en la que había caído el pájaro muerto. Era una boca excepcionalmente grande, teniendo en cuenta el tamaño de aquel árbol en comparación con éste. Su boca tenía que ser un cráter.

Entonces tuvo una idea. Sin pensar en las implicaciones, sacó una gran astilla del árbol y se la clavó en la parte superior del brazo. La sangre fluyó, descendiendo por el tronco del árbol. Al principio sólo eran unos goterones solitarios, pero pronto las gotitas se unieron formando un gran coágulo.

Lo observó mientras descendía, descendía, descendía por el árbol, y entonces ocurrió lo que ella había esperado -y temido- que ocurriera.

Una cosa enorme y negra, parecida a una lengua, sobresalió de un agujero enorme, con la elocuencia de la lengua de un áspid. Parpadeaba y se retorcía, mientras lamía y se alimentaba de la sangre de Grace.

Cuando ya no quedaba sangre, la lengua subió más y más por el tronco, buscando. Seguía hambrienta.

Grace se aferró con todas sus fuerzas. No quería dejarse caer ahora, no mientras la estuviera esperando allí.

Necesitaba un plan B.

CAPÍTULO 24

Aferrada al tronco del árbol para salvar su vida, escuchó, calmando su propia respiración a medida que ésta se volvía cada vez más superficial. Estaba desesperada por descender. Para alejarse del peligro. Y estaba desesperada por aliviarse.

«Gracia».

Esta vez levantó la vista cuando oyó que la llamaban por su nombre.

No me digas, pensó, que el árbol también puede hablar y que sabe mi nombre. No me digas eso.

Estaba deshidratada. Tenía hambre y estaba agotada. Aunque había dormido un poco, no era el tipo de sueño que necesitaba.

«Siempre fuiste una niña testaruda», dijo la voz.

Era la voz de un hombre. La voz del hombre que había venido a visitarla al hospital. La voz del hombre que había muerto en un accidente de coche hacía años. La voz de su padre.

Estaba perdiendo la cabeza. Esta vez no había duda. Estaba perdiendo la cabeza.

«Grace», susurró él.

Cuando ella no reconoció su presencia, él susurró su nombre una y otra vez. O tal vez fuera el viento. ¿Era sólo el viento el que la llamaba?

«Suéltala», le dijo su padre. «Esto no está bien entre tú y ese chico. Él tampoco es bueno para ti».

La referencia a Vincente le llamó la atención.

Su padre se rió. «Grace, escúchame. Tú y Vincente no estáis hechos el uno para el otro. Él va por otro camino. Déjate llevar. Déjate llevar por el aquí y el ahora».

«No hables de Vincente. Ni siquiera le conoces».

«Gracia, no puedo decirte lo que sé ni cómo lo sé, pero hay que pagar, y el precio es demasiado alto para ti. Es más, te están manipulando para reparar el pasado».

«¿Qué?»

«No puedo decirte todo lo que sé. Lo sabrás a su debido tiempo, pero te aconsejo que te rindas ahora. Pide perdón ahora. Después, suéltate. Sólo eres una niña, una inocente. No puedes borrar el pasado. La restitución no es tuya para hacerla».

«No lo entiendo».

«Lo harás, y entonces será demasiado tarde. Por favor, suéltalo. Deja que se haga ahora. Es la única forma de liberarte del destino».

Ella se aferró con más fuerza al tronco del árbol. No tenía ningún sentido.

«Suéltalo», susurró.

Ella seguía aferrándose. Dándole todo lo que tenía. No podía soportar mucho más sus palabras coercitivas y manipuladoras.

Reunió todas sus fuerzas y empezó a descender lentamente una vez más, centímetro a centímetro. Su instinto de supervivencia se había activado y estaba luchando.

«Grace, ¿no me has escuchado? Eres una estúpida, una estúpida!»

Algo explotó dentro de la cabeza de Grace, y mentalmente le dijo que se callara. Mientras tanto, seguía reuniendo fuerzas y avanzaba cada vez más a lo largo del tronco del árbol.

Ya no tenía miedo. No era débil. Y no iba a caer sin luchar.

Ignorando a su engañoso padre, en la mente de Gracia se estaba formando un plan. Arrastró toda la longitud de sus antebrazos por las ramas afiladas, abriendo una herida tras otra y dejando escapar la sangre.

La sangre descendente formó un gran coágulo, que ella sabía que volvería a despertar la boca hambrienta. Planeó justo por encima del lugar donde la había visto antes, evaluando sus opciones. Era arriesgado, pero resolvería dos problemas al mismo tiempo. No tenía otra opción.

Cuando las gotas saladas se acercaron a la lengua ennegrecida, ésta las lamió con avidez. Y luego empezó a buscar más hacia arriba. Era una lengua muy glotona, ávida de la sangre de Gracia.

Dejó que un nuevo grupo de gotas fluyera de la herida, observando y esperando el momento perfecto en que la lengua se colocara a la espera de recibir otra gota... y entonces iba a lanzar una bomba sobre ella.

Su padre seguía regañándola. Grace siguió ignorándole. «Le gusta tu sangre, Grace», susurró una voz muy por encima de ella.

No era su padre. Era la voz de una niña.

Grace miró hacia arriba, reconociendo a la niña. Era la que había estado de pie en medio de la carretera el otro día. Grace había dado un volantazo con el coche para esquivarla. Estaba sentada a salvo en el nido de ramas desde el que Grace había iniciado este viaje, retorciendo la cinta roja de su camisón blanco alrededor y alrededor de sus dedos.

Grace parpadeó para que la niña volviera a desaparecer, pero esta vez permaneció.

«Ayúdame, Grace», dijo.

«¿Quién eres? ¿Cómo te llamas?»

Ella se rió. «Me conoces, Grace. ¿No te acuerdas?

Grace sacudió la cabeza. Intentó encontrar un recuerdo.

Entonces la niña habló en voz muy baja. «Yo soy el acorde».

De algún modo, Grace sintió inmediatamente pesar y tristeza y amor por la niña.

La niña se balanceó en el borde de la rama como una marioneta y cantó,

«Yo soy la mujer-cajón,

soy el llanto;

Yo soy la voz secreta,

soy el suspiro;

Soy lo que se oye

Bajo en el crepúsculo;

Los pájaros por una nota responden,

Las flores en almizcle;

Yo soy esa planta dolorosa,

Pronunciada donde llama

Un pájaro solitario

cascadas sombrías;

Soy la mujer-cajón,

No pases de mí;

Soy la voz secreta,

Escucha mi grito;

Soy el poder que la noche

Pierde en el exterior;

Soy la raíz de la vida;

Yo soy el acorde». *

Grace, hipnotizada por la dulzura de la voz de la niña y la belleza de su tono, se acercó a ella.

La niña terminó la canción. «Recuerda, Gracia, a unos se les da y a otros se les quita. Recuerda». La niña saltó del extremo de la rama del árbol.

El grito de Grace fue el único sonido que se oyó.

Excepto el batir de alas de la niña, que se transformó en cuervo y se alejó volando.

CAPÍTULO 25

INCAPAZ DE DISTINGUIR LA realidad de la ficción, Grace encontró consuelo en el sueño. Hasta que se despertó, y todo le volvió a la mente.

Apenas se sostenía en el árbol y en su estado de ánimo.

A la derecha, algo pequeño y verde colgaba y se balanceaba. Era una aceituna casi al alcance de la mano.

Lo único que tenía que hacer era cambiar de peso, moverse ligeramente y alcanzarla como haría la mujer de goma del circo. Su estómago gruñó. Estaba desesperada por comer.

Cuando se movió hacia él, se detuvo un instante. Algo en lo más profundo de sus entrañas la hizo sospechar. ¿Había aparecido de repente o no se había dado cuenta antes? ¡Qué absurdo! Era demasiado para ella. Una vez más, Gracia se preguntó si estaba perdiendo la cabeza.

Mía, pensó.

Se impulsó hacia ella, llegando cada vez más lejos sin poner en peligro su seguridad, hasta que la aceituna estuvo a su alcance.

Tiró de ella.

Estuvo a punto de ceder, y entonces el árbol empezó a temblar, casi como si le diera un ataque. Miró directamente debajo de ella, fijándose en una rama puntiaguda que apuntaba directamente hacia ella. Si bajaba ahora, se ensartaría en la rama como le había ocurrido al pobre cuervo.

Grace luchó por aferrarse. Se aferró al convulso árbol con todas las fuerzas que pudo reunir en sus brazos y piernas. Ahora estaba a horcajadas sobre el árbol.

De repente, las convulsiones se convirtieron en otra cosa. El árbol estaba teniendo un ataque. Estaba en medio de una furia gigantesca. ¿O sentía dolor? Grace conocía el dolor. Recordaba cómo le hacía perder el control de todo, incluso de su propia humanidad.

El árbol se calmó momentáneamente y luego empezó a convulsionarse con más violencia.

Gracia pensó en los cinco sentidos. Se preguntó: puesto que este árbol tenía boca para comer y lengua para saborear, ¿qué otras características humanas poseía? ¿Tenía un corazón que latía? ¿Sentía?

Inclinó la cabeza hacia delante y respiró hondo, dejándolo salir sobre el tronco del árbol. Pareció ayudar, aunque sólo fuera por un momento.

Intentó algo más. Acarició la rama que tenía más cerca. La que sostenía la aceituna. Mientras acariciaba la rama, pensó en lo agradecida que estaba de estar viva.

Y Gracia supo entonces que el árbol había desviado su atención de recoger su fruto, su hijo. Era lo único por lo que vivía.

Después de todo, no era un árbol del Rey. El Rey había enviado a sus torres para salvar a este árbol, a la Reina. Ella era la esperanza. Ella era el futuro.

Y ahora ella también estaba muriendo.

Grace bajó con cuidado, ya no le interesaba la aceituna. «Lo siento mucho», dijo Grace audiblemente. «Lo siento mucho».

A medida que las lágrimas rodaban por sus mejillas, por su rostro, caían sobre las ramas que esperaban debajo. Y pronto la rama giró hacia abajo, dejando de ser una amenaza para ella. Entonces todo quedó en silencio. Todo estaba en paz. Y Gracia supo con certeza que volvería a estar con Vincente, muy pronto.

Gracia volvió al tronco del árbol y descansó. Estaba agotada e incómoda y tenía más hambre que nunca, pero no se arrepentía de nada.

El árbol empezó a toser. Luego empezó a chisporrotear. Grace empezó a caer hacia abajo. Era como si le hubieran metido los dedos en mantequilla. No podía sostenerse.

Miró a las estrellas nocturnas, al rostro pálido de Einstein, y se sintió bien con lo que fuera a ocurrir. Estaba resignada, porque había hecho todo lo posible para garantizar su supervivencia.

Se deslizó un poco más hacia el suelo.

Se dio cuenta de que las ramas que la rodeaban giraban. Se arremolinaban. Las ramas, que ántes miraban hacia el cielo, ahora se inclinaban, gesticulando en su dirección.

Se dejó caer más abajo, sabiendo perfectamente que el árbol también se estaba muriendo.

Mientras se retorcía con espasmos esporádicos, Grace se deslizaba y se deslizaba y se deslizaba, mientras observaba el cielo infinito y las nubes arremolinadas, que avanzaban sin preocuparse por nada.

Las ramas, delgadas como nervios, gemían y ansiaban el final.

Pronto empezó a salir el sol por el horizonte y extendió sus rayos hacia el árbol que se retorcía, llenándolo de una luz delicada y armoniosa hasta que las ramas se calentaron y se aquietaron.

Cuando la luz del sol besó el árbol, posiblemente por última vez, las ramas se doblaron, se inclinaron y se plegaron, creando una escalera. Una escalera que llevaría a Gracia de vuelta al suelo.

Retiró las manos húmedas del tronco del árbol y pisó el primer peldaño con cuidado. Aguantó fácilmente su peso. Los recorrió rápidamente, uno tras otro, sujetándose al tronco del árbol.

Debajo de ella podía ver la hierba. Ya casi había llegado. Era una carrera contra los rayos del sol: ¿llegaría Grace antes de que éstos tocaran el suelo? ¿Quién aterrizaría primero?

Cuando Grace bajó, ella y la luz del sol besaron el suelo simultáneamente. Se rió cuando la hierba le hizo cosquillas en los pies y saboreó el perfume terroso y almizclado.

Se quedó de pie, colocada bajo el gigantesco árbol, y señaló hacia el cielo.

Al principio había sido una invitada inoportuna de aquel árbol, y ahora era como si dejara a un amigo perdido hacía mucho tiempo. Sus ramas estaban dobladas y retorcidas, y su espina dorsal indicaba que no se mantendría en pie durante mucho más tiempo.

Se oyó un fuerte crujido y luego un crujido estremecedor cuando las escaleras empezaron a caer en avalancha. Chocaron contra el suelo, rebotando como un niño en un trampolín, seguidas de granizo de madera, astillas que salpicaban por todas partes, como metralla.

Gracia se quedó quieta, demasiado asustada para moverse, mientras la Reina caía a su lugar de descanso final, a sus pies.

Una pequeña cosa seguía en movimiento. Descendía.

Cogió la aceituna con la mano, se la metió en el bolsillo y fue a buscar a Vincente.

✳✳✳

Mientras se dirigía a casa, se sentía desorientada y agotada, aunque afortunada de estar viva.

No tardó en darse cuenta de que no estaba lejos de su casa. Cuando la tuvo a la vista, rompió a llorar. No pudo contenerse, abrió de un tirón la puerta principal y subió por lo que quedaba de la escalera rota. Al llegar arriba, olfateó, dándose cuenta de que olía mal. Se dio una ducha rápida y se cambió de ropa, limpiándose las heridas.

Luego abrió de golpe la puerta del dormitorio (ya no estaba cerrada con llave) y vio que Vincente seguía atado a la cama. Estaba exactamente en la misma posición en que ella lo había dejado. Al principio temió que estuviera muerto.

Al apoyar la cabeza en su pecho, sintió su aliento en la nuca. Oía los latidos de su corazón.

Le besó los ojos, las mejillas, la frente y la boca. Estaba despertando a su apuesto príncipe. Le devolvía al mundo de la vigilia. Las lágrimas rodaron por sus mejillas.

Vicente abrió los ojos. «¿Estoy soñando?»

Gracia no contestó. Se limitó a besarle en sus dulces labios, repetidamente. Luego se metió en la cama con él, le rodeó el cuello con los brazos y se quedó dormida.

CAPÍTULO 26

Todavía abrazada al tronco del árbol, Grace se despertó. La oscuridad era total. Temerosa de moverse, se aferró aún más. Entonces sintió un aliento caliente en la frente. Se sobresaltó. Dio un manotazo.

El tronco se movió.

Oyó sus latidos.

«Podría acostumbrarme a esto».

gritó Grace.

«¿Estás bien, Grace? Despierta!» dijo Vincente.

Ella se apartó y le miró directamente a la cara barbuda. Aunque estaba oscuro, pudo ver que estaba con Vincente. Había vuelto a casa y estaban juntos de nuevo.

Había tenido un sueño dentro de un sueño, pero aquello era realidad. Le abrazó con fuerza.

«Debo de tener un aspecto estupendo», dijo Vincente.

«A mí me pareces preciosa».

«Ah, seguro que se lo dices a todos los tipos que encuentras atados a las camas».

«Sí, siempre les digo que son muy guapos, para que me dejen hacer lo que quiera con ellos». Se rió.

«Tenemos que hablar, de lo que pasó aquí y de lo que pasó cuando estabas... lejos».

«No quiero hablar de eso ahora, Vincente. Quizá nunca quiera hablar de ello».

«Depende de ti, Gracia, pero espero que algún día puedas contármelo».

«Fue horrible y magnífico al mismo tiempo».

«Si me desatas, quizá pueda ducharme y cambiarme. Entonces podremos ponernos al día».

Localizó unas tijeras en la cocina y soltó a Vincente. Donde las cuerdas lo habían atado había sangre seca, pero los cortes parecían estar cicatrizando.

Una vez libre, le ayudó a levantarse, pero tenía las piernas abiertas.

«Ya lo tengo», dijo Vincente, mientras salía lentamente de la habitación. Ella le siguió, le abrió la puerta del cuarto de baño y empezó a trepar por los escombros para llegar de nuevo a la planta baja.

«Mamá guardó toda la ropa de mi hermano. A ver si encuentras algo que te sirva». Vincente asintió y cerró la puerta del cuarto de baño tras de sí. Oyó cómo se ponía en marcha la ducha y se dispuso a preparar el desayuno.

En la cocina, Gracia decidió preparar un picnic. Eligió la zona del jardín. Luego preparó una cafetera y cogió algunas tazas y azúcar. Metió pan del congelador en la tostadora, cogió mermelada, vegemite, mermelada de fresa y mantequilla de la nevera. Luego revolvió unos huevos y lo sacó todo fuera.

Era un picnic, pero faltaban servilletas y un mantel. Rebuscó en los cajones y encontró ambas cosas. Lo preparó todo para que quedara bonito, e incluso colocó un jarrón con flores secas en el centro de la mesa.

Cuando vio movimiento en la cocina, llamó a Vincente: «¡Estoy aquí fuera!». Y cuando él salió, ella gritó: «¡Sorpresa!».

Al principio comieron juntos en silencio.

Vincente miró a Gracia y, por primera vez, la vio bajo una luz totalmente distinta. Hasta hacía poco, la había visto de lejos, aunque había estado a su lado. Posiblemente porque antes se había cegado ante ella. Desde entonces, ella había demostrado fuerza y valor, y una pasión por la vida que él nunca había conocido. Besaba profundamente, como si besara con el corazón, y él sabía -siempre había sabido- que le quería. Sin embargo, él no había creído sentir lo mismo. Hasta ahora.

«No sabía que el café supiera tan bien», dijo Vincente, intentando cambiar de idea. Pero sus profundos sentimientos se delataron por sí solos, y se inclinó sobre la manta y besó suavemente a Gracia en los labios.

El cuerpo de ella se rindió a él, y juntos se besaron profunda e incondicionalmente. Vincente apartó el pelo de la cara de Gracia y la estrechó contra sí. Escuchó los latidos de su corazón, sincronizados con los suyos, y se sintió embargado por un tipo de amor que nunca antes había sentido.

Vincente la miró a los ojos mientras hablaba. «Cuando estabas fuera...

Ella intentó interrumpirle, queriendo decir algo. Él sabía lo que ella pensaba, que no quería hablar de lo que había pasado cuando estaban separados, pero él no iba por ahí.

Le puso el dedo índice sobre los labios y le dijo: «Shhhh». Tenía que decírselo ahora, antes de que perdiera los nervios. «Cuando estabas lejos, me di cuenta de algunas cosas, la más importante de todas es que estoy enamorado de ti».

Ella jadeó. Fue incontrolable.

Él volvió a hacerle señas para que guardara silencio.

«No hace mucho, te golpeé en la cabeza con una pelota de críquet y te desmayaste. Me preocupé por ti, pero por un instante pensé: '¿Quién me va a ayudar ahora con los deberes de matemáticas? Fui egoísta, lo sé. Totalmente».

De nuevo quiso interrumpirle. «Luego te observé a ti, la niña tonta que siempre me miraba de un modo extraño, que a veces me seguía con la mirada. Que estaba obviamente encaprichada de mí...».

Ella hizo una mueca ante este comentario, y se sintió avergonzada. Se preguntó por qué no se había limitado a decir: «Estoy enamorado de ti». Habría sido perfecto.

Continuó: «Me ayudaste con las matemáticas. Fuiste clave para que siguiera en el equipo, pero no te lo agradecí. La verdad es que no. Sentía que me lo debías de alguna manera. Sentía que todos me lo debían. Entonces era diferente. Pero he cambiado. Tú me has cambiado. Ahora, cuando me miro en el espejo, veo a un hombre que haría cualquier cosa por ti. Un hombre que quiere estar contigo, y no me refiero sólo a hoy o mañana, sino siempre y para siempre. Y puede que pienses que no soy tu tipo, y puede que pienses que no eres lo bastante buena para mí, pero sinceramente, ¡no soy lo bastante buena para ti! En el pasado, me limité a seguir lo que se esperaba de mí, sin cuestionarlo. He salido con la chica con la que se esperaba que saliera. He sido el deportista estereotipado, y no me enorgullece decirlo. Tú, Grace, me haces pensar en el mañana, en nuestro mañana, en nuestro futuro, y estoy deseando compartirlo todo contigo».

Grace sintió que las lágrimas le corrían por la cara. Había esperado años a que Vincente le dijera estas palabras, y ahora que las oía, dudaba de él y dijo: «Pero Vincente, ¿quizá sólo te sientes así porque somos las dos únicas personas que quedamos? Ya sabes, como si estuviéramos atrapados en una isla desierta, e incluso la chica más sencilla parece buena después de un tiempo».

Su respuesta a su declaración de amor fue como una bofetada. Ansiaba retirar las palabras, pero era demasiado tarde. El daño ya estaba hecho.

«Mira, Grace, sé que tienes miedo y ahora me alejas. Bueno, yo también tengo miedo, así que no intentes alejarme de ti con eso de 'la chica más sencilla'. Eso degrada totalmente todo lo que acabo de decirte, y digas lo que digas y hagas lo que hagas, siempre te querré. Te quiero, Grace».

«Yo también te quiero, Vincente».

Cayeron abrazados, y esta vez los besos eran ardientes. Se bebieron el uno al otro, como dos alcohólicos que llevaban meses sin beber. Su pasión llenaba el aire.

Vincente se separó primero. No tenía elección, tenía que apartarse o irían demasiado lejos, demasiado deprisa.

«¿Dónde has aprendido a besar así?», le preguntó mientras le acariciaba la espalda y sentía el ardor de su piel caliente en los dedos.

Grace se encogió de hombros. Sólo respondía a su fuego. Intentaron volver a la comida, pero el sabor de sus labios, el sabor del otro, hacía que todo lo demás pareciera insípido en comparación.

Cuando llegó la noche, se tumbaron sobre la manta y contemplaron las estrellas que centelleaban sobre ellos, se cogieron de la mano y se besaron. Era un mundo perfecto, un mundo hecho sólo para dos.

✳✳✳

Gracia miró a Vincente, que dormía a su lado. Tenían las piernas enredadas y ella era incapaz de liberarse sin despertarlo. Sabía que debía de tener mal aliento, pero no podía hacer nada, así que se limitó a mirarle dormir. Su pecho subía y bajaba, y estaba tranquilo. Parecía contento.

Se sintió eufórica. Ni en sus sueños más salvajes había imaginado que las cosas saldrían como habían salido. Vincente Marino estaba enamorado de ella, y ella de él.

Vincente se despertó y bostezó. Su aliento rozó a Gracia. Era dulce, y ella esperaba que el suyo también lo fuera, porque sabía que sabía a él.

«¿Cuánto tiempo llevas despierta? preguntó Vincente.

«No mucho. Ha sido una noche preciosa, y ahora nos espera un día increíble. ¿Qué deberíamos hacer?»

«Primero, creo que tenemos que hablar de nosotros», empezó Vincente. «Sobre adónde queremos ir y a qué velocidad. Anoche te deseaba mucho, pero no estaba seguro de lo rápido que querías avanzar. He pensado mucho en nosotros mientras estabas fuera.

He anhelado abrazarte. Es lo que me ha mantenido en pie, sinceramente. Soñar con nosotros, conectar».

«Creo que deberíamos ir despacio».

«Estoy de acuerdo, siempre que prometas decírmelo cuando estés preparada».

«¡Cuando esté preparada, serás la primera en saberlo!». dijo Grace con una sonrisa, y se abrazaron y besaron dulcemente.

Recogieron el picnic y entraron en casa.

«Creo que hoy deberíamos irnos de aquí», dijo Vincente. «Sí, creo que necesitamos empezar de nuevo. ¿Pero dónde?»

«En algún sitio especial, y creo que conozco el lugar exacto».

«¿Dónde? Dímelo».

«No, tendrás que esperar a que lleguemos. Mientras tanto, voy a recoger algunas cosas. A menos que quieras, ya sabes...». Sonrió mientras sus ojos miraban hacia las escaleras.

Caminó hacia él, le puso las manos sobre los hombros y lo miró directamente a los ojos. «Dejemos una cosa muy clara, Vincente Marino: estoy lista, dispuesta y soy capaz. Pero no quiero que sea aquí ni ahora. No en este lugar. Sino algún día, pronto».

La besó y empezó a abrirse paso entre los escombros hasta el piso superior de la casa. Se volvió hacia ella y le dijo: «Cuando hagas las maletas, mira a ver si encuentras un hacha grande, por si nos encontramos con más árboles locos».

«Lo haré».

CAPÍTULO 27

«¿Cuándo supiste por primera vez que me querías?» preguntó Vincente mientras se dirigían por Parramatta Road hacia el Distrito Central de Negocios de Sydney.

«Te quise la primera vez que te vi», admitió ella.

«Pero no era amor de verdad, ¿verdad? Fue un flechazo. Un enamoramiento. ¿Cuándo supiste que me querías de verdad, como persona? ¿Como una persona de verdad?

No podía imaginarse que el amor a primera vista fuera real. Nunca lo había sentido. No conocía a nadie que no hubiera salido en una película o en una obra de teatro que hubiera expresado que el amor podía ser instantáneo.

Ella puso su mano sobre la de él, que estaba apoyada en la caja de cambios.

Él la miró con extrañeza. Parecía incómoda, pero tenía un precioso cuello blanco, casi de marfil.

«No hay nadie más para mí, Vincente. Nunca la ha habido. Mi corazón está tan lleno de ti que nunca podría haber nadie más en él. Te adoro».

Detuvo el coche y se acercó al cuello blanco y desnudo de ella. Sus dientes se enfriaron al tocarla y luego empezaron a arder. El corazón le latía tan deprisa que creía que se le iba a salir del pecho, y sintió calor por todo el cuerpo al sentir deseos de devorarlo.

Tras unos instantes así, recuperaron la compostura y empezaron a alejarse. Las calles estaban atestadas de vehículos ahora calcinados, a excepción de un Land Rover. Vincente se detuvo junto a él y los dos lo miraron de cerca. Estaba casi nuevo, con asientos de cuero blanco y mucho espacio en la parte trasera para sus armas y provisiones.

Vincente giró la llave de contacto y arrancó. «Creo que éste es mejor que nuestro vehículo, mucho más espacioso y fiable y deberíamos... llevárnoslo».

A Gracia no le gustaba la idea de robar un vehículo, pero tenía sentido que adquirieran algo más grande y adecuado a sus necesidades. «Me pregunto por qué éste no se ha quemado como los demás», preguntó. Vincente se encogió de hombros y los dos empezaron a sacar sus cosas del otro coche y a colocarlas en el Land Rover.

Quedaba algo de gasolina, pero no mucha. Vincente se aseguró de parar en la siguiente gasolinera y repostar.

Grace entró con Vincente y cogieron una caja de agua y algunas cosas más para llevarse.

«¿Adónde vamos? volvió a preguntar Grace mientras cruzaban el puente del puerto de Sydney.

Vincente sonrió. Estaba muy satisfecho de sí mismo por algo. Grace estaba muy curiosa y emocionada.

Vincente cambió de tema. «Tuvimos suerte de encontrar este vehículo. Está en muy buen estado y debería llevarnos a donde necesitemos».

«Tenemos aún más suerte de que tengas el carné de conducir».

«Bueno, técnicamente no lo tengo», afirmó Vincente, mientras miraba a Grace. «Pero, ¿quién va a impedírmelo?».

Grace pensó en su situación. Le costaba creer que no hubiera otras personas en algún lugar, al otro lado del país o en otra parte del mundo. No podía creer que fueran realmente las dos únicas personas que quedaban en la Tierra.

«¿No crees que debe de haber otros, ahí fuera, en alguna parte?». preguntó Grace.

«Creo que somos nosotros», dijo Vincente.

«¿Pero si hay otros?»

«Entonces los encontraremos, o ellos nos encontrarán a nosotros. Mientras tanto, no nos preocupemos, ¿vale? Ya casi hemos llegado», dijo mientras doblaban la esquina y giraban hacia una carretera paralela a la playa. El paisaje era impresionante. Grace deseaba salir del coche y correr descalza por la arena blanca.

Vincente se detuvo justo delante del Hotel Manly, situado frente al mar. Como niños pequeños, la pareja estaba impaciente por quitarse los zapatos y correr por la arena blanca y caliente. Les besaba los pies y se agitaba como el azúcar en el fondo de una taza de café, y cuando sus pies tocaban el agua fría, se estremecían y reían.

«¿Crees que es seguro?» preguntó Grace.

«¿Seguro? ¿De?»

«Ya sabes, de tiburones y medusas».

«No hemos visto un ser vivo en días, ni hormigas ni arañas, ni mozzies, ni un solo pájaro... ¿Y te preocupan los tiburones y las medusas?».

«Sí, bueno, los árboles tenían hambre, así que quién sabe si...».

Vincente disipó sus preocupaciones con un beso. Jugaron juntos en el agua como dos niños, chapoteando y persiguiéndose hasta que se quedaron dormidos, uno al lado del otro, en la arena.

✳✳✳

POR LA MAÑANA, GRACE y Vincente se despertaron cubiertos de arena y con mucha, mucha hambre.

«Estoy lista», dijo ella mientras se abalanzaba sobre él, besándolo con fuerza en los labios y empujándolo hacia la huella que habían dejado en la arena.

«Yo... creo que es demasiado pronto», dijo él, apartándola suavemente, poniéndose de pie y sacudiéndose la arena de la ropa.

Ella volvió a abalanzarse sobre él. «Creía que habías dicho que te lo diría cuando estuviera preparada. Estoy lista, oh, tan lista -dijo mientras buscaba a tientas los botones de su camisa.

Él retrocedió. Le sonrió. Grace volvió a abalanzarse sobre él. Él se apartó.

«Eres un provocador», gritó frustrada mientras él se daba la vuelta y corría en dirección contraria. «¡Cobarde!», gritó ella, siguiéndole. Jadeaba. Con el corazón desbocado. No deseaba otra cosa que arrancarle la ropa, hacer lo que quisiera con él, sentir su cuerpo contra el suyo. Convertirse en uno con él.

«Cuando sea el momento adecuado, lo sabremos los dos», dijo Vincente mientras abría el maletero del coche y sacaba las botellas de agua. Entró en el vestíbulo del hotel y Grace lo siguió. No tuvo más remedio que seguirle, hasta el ascensor, a lo largo del pasillo y hasta el gigantesco ático.

Una vez dentro, Vincente corrió las cortinas del todo. Desde su posición ventajosa, podía pensar en todo lo que había cambiado desde la última vez que había visitado Manly con su madre y su padre. Habían cambiado muchas cosas.

Antes había multitudes de gente, paseando por el paseo marítimo, riendo y divirtiéndose. Había barcos, con sus velas al viento, como manchas en el horizonte. Había habido risas y bebida. Niños nadando, jugando y construyendo castillos de arena. Había habido surfistas, muchos, cogiendo las grandes olas.

Había habido delfines y aves, sobre todo gaviotas revoloteando, zambulléndose fuera del agua, alimentándose y gritando.

Por no hablar de las barbacoas, los cafés y restaurantes llenos de gente cenando, bebiendo, bailando, hablando y romanceando. Todo había sido tan diferente entonces, tan vivo y tan extraordinariamente concurrido. Vincente recordaba una larga espera para entrar en algunos de los mejores restaurantes de Manly. Ahora, Grace y él tenían todo el lugar para ellos solos.

Le habló a Grace de Manly, de cómo su familia había alquilado una casa en la playa. Habían vivido en primera persona el avistamiento de ballenas. Cómo las ballenas saludaban con la cola. Qué magnificencia. Qué poder.

También le contó que a veces se habían alojado en un hotel de Oceanside antes de comprar una casa. Eran como unas pequeñas vacaciones. Hacían las maletas y cogían el ferry. Estaba muy emocionado y siempre comían fuera, nadaban en la piscina de la azotea y luego iban a la playa, comían pescado y patatas fritas, se sentaban en la arena y hablaban mucho.

«Los echas mucho de menos, a tus padres, ¿verdad? dijo Grace, cogiéndole la mano. Le quería aún más, si cabe, cuando hablaba de su familia y de sus recuerdos. Cuando compartía sus recuerdos y experiencias con ella, sentía que también eran suyos.

«Ahora -dijo- tenemos este lugar para nosotros solos, Grace. Podemos quedarnos aquí, vivir aquí y hacer aquí lo que queramos».

«Sí», aceptó Grace, "eso me gustaría".

Después de haberse calmado un poco, decidieron dar un paseo por el paseo marítimo. Aquí no había signos de traumatismo por los terremotos. Caminaron cogidos de la mano, hablando. Cada vez más cerca.

Los recuerdos habían creado un poco de niebla. Juntos se sentían muy solos.

«Vamos a bañarnos». sugirió Vincente mientras corría hacia el agua, sacudiendo la arena por todas partes mientras se quitaba la camiseta, los pantalones cortos, los calzoncillos, los zapatos y los calcetines.

Grace lo vio, descalza y corriendo hacia el agua como alguien que nunca hubiera estado en la playa. Ella también empezó a quitarse la ropa y, cuando se hubo quitado todo, empezó a vadear el agua.

Se encontraron y se cogieron de la mano cuando estaban metidas hasta la cintura en las frescas aguas. Las olas se precipitaron sobre ellos, empujándolos juntos y separados, juntos y separados. Se besaron y se agarraron con fuerza mientras el rocío del mar los bautizaba como oficialmente enamorados.

Si aún quedaba algún pez vivo para oírles gritar, era demasiado educado para darse a conocer.

CAPÍTULO 28

Ahora, uno al lado del otro, en el ático del hotel, habían dormido la clase de sueño que sólo los amantes pueden conocer. Grace tenía la cabeza acurrucada en el pecho de Vincente.

Él la miraba mientras dormía. Pensaba en que hoy le parecía aún más hermosa que ayer. Le apartó el pelo de la cara y se lo colocó detrás de la oreja. Ella se agitó.

«Buenos días, dormilona. La besó en la frente.

«Buenos días. Grace se hizo eco, mientras se estiraba y bostezaba, tapándose la boca con la mano mientras se preguntaba si tendría aliento matutino, el peor aliento del día. Se preguntó cómo habían llegado al hotel.

Pensó un momento, intentó recordar cómo habían llegado, pero ni siquiera recordaba haber entrado en el hotel. Era como si hubiera estado de juerga y ahora hubiera perdido totalmente la memoria de aquel suceso, además de todos los demás que había olvidado del pasado. Se sentía molesta porque quería recordar todos y cada uno de los momentos vividos con Vincente.

«Si te preguntas cómo has llegado hasta aquí», dijo Vincente. «Estabas profundamente dormida en la playa y estaba subiendo la marea, así que te cogí y te traje aquí, y luego te arropé».

«Gracias», dijo ella mientras se acurrucaba en él. Luego se disculpó y se duchó. Fuera del cuarto de baño llamaron a la puerta. Se puso el albornoz del hotel y preguntó: «¿Quién es?».

«¡Soy yo, tonta!» respondió Vincente, mientras Grace abría la puerta y lo encontraba vestido con uniforme de cocinero -gorro incluido- y empujando un festín en un carrito.

«Has estado muy ocupado». observó Grace, mientras daba un bocado a una tostada con mermelada y mojaba un trozo de tocino crujiente en un huevo pasado por agua.

Comieron y comieron, hasta que no pudieron más, y entonces Vincente se levantó y le entregó a Gracia una caja.

«¿Un regalo? ¿Para mí?»

«¿Para quién si no? Espero que te guste», dijo Vincente, y vio cómo Grace arrancaba la cinta y empujaba hacia atrás el papel para descubrir el regalo.

Grace levantó el vestido de tirantes más bonito que había visto nunca, y luego lo apretó contra su cuerpo. Era de seda, verde y muy sexy. Voló hacia Vincente y lo besó en los labios, luego se quitó la bata y se puso el vestido nuevo. Le quedaba perfecto.

«Gracias», dijo.

«¡Ahora veamos qué aspecto tienes sin él!». exclamó Vincente antes de empujarla sobre la cama, y volvieron a hacer el amor.

Cuando se despertaron, sintiendo de nuevo un poco de hambre, Vincente preparó la fondue de chocolate que había encontrado antes, y sumergieron en ella fresas descongeladas. Estaban deliciosamente dulces y se las dieron de comer. Cuando se saciaron y tuvieron suficiente energía, volvieron a hacer el amor.

✳✳✳

MÁS TARDE, AQUEL MISMO día, caminaban cogidos de la mano por el paseo marítimo, mientras las olas rompían en la orilla junto a ellos. La marea había subido, y su fuerza crecía a su alrededor.

«Podríamos ser muy felices aquí», dijo Vicente. «En el hotel tenemos comida suficiente para meses. Combinada con los otros hoteles y restaurantes, probablemente tengamos aquí comida suficiente para que nos dure años. Y podríamos vivir de lujo, moviéndonos por el hotel, ¡sin tener que limpiar nunca! Podemos mudarnos a otra habitación cuando la nuestra se ensucie».

Grace pensaba en todo lo que Manly podía ofrecer. Ella también pensaba que aquel lugar podría ser un buen hogar. Tenían todo el tiempo del mundo y nada que perder. ¿Por qué no intentarlo?

«Creo que tienes razón, deberíamos quedarnos aquí, convertirlo en nuestro hogar. A ver qué pasa. Pero...» Se detuvo, mirando al cielo. Luego se volvió y le miró directamente a los ojos. «Pero, ¿y si no somos los únicos? ¿Y si hay otros ahí fuera, por todo el país? ¿Al otro lado del mundo? ¿Deberíamos estar tan contentos, pensando sólo en nosotros, cuando hay otros ahí fuera que podrían necesitar ayuda? ¿Cuando podríamos estar ahí fuera buscándoles?».

Vincente no le respondió de inmediato. También miró al cielo. Echaba de menos los sonidos de las cucaburras y las gaviotas. Incluso echaba de menos el ruido de los aviones volando y de los coches tocando el claxon. «Entiendo lo que dices, nena. Pero nuestras responsabilidades son con nosotros, con nosotros mismos. Sobre todo cuando no sabemos cuánto tiempo tenemos aquí».

«¿Crees que nuestro tiempo es limitado?»

«¿Quién sabe? ¿No lo es siempre? Quiero pasar cada momento contigo, haciéndote feliz. Amándote. Hacerte el amor es ahora mi prioridad».

Ella le rodeó la cintura con el brazo y siguieron caminando; luego doblaron la esquina, se agacharon bajo el puente y corrieron como dos niños. Cuando llegaron al escondido parque infantil, Gracia se subió al tobogán y se deslizó hacia abajo, y luego saltó a un columpio. Vincente se subió al columpio junto a ella, y subieron más y más y más alto, mientras su conversación continuaba.

«Tú también eres mi prioridad. Quererte, estar contigo. Pero quizá, si intentáramos encontrar a otros, seríamos más felices. Es decir, sabiendo que al menos lo habíamos intentado», dijo Grace.

«Me acabas de dar una idea, Grace. Quizá deberíamos intentar llamar al extranjero, a larga distancia. A ver si así podemos establecer una conexión. Podríamos intentar una llamada a través del país, y luego podríamos probar con Nueva Zelanda, quizá

Europa, Inglaterra, luego Canadá y Estados Unidos. Podemos pasar tiempo aquí, disfrutar de los días, y buscar primero de esa manera. ¿Te parece bien?»

«Me parece un buen comienzo. Pero de momento, vamos a nadar -dijo Gracia, mientras saltaba del columpio y echaba a correr. Vincente salió volando detrás de ella, siguiendo el rastro de ropa que iba dejando a su paso. Lo recogió todo y vio cómo Gracia se metía en el agua. Subió y bajó y luego se sumergió. Volvió a salir con el pelo mojado, como si se estuviera preparando para una sesión de fotos para una revista.

Vincente se rasgó la ropa y empezó a caminar hacia ella.

Se sumergieron juntos mientras las olas rompían sobre sus cuerpos.

$$*\!*\!*$$

«¿Crees que alguna vez lo echaremos de menos?», preguntó Grace, mientras bostezaba ampliamente y se sentaba con los brazos sobre las rodillas. Ya estaba completamente vestida y llevaban un buen rato mirando las estrellas, descansando en el resplandor.

«¿Señorita qué? preguntó Vincente, mientras se incorporaba y descansaba con las piernas cruzadas junto a ella.

«El aprendizaje, los deportes, todo lo que conllevaba estar en la escuela. ¿Crees que alguna vez lo echaremos de menos?».

«Yo, por mi parte, no echo de menos suspender en matemáticas, y eso era exactamente lo que hacía antes de que el entrenador Anderson me sugiriera que pidiera ayuda a ti. Tuve suerte, supongo, pero no echo de menos aprender. Sí echo de menos jugar, las multitudes que me aclamaban cuando lanzaba la bola perfecta».

«¿Echas de menos la oportunidad de ser profesional?»

«Más o menos. La única forma que tenía de entrar en la universidad era con una beca. Mamá y papá no podían permitirse enviarme. No es que fuéramos pobres ni nada de eso -teníamos dinero-, pero me causaría dificultades, ¿sabes? Quería conseguirlo, entrar por mi cuenta».

«Sí, ya lo veo, querías ganártelo. Ya has dicho antes que iba a ser matemático. Quizá vuelva a tener ganas cuando recupere la memoria».

«El cielo era el límite para ti». Se detuvo un segundo, al ver que una nube recorría sus facciones ante la palabra «era», y luego continuó: «¡Todavía lo es!».

«Ahora no recuerdo nada de eso. Cuando estaba allí arriba, en aquel árbol, a menudo me sentía como...» vaciló ella, temerosa de admitirlo. «No, te reirás».

«¿Y qué si me río? Dímelo, ¡vamos! Tienes que decírmelo». Entonces él se inclinó y empezó a hacerle cosquillas y más cosquillas. «¿Me lo vas a decir ahora?», le preguntó, y volvió a hacerle cosquillas hasta que ella accedió a decírselo.

«Albert Einstein», dijo ella, "me pareció ver su cara en la luna".

Él no se rió. Miró la cara de la luna. Podía distinguir un bigote, ahora que ella lo mencionaba, y unos ojos. Pensó en Mark Twain o, sí, podría ser Albert Einstein. «Puedo verlo», confirmó. «Podría ser Albert Einstein o Mark Twain el de ahí arriba».

«¿Puedes verlo entonces, el bigote?».

«Sin duda, pero nunca había visto una cara tan nítida. He oído hablar del Hombre de la Luna, pero ¿cómo es que sólo lo veo ahora?».

«No estoy segura», dijo Grace. En silencio, miraron juntos la luna hasta que Grace dijo: «Lo único que sé es que cuando estaba en aquel árbol y necesitaba esperanza, la encontré en el rostro de Albert Einstein. Me hizo más fuerte. Me dio esperanza. Me hizo sentir segura, sin ninguna duda, de que iba a bajar de allí, y de que iba a volver a verte. De hecho, supe que estabas bien y que iba a rescatarte».

«Todo por una conexión con Albert Einstein, ¿eh? ¿Te... te habló? ¿Desde ahí arriba, quiero decir?»

«No tanto con palabras», dijo Grace, »pero sin duda había una conexión. Como si estuviera al otro lado del universo, tendiéndome la mano. Prestándome fuerza. Sé que ahora parece una tontería, pero en aquel momento, estando tan alto en aquel árbol, me parecía perfectamente normal tener a Albert Einstein velando por mí».

«¡Pues gracias, Albert Einstein!» declaró Vincente, gritando a la luna: «¡Gracias por traer a mi chica sana y salva al suelo, y de vuelta a mí!».

«¡Sí, gracias, Albert Einstein!» añadió Gracia.

«Seguro que ahora le tuteas, ¿verdad?». dijo Vincente, y echó a correr por la playa. Grace corrió tras él, y se rieron y chapotearon en el agua.

Ninguno de los dos se dio cuenta del guiño del profesor Einstein.

***

LA PAREJA REGRESÓ AL hotel, decidida a hacer algunas llamadas telefónicas. «Estoy seguro de que si hay alguien en Australia que responda, esto le llegará», dijo Vincente.

Se sentaron juntos en el despacho, dejando que el teléfono sonara y sonara y sonara. Nadie contestó.

«Probemos otra cosa», sugirió Vincente. Vincente descubrió un manual en el escritorio, lo hojeó y encontró el código para contactar con Nueva Zelanda. Lo mismo: sin respuesta.

«¿Dónde deberíamos probar ahora?», preguntó.

«Probemos...», se puso delante de ella con un mapamundi, cerró los ojos, puso a cero Francia y Vincente tecleó el código. Dejaron que sonara y sonara y, de nuevo, no hubo respuesta.

«¿Adónde vamos ahora?» preguntó Vincente.

«A Sudamérica». gritó Gracia, y Vincente tecleó los números. Aquello era lo más parecido a la diversión que habían tenido en mucho tiempo, y la esperanza se renovaba con cada país que probaban: China, Rusia, Noruega, Irlanda e Inglaterra. Sin embargo, sus esperanzas disminuyeron cuando probaron Canadá y Estados Unidos.

«Somos los únicos», acordaron, y volvieron a su habitación, exhaustos. Ninguno tenía hambre ni sed.

Por primera vez, no querían hacer el amor ni hablar. Se sentaron solos y bebieron vino. Ahora era su mundo. La edad no significaba nada. Podían tener o hacer lo que quisieran. Era un sueño hecho realidad.

***

VINCENTE SE DESPERTÓ SOBRESALTADO. Gracia hablaba en sueños:

«E es igual a MC al cuadrado, dos veces dos es cuatro, cuatro estaciones, escala equilibrada, tres veces dos es seis, es un número femenino, tres es un número masculino, por lo tanto seis es igual a matrimonio. Seis, diez, quince son números triangulares, cuatro, nueve, dieciséis son números cuadrados, el cubo psicogénico es seis al cubo o seis por seis por seis igual a doscientos dieciséis, Pitágoras creía que todos nos reencarnamos cada doscientos dieciséis años, por tanto, ciclo. Regreso».

Ella se detuvo, roncó un poco y Vincente se acurrucó contra ella. Pensó en ese don suyo, que ahora estaba obrando su magia dentro de su subconsciente. Su genio estaba impregnando sus pensamientos nocturnos, volviendo a ella durante sus horas de descanso. Era la primera vez que le despertaban tales divagaciones. Era como si Gracia hablara en otro idioma. Se preguntó si debía decírselo. Pero si lo hacía, ¿retrasaría el proceso de curación el poder de la sugestión, en lugar de su propia autorrealización?

Cuando amaneció, Vincente seguía despierto, escuchando el silencio que le rodeaba. Gracia no había vuelto a hablar, pero se inquietó un par de veces, y él tuvo que apartarse de ella. Se revolvía en sueños, pero cuando había estado hablando de matemáticas, estaba muy quieta y centrada. Su voz estaba llena de pasión. Prácticamente destilaba esperanza y asombro, aunque él no entendía nada de lo que decía. Se hizo una idea de lo que iba a hacer cuando ella se despertara. No iba a contarle lo de hablar mientras dormía. Al menos, no hoy. Pero tenía un plan y esperaba que le fuera útil. Al mismo tiempo, tenía una idea sobre cómo sorprenderla. Era optimista: hoy iba a ser su mejor día.

CAPÍTULO 29

«Estaba pensando, Grace, que sería bueno ir hoy a Sydney. Podríamos hacer una visita a la Biblioteca Pública. No necesitamos dejar de aprender. Tenemos una biblioteca entera y miles de libros para nosotros solos. Podemos pasarnos allí casi todo el día».

«Sí, me gusta tu forma de pensar. Perfecto». Grace se detuvo un momento y se miró en el espejo. «También me gustaría comprar algunas cosas, quizá ropa nueva. ¿Quizá debería teñirme el pelo? ¿Me veo rubia?»

«Definitivamente no a lo del rubio, pero también me vendrían bien algunas cosas nuevas. ¡Podríamos ir de compras! Y otra cosa que estaba pensando que podría ser útil es si pudiéramos encontrar una radio CB. Es una forma de comunicación más primitiva, pero...».

«Entonces, ¿sigues pensando que también podría haber otros ahí fuera?».

«Creo que puede que seamos los dos únicos, nena. Pero, si tenemos una radio CB y podemos utilizarla activamente, y si existe una posibilidad, aunque sea pequeña, de que otros puedan ponerse en contacto con nosotros de ese modo, entonces esa vía estará abierta para nosotros. Para ellos».

«Te quiero, Vincente», dijo ella mientras lo rodeaba con los brazos y lo besaba profundamente. Luego se dirigió hacia la puerta. «No hay momento como el presente. Será mejor que salgamos».

«¡Estoy totalmente de acuerdo!» exclamó Vincente. Le rodeó la cintura con el brazo y juntos salieron del edificio y entraron en el coche. Habían aparcado permanentemente delante del hotel, donde normalmente sólo podían subir pasajeros los taxis y las limusinas. Vivir en un mundo sin reglas tenía sus ventajas.

«Vincente -empezó Grace-, he estado pensando. Aunque el hotel es bonito y todo eso, nunca podría ser mi hogar. ¿Sabes lo que quiero decir?»

«Sí, sé lo que quieres decir. Sientes la necesidad de asentarte, de anidar. Y un hotel psicológicamente no encaja».

«Por ahora sí, pero no, ya sabes, a gran escala para nosotros». Vincente detuvo el coche y abrió la puerta de golpe. Ella lo vio correr hacia el escaparate de una tienda Salvos. Salió del coche para ver qué le había llamado la atención, ¡y vio que era una radio CB!

Vincente entró en la tienda y miró detenidamente la radio. Luego encontró una toma de corriente y la enchufó. Exploró las ondas. Juntos escucharon atentamente, pero sólo había estática y retroalimentación. Vincente la recogió, la metió en el maletero del coche y se marcharon. La radio era una posibilidad remota, ambos lo sabían, pero no hablaron de ello.

Condujeron por las calles de Manly, ya totalmente acostumbrados a ser los dos únicos humanos de su mundo. Tenían a su alcance todo lo que querían o necesitaban: todas las atracciones turísticas, además de la promesa y la belleza naturales de Sydney. La ciudad era su pedacito de paraíso y tener Manly para ellos solos era una especie de extra.

Cuando el Land Rover cruzó el Puente del Puerto de Sídney, la Ópera pareció reconocer su presencia, y Grace aprovechó para retomar su conversación anterior. «Sería estupendo elegir la casa que queremos. Crear nuestro propio hogar», dijo con optimismo.

«Estoy totalmente de acuerdo, y podríamos elegir cualquier casa, cualquier mansión que quisiéramos. Pero por ahora, creo que tenemos que hablar de algo aún más, bueno, personal. Algo de lo que no hayamos hablado antes».

La expresión de Vincente había cambiado. Se había vuelto profundamente serio, más serio de lo que Grace le había visto nunca, y ella estaba preocupada. Esperó a que continuara, sin querer interrumpir sus pensamientos. Se dio cuenta de que estaba intentando encontrar las palabras adecuadas. Cuando no habló durante unos minutos, Grace empezó a preocuparse más. Cuando detuvo el coche en la calle Jorge y la miró a los ojos, pero seguía callado, se preocupó mucho.

«¡Dime, Vincente! Me estás asustando».

«No hemos utilizado anticonceptivos, y podrías estar embarazada ahora mismo. Podría estar viéndote como una nueva mamá, y yo podría ser papá. Y estaba pensando qué clase de vida sería para un niño que naciera de nosotros. Sí, le amaríamos y cuidaríamos de él, pero ¿qué pasaría con su futuro? ¿Su futuro?»

«¿Qué quieres decir exactamente? Adoraríamos a nuestro hijo».

«Sí, pero ¿a quién adoraría nuestro hijo? ¿A quién amaría además de a nosotros?»

«Ah, te refieres a alguien con quien casarse. ¿Con quien pasar su futuro, cuando ya no estemos?». Lo abrazó con fuerza y le acarició la cabeza como si fuera un niño. «Querido, has tenido pensamientos muy profundos. Deberías haberlos compartido conmigo. No deberías preocuparte tú solo por algo tan grande. Lo que se nos presente, lo afrontaremos juntos».

«¿Pero una personita, sin más futuro que estar con nosotros? Sería cruel. No estaría bien».

«¿Quizá deberíamos renunciar a hacer el amor, entonces? Sí, ¡hagámonos célibes!», exclamó ella, mientras le acariciaba la cabeza y le besaba como si fuera un niño pequeño. «Si está destinado a suceder, sucederá. No podemos preocuparnos ahora por algo que quizá nunca ocurra. Nos queremos. Daría cualquier cosa por ti. Daría mi vida por ti, Vincente, y no podría ser célibe, a menos que nos separáramos. A menos que estuviéramos separados. Entonces, tal vez».

«¡Eso nunca ocurrirá! ¡Nunca te dejaré! No a propósito», juró Vincente.

«Entonces ahí lo tenemos. Y si tenemos hijos, haremos lo que sea mejor para ellos. Lo que tengamos que hacer. Pero de momento, vamos a hacer la compra, y luego vamos a la biblioteca.

Y después, ¡a comer algo rico! De nuestro amor nunca puede salir nada malo -dijo Grace.

«Te adoro, Grace».

Fueron de la mano a los grandes almacenes David Jones, donde pasaron la mañana de compras. Luego almorzaron en un restaurante italiano, cocinando juntos los espaguetis a la boloñesa.

Después de comer, exploraron la biblioteca y sacaron unas cuantas novelas. Grace no se acercó a la sección de matemáticas, y Vincente no la presionó para que lo hiciera.

Después subieron al coche y condujeron por la calle Jorge. Inesperadamente, Vincente se detuvo, tomó la mano de Gracia entre las suyas y le dijo que había algo que quería enseñarle. Algo importante.

Grace miró el cartel que había sobre la puerta: «Joyería antigua de fina calidad comprada y vendida aquí».

Intrigada, Grace siguió a Vincente al interior.

$$***$$

CUANDO ENTRÓ EN LA tienda, fue como si hubiera entrado en una reluciente lámpara de araña. Todo a su alrededor estaba lleno de luz. Dentro de la tienda había todo tipo de joyas imaginables, desde diademas y pulseras hasta relojes y un maletín con diamantes. Estaba tan abrumada que no pudo moverse ni un momento. Ahora el dinero no era un problema para ellos. Antes estas joyas les habrían resultado demasiado caras.

«Vamos», dijo Vincente, »¡diviértete, echa un vistazo! ¿Ves algo que te guste?»

Gracia avanzó, se agachó y miró dentro de las gruesas vitrinas. Ahora no llevaba joyas. De hecho, no estaba segura de qué tipo de joyas le gustaban.

Caminó de un lado a otro por las hileras de vitrinas, fijándose en algunas cosas, pero luego se distrajo y siguió adelante. Había demasiadas cosas bonitas como para dejarse atrapar por todas a la vez. Cuando llegó al final de la tienda y se dio la vuelta, como si fuera a salir por la puerta, Vincente la detuvo.

«¡Aquí tiene que haber algo que te guste!».

«Es que me resulta un poco abrumador. No sé mucho de joyas. Quizá puedas hablarme un poco de ello primero. Háblame de tu anillo. ¿Dónde lo conseguiste?» preguntó Grace.

«Vale, sí, ya veo que estás abrumada, pero debes saber lo que te gusta. Así que podemos mirar juntas. Mientras tanto, mi anillo se transmitió durante muchos años en mi familia. Es una reliquia familiar. Siempre se ha dado al primer hijo del primer hijo. No me había dado cuenta de que te fijabas en él».

«Claro, cambia de color con la luz del sol, igual que a veces lo hacen tus ojos. Oye, me gusta éste. Es absolutamente precioso». Grace cogió un anillo, y cuando iba a colocárselo en el dedo, Vincente alargó la mano para detenerla. Cogió el anillo con la mano y se arrodilló.

«Grace Greenway, te quiero más que a nada en el mundo. ¿Quieres casarte conmigo?»

Ella gritó como una niña y corrió hacia él, tirándolo de espaldas al suelo. Ella respondió que sí, y él le colocó el anillo en el dedo. Le quedaba perfecto, como si lo hubieran hecho para ella. El gran diamante tenía forma de corazón, con pequeños diamantes alrededor. Brillaba cuando le daba la luz.

«¡Ya somos oficiales! declaró Vincente. «Quiero decir, oficialmente prometidos.

«¡Gracias, me encanta!»

Dieron vueltas por la habitación, sin dejar de abrazarse. Entonces el mareo se apoderó de Gracia, que avanzó a trompicones e investigó la vitrina que había justo a la izquierda de la puerta. La pequeña vitrina había quedado oculta por la puerta abierta.

Sus ojos se fijaron inmediatamente en una banda de oro con un corazón y pequeños diamantes a su alrededor. Diamantes incrustados como pequeñas estrellas. Era un anillo magnífico, y Grace supo enseguida que era para ella.

Vincente estuvo de acuerdo y, antes de que ella pudiera colocárselo en el dedo, él se lo quitó de la mano y lo metió con cuidado en una caja. Se guardó la caja en el bolsillo del pantalón corto y la acarició suavemente. «Para guardarlo», dijo, "hasta que nos casemos algún día".

«¿No podría llevarlo puesto?», preguntó ella mientras le metía la mano en el bolsillo, »quiero decir, ¿quién lo iba a saber? Además, aquí no hay nadie para casarnos».

«No se trata de eso, ¿verdad? Se quedará».

«Bromea».

****

«¿Y tú?» preguntó Gracia mientras examinaba las cajas, buscando un anillo de boda para Vincente. Se preguntó si los hombres llevaban anillos de compromiso, o si eso era sólo cosa de mujeres, algo femenino para indicar que estaba prometida. «¡Quiero comprarte un anillo de compromiso!» dijo Gracia con entusiasmo, pero Vincente parecía algo reacio. «Vale, entonces un anillo de boda, por lo menos», dijo ella. Le espantó para poder mirarlo mejor.

«Uh hum, ¿puedo ayudarla, señora?». preguntó Vincente, imitando a un pomposo joyero de antigüedades.

«No, gracias, amable señor», dijo Gracia. «¡Ya he robado el anillo que quería!». Acababa de meter el anillo en una caja y en el bolsillo.

«Gracias por robarnos. Vuelve, por favor -rió Vincente, mientras salían de la boutique.

Una vez fuera, Vincente empezó a andar, dando zancadas cada vez más grandes. Gracia apenas podía seguirle. Corría detrás de él, sin aliento.

De repente, él se dio la vuelta y la estrechó entre sus brazos. Luego la soltó, sin aliento y excitado.

«He tenido la idea más asombrosa», dijo.

«¡Compártela!»

«Necesitas un vestido de novia y esas cosas, y yo también. Bueno, no un vestido de novia para mí, pero ya sabes, yo también necesito atuendo de novia. Aquí tenemos las mejores tiendas a nuestra disposición, ¡así que vamos a comprar todo lo que necesitemos ahora mismo!»

«Pero las tiendas no van a desaparecer, ¿verdad? ¿Por qué no esperamos?»

«No, yo siempre digo que no hay tiempo como el presente, y creo que deberíamos traerlas hoy mismo», dijo Vincente.

En realidad, Grace sentía lo mismo, pero la embargaba un deseo más fuerte. Superaba su deseo de boda. Quería quitarle la ropa a Vincente y hacerle el amor apasionadamente.

Se acercó a él y lo abrazó con fuerza. Lo besó, dándole todo lo que podía, pero su mente estaba claramente en otra parte.

«Tú mira aquí, y yo iré a mirar allí, y nos reuniremos aquí dentro de, digamos, una hora, ¿vale? Aquí mismo». Hizo una pausa, le lanzó un beso y dijo: «Diviértete».

«¿Estás seguro de que no podemos hacer juntos esto de comprar ropa de novia?», le preguntó ella.

Él se detuvo, negó con la cabeza y se volvió hacia ella. «¡Ni hablar! Da mala suerte que el novio vea el vestido de novia antes de la boda. Estás sola, nena».

«Pero seguro que necesitarás ayuda». sugirió Grace, con la esperanza de hacerle cambiar de opinión. Él se limitó a sonreír, entró en una tienda de trajes y cerró la puerta tras de sí. Ella se abrazó a sí misma. Ya le echaba de menos.

CAPÍTULO 30

Era extraño estar lejos de Vincente. Al principio, no le gustaba estar separada. Luego se animó y empezó a probarse vestido de novia tras vestido de novia. Muchos de ellos tenían demasiado encaje, eran pretenciosos. Algunos estaban hechos para tallas cero y no favorecían su figura más corpulenta. Otros eran demasiado complicados para ponérselos ella sola.

Cuando encontró en el perchero un vestido blanco antiguo con una cola excepcionalmente larga, no estaba segura de que le quedara bien, y mucho menos de que le sentara bien. Tenía un cuello alto de encaje y venía con una diadema a juego. Los botones del vestido eran de perlas, con un volante de encaje bordado encima. En la etiqueta ponía 10.000 dólares, y Grace fue increíblemente cuidadosa al deslizar suavemente su cuerpo en él.

Contuvo la respiración y salió del probador para mirarse en el espejo de cuerpo entero. Se le llenaron los ojos de lágrimas y fluyeron por sus mejillas. No podía creer que pudiera o llegara a estar tan guapa. Parecía una princesa, esperando a que su príncipe viniera a casarse con ella.

Pensó en Vincente y en cómo se sentiría al verla con aquel vestido tan espectacular. Esbozó una sonrisa. Miró la hora y se dio cuenta de que aún tenía que encontrar algunos accesorios, como unos zapatos y unas horquillas para el pelo, un poco de maquillaje y un par de pendientes de perlas.

¡Misión cumplida! Había pensado en todo lo que podría necesitar, y aún le quedaban unos instantes. Gracia se tomó su tiempo para volver al lugar donde habían quedado.

Vincente aún no había llegado. Curiosamente, su vehículo se había movido.

Se sentó en el bordillo, con las bolsas desparramadas por la acera a su alrededor. Luego se levantó y cogió una botella de agua de la nevera de una tienda cercana. Por último, se sentó, soñó con el día de su boda y esperó.

***

Cuando empezó a anochecer, Grace ya no esperaba pacientemente. Estaba cansada y echaba mucho de menos a Vincente.

Se había levantado viento y Grace sintió un escalofrío que le recorría el cuerpo.

Entró en una tienda cercana y se probó una sudadera negra con capucha.

Se subió la cremallera, se puso la capucha sobre la cabeza y volvió a sentarse.

Grace esperó a Vincente.

Y esperó. Y esperó.

CAPÍTULO 31

GRACE SIGUIÓ ESPERANDO A Vincente mientras salían las estrellas. Mientras la imagen de Albert Einstein la contemplaba. Deseó haber guardado una de las novelas de la biblioteca para leer, pero la luz no era lo bastante buena para leer en este lugar.

Miró hacia la calle, había muchas tiendas, pero no estaba de humor. Quizá encontrara algo que la distrajera, pero eso no aliviaría su creciente preocupación por la ausencia de Vincente.

¿Acaso uno de aquellos árboles le había convertido en una brocheta de Vincente? ¿Y por qué se había llevado el coche? El acuerdo había sido recoger nuestras cosas y reunirnos en una hora. ¿Qué había ocurrido? ¿Dónde demonios estaba Vincente Marino?

Pasaron las horas.

Grace empezó a dudar del amor que Vincente sentía por ella.

Empezó a preguntarse si había cambiado de opinión sobre su relación.

Este pensamiento la enfadó al principio, pero luego caló cada vez más hondo en su subconsciente.

En algún lugar, descubrió una parte de ella que esperaba que la dejara, que cambiara de opinión. Una parte de ella que parecía esperar que la hiriera, que la destrozara por dentro.

Decidió que, puesto que había sido inevitable que él se marchara durante todo este tiempo, lo mejor sería que se marchara del lugar donde habían acordado encontrarse. Iría donde su corazón deseara, y en este momento, su corazón deseaba estar en la Ópera de Sidney.

Por un momento, pensó en dejar las maletas allí mismo, al borde de la carretera. Pero había encontrado el vestido de novia más bonito del mundo y se lo iba a llevar. Iba a quedárselo.

Por un momento pensó en volver a ponérselo, pero la cola la retrasaría.

Cuando llegó a la Ópera, su pureza y blancura la recibieron con el brillo de la luz de la luna.

Descubrió a su lado una escalera en la que nunca se había fijado, y subió, cada vez más alto, hasta que se sentó en lo alto de la Ópera de Sidney.

Aunque no se sentía suave bajo ella, tenía la sensación de estar sentada sobre un merengue gigante.

***

Dándole vueltas al anillo de compromiso en el dedo, Grace pensó en cómo sería su vida sin Vincente. Definitivamente, Grace no quería vivir sin él.

Observó una única luz en lo alto del puente del puerto de Sydney. Parecía parpadear repetidamente.

Era una señal para ella. Una que le decía que si Vincente no volvía a por ella, ya no quería vivir.

No quería ser la única superviviente.

Prefería subir a lo alto del Puente del Puerto de Sydney y caer al mar. Si eso ocurría, volvería a ponerse el vestido de novia...

Entonces encontraría a Vincente en otro lugar y en otro momento.

Justo cuando salía el sol, oyó que el viento cantaba su nombre: «¡Gracia! Gracia!»

***

Cuando Vincente por FIN encontró a Grace, al principio *se* negó a bajar de la Ópera. Subió por la escalera, deseando desesperadamente explicarse. Ella no quería explicaciones.

No quería oírle. Bajó, rechazando su oferta de ayudarla con las bolsas.

Tropezó en la acera. Se alejó de él.

Mientras él intentaba explicárselo. Intentaba explicarle por qué llegaba tan tarde.

Ella subió al coche. Cerró la puerta tras de sí.

Se sentó en el asiento del conductor.

Ella le dijo que hablara con la mano.

Se apartó de la acera. Estaba tan enfadado que podría haber escupido.

Estaba enfadada y contenta y triste y aliviada.

Estaba muy alterada.

***

«¿Tienes idea de cuánto tiempo vas a estar enfadada conmigo?» preguntó Vincente.

«¡No estoy enfadada contigo!», chilló ella. Le quería tanto, tanto que sólo deseaba que la abrazara y la abrazara. Que le dijera cuánto la quería. Que nunca la dejaría marchar.

Sin embargo, una parte de ella quería enfadarse con él.

Hacerle daño. Hacérselo pagar.

El dolor que sentía le abrumaba el corazón en aquel momento, y lloró en silencio para sus adentros.

Vincente se maldijo.

Lo único que había querido era sorprenderla.

CAPÍTULO 32

Cuando llegaron de nuevo al hotel, Vincente salió del coche y corrió al lado de Grace. Necesitaba mantener a Grace en el coche. Tenían que hablar.

«Vas a escucharme, y vas a escucharme ahora».

«Yo no...»

«Me lo debes. Me vas a escuchar».

Ella lo miró con tanta desconfianza en los ojos; con tanta herida y dolor que él no pudo soportarlo más.

«Mira, si puedes, confía en mí. Confía en mí y sube ahora mismo. Date una ducha. Refréscate. Dedica unos minutos a pensar en nosotros, en lo mucho que te quiero. Y luego, cuando estés lista, ponte las cosas de boda que has comprado y vuelve aquí abajo; pero no enseguida. Vuelve aquí exactamente a las seis de la tarde».

«Así que me vas a dejar sola todo el día otra vez», hizo un puchero Grace.

«Creo que el tiempo a solas es bueno para los dos. Nos da algo de espacio. Tiempo para apreciarnos. Tiempo para pensar.

Y a las seis en punto de la tarde, baja a buscarme y hablaremos». La besó suavemente en la mejilla y le cogió la mano. La miró profundamente a los ojos y le dijo: «Confía en mí».

Ella aceptó de mala gana y se dirigió al ascensor, donde colgó el vestido de novia y dejó todo lo demás sobre la cama.

Se miró en el espejo. Tenía un aspecto horrible. Había estado despierta toda la noche, muy preocupada por Vincente. Fue una noche terrible llena de pensamientos muy oscuros. Se sentía avergonzada y agotada.

Se recostó en la mullida cama y miró el reloj. Era mediodía y necesitaba una siesta. Puso el despertador a las cuatro y empezó a llorar todo el dolor del día anterior. Cuando ya no tuvo más lágrimas que llorar, Grace se quedó dormida.

CAPÍTULO 33

Sonó la alarma y Grace se asustó. Se levantó de un salto y olvidó dónde estaba. Corrió por la habitación, pareciéndose a un ganso que intenta aprender a volar.

Cuando se asentó y pulsó el botón de apagado, su memoria repasó las últimas veinticuatro horas, lo que había sucedido, cómo la habían olvidado, abandonado.

Cómo se había sentido más sola que nunca, y cómo Vincente había vuelto a ella, suplicándole perdón.

Estaba tan seguro de que ella lo entendería. Tan seguro de sí mismo.

Miró a través de la habitación, encontrando su hermoso vestido de novia esperándola. Palpó la tela y le pareció tan hermoso como parecía.

Un momento después, había entrado y salido de la ducha, se había secado y se estaba recogiendo el pelo y sujetándolo con horquillas. Se estaba preparando para el momento en que se pondría el vestido de novia sobre la cabeza. Sólo esperaba tener suficientes horquillas para mantener el pelo en su sitio hasta que le pusieran la tiara, el toque final.

Después de prepararse el maquillaje y de que todo en ella dijera futura novia, evaluó su aspecto, diciéndose a sí misma lo que quería oír: que era la mujer más bella del mundo. Le parecía bien ese título, porque, que ella supiera, era la única mujer del mundo, así que no había competencia, y no le parecía vano pensar así de sí misma.

Pensó en Vincente viéndola así y se preguntó si sería cierto lo que había dicho sobre la mala suerte de que el novio viera el vestido de novia antes de la boda.

Al mirarse de nuevo en el espejo de cuerpo entero, se adelantó la cola y empezó a salir de la habitación por el largo pasillo. Le encantaba el sonido del vestido mientras la seguía por la alfombra. Se imaginó a una de sus mejores amigas detrás de ella, sujetándolo. Pero luego desvió sus pensamientos. Al fin y al cabo, no se trataba de una boda, sino de una especie de desfile de moda para Vincente.

Cuando sonó el timbre del ascensor, anunciando su llegada a la planta baja, Grace cruzó la entrada, pasó por delante de los escritorios vacíos y los terminales de ordenador abandonados, del restaurante vacío y del bar desierto. Cuando logró entrar y salir por la puerta giratoria -lo que, por cierto, no era tarea fácil-, tropezó con el carril para taxis, que estaba semicircular, y vio el Land Rover allí, en su sitio habitual. Miró a su alrededor en busca de Vincente, pero no estaba a la vista. Otra vez. Empezaba a convertirse en una costumbre.

El sol se despedía del día y se ocultaba en el horizonte. El cielo tenía ese tono rojizo anaranjado. Era de los que Grace creía que prometían una delicia turca al día siguiente. ¿O era una delicia de pescador? No tenía ni idea de la relevancia de la frase cuando le vino a la mente. Cruzó la carretera y llegó al muro de piedra buscando aún a Vincente.

Entonces sus ojos se fijaron en la arena. Había una sola rosa roja seca. La recogió y la llevó consigo mientras se dirigía hacia la escalinata. Luego vio pétalos de rosa secos. Esparcidos en un rastro. Le indicaban el camino. Otra rosa seca llegó a sus pies, esta vez amarilla. La recogió y continuó bajando las escaleras hasta la arena.

A lo largo del camino había velas perfumadas con rosa y lavanda. Sus oídos detectaron una suave música a lo lejos.

Giró la cabeza para buscar la fuente y lo que vio fue sobrecogedor. Se quedó de pie, pegada al sitio, con el viento ondeando su vestido de novia y su cola dentro y fuera, dentro y fuera. La imagen era como un acordeón de vestido de novia, y desde donde estaba Vincente, nunca había visto un espectáculo tan hermoso.

CAPÍTULO 34

DESPUÉS DE RECOBRAR LA compostura, Grace se acercó a él. Tenía varios pasos por delante, y los dio lentamente, clavando deliberadamente los tacones nuevos de sus antiguos zapatos blancos, pisando con cuidado. Él la observaba. La esperaba allí.

Se sintió hermosa, como nunca se había sentido antes, cuando él le dirigió una sonrisa. Su cara decía: «¡Ves! Y cuando el sol se retiró por completo del día, sólo quedó el hombre en la luna -Albert Einstein, al parecer- como testigo de lo que estaba a punto de ocurrir.

Cuando llegó al último escalón y vio la arena a su alrededor, se preguntó lo difícil que sería caminar por la arena con tacones altos, y sin embargo no quería romper el momento, así que dudó brevemente antes de bajar a ella.

Se detuvo un momento y, vista desde lejos, parecía estar ajustándose la tiara, pero ambos sabían que lo estaba asimilando todo, saboreando el momento. Su corazón estaba tan lleno que creía que iba a desbordarse con todo el amor y la belleza que la rodeaban.

No me extraña que llegara tan tarde, pensó.

Vio a Vincente moverse un momento. Subió el volumen de la música. Le dedicó otra sonrisa.

Bajó a la arena para encontrarse con su novio.

CAPÍTULO 35

Vincente había creado un pasillo para que ella lo recorriera ensartando luces de hadas y velas, que luego se entrelazaron alrededor de rosales secos. Era de una belleza impresionante. Ella lo asimiló todo y caminó hacia él, acortando distancias.

Vincente iba ataviado con una chaqueta de esmoquin blanca, sin camisa debajo, y unos vaqueros negros Levi's. Se retorcía las manos nerviosamente y se pasaba los dedos por el pelo, mientras sonreía en dirección a ella.

Era tan guapo que ella quería comérselo.

Pero estaba atrapada en el momento, deseando saborear y disfrutar de la imagen mientras las luces de hadas, las velas y las estrellas titilaban sincronizadas: la naturaleza se unía a la celebración de su amor.

Grace caminó con cuidado, intentando mantener la apariencia fluida de la belleza, la elegancia y la dignidad que se esperaba de una novia en su día especial. Pero al final no pudo esperar más para llegar hasta Vincente, así que se quitó los dos zapatos, se agarró a la cola y corrió hacia él. Desde lejos parecía que volaba, pero en realidad no se levantaba del suelo.

Sus ojos se clavaron el uno en el otro a medida que la distancia que los separaba se hacía cada vez menor, y pronto estuvieron de pie, uno al lado del otro, cogidos de la mano, perdidos el uno en el otro. Perdidos en el momento. Perdidos en su amor.

Vincente habló primero: «Es hora de que me case con la mujer más hermosa del mundo».

«Gracias», dijo Gracia, »¡Es más de lo que jamás hubiera imaginado! Es perfecto».

«Oh, pero una cosa más antes de empezar. Por favor, súbete el vestido», dijo Vincente tímidamente.

«¿Cómo dices?»

«Quiero decir que tengo algo para ti», aclaró Vincente. Mientras Grace se levantaba el vestido, Vincente decía: «Más arriba, más arriba», hasta que su muslo quedó totalmente expuesto, y probablemente hasta Albert Einstein se ruborizó.

Entonces Vincente sacó una liga azul del bolsillo de sus vaqueros y la subió por toda la pierna de Grace hasta llegar al muslo. Su tacto le produjo escalofríos por la pierna y, cuando le besó la cara interna del muslo, también le produjo escalofríos por todo el cuerpo.

Retrocedió y empezó a sonar una canción. Una canción que Grace conocía muy bien.

Era aquella canción de amor, y estaba sonando en su joyero.

Había vuelto a la casa para cogerlo. Por eso...

Los novios se perdieron el uno en el otro.

Unieron sus manos.

CAPÍTULO 36

¡TE HAS ACORDADO!» EXCLAMÓ Grace.

«Claro que me he acordado».

La canción repitió las palabras del estribillo sobre el amor eterno.

Cuando todo quedó en silencio, o con el único sonido natural de las olas rompiendo en la orilla, Vincente miró profundamente a los ojos de Gracia.

«Grace, eres la mujer más hermosa que he conocido. Eres hermosa por dentro y por fuera, pero hoy eres más hermosa de lo que nunca has sido para mí. Cada día te quiero más y quiero que vivamos juntos el resto de nuestras vidas. Quiero hacerte feliz. Quiero que nuestro amor sea para siempre».

Las lágrimas corrían por las mejillas de Gracia mientras decía: «Vincente, te he amado desde el primer momento en que te vi, pero entonces sólo era de lejos. Estabas lo bastante cerca para hablar contigo, pero demasiado lejos para alcanzarte. La distancia entre nosotros era demasiado grande. Pero algo te trajo a mí, algo que es más de lo que jamás podría haber soñado, y por ello te estoy eternamente agradecido. Juro amarte hasta que el último aliento desaparezca de mi cuerpo, e incluso entonces, mi memoria te amará aún más.»

Vincente se acercó y colocó el anillo en el dedo de Grace. Le besó suavemente el dedo mientras lo deslizaba hacia abajo, haciendo que Gracia volviera a estremecerse, pero sus miradas nunca rompieron su amorío.

Grace introdujo el otro anillo en el dedo de Vincente y, siguiendo su ejemplo, le besó suavemente el dedo. Él le ofreció otros dedos, y ella también los besó suavemente, mientras observaba cómo se erizaba el vello de sus manos y brazos.

Encerrados en el momento, se acercaron tanto como podían acercarse dos, y se dieron un beso de lo más profundo y apasionado: un beso de casados, que selló el trato.

«¡Di queso!» dijo Vincente. Había colocado una cámara en un trípode, y él y Grace sonrieron. La movió de sitio para que tuvieran una foto con la playa a sus espaldas. Luego sacó una de Grace sola, con sus rosas en la mano, y ella también le sacó una a él.

A continuación, Vincente fue al equipo de música y empezó a sonar una canción nueva. Era una canción muy romántica. Juntos empezaron a balancearse. Era su primer baile como pareja casada. Era su primer baile juntos, y el primer baile de ella. Juntos, se movían como uno solo, abrazándose tanto como pueden hacerlo dos personas.

Vincente se acercó a Grace, le quitó la tiara y empezaron a desnudarse mutuamente, pieza a pieza. Cuando ambos estuvieron completamente libres de ropa, y lo único que llevaban eran sus nuevos anillos de boda, se besaron hasta caer sobre la arena, dejando en ella una huella matrimonial.

Mientras las olas seguían golpeando la orilla, hicieron el amor por primera vez como pareja casada, y luego, exhaustos, se dejaron caer en un sueño muy, muy profundo.

Grace soñó que caía del cielo, pero no caía. Estaba suspendida en el aire, con los brazos abiertos.

CAPÍTULO 37

«¡Gracia! ¡GRACIA! GRACIA!» gritó Vincente.

Cuando despertó, tenía medio cuerpo sumergido en el agua. Todo lo de su boda había desaparecido.

«¡GRACIA!» volvió a gritar Vincente, mientras las olas le empujaban y zarandeaban como si fuera tan ligero como una boya.

Gracia empezó a meterse en el agua también, en cuanto se dio cuenta de que Vincente intentaba salvar sus cosas. Le vio sumergirse, gritó su nombre y esperó a que resurgiera.

«¡Olvida las cosas!» gritó Gracia. «¡Vuelve; todo se puede reemplazar!».

Él no la oyó, o no estaba escuchando, así que ella empezó a dirigirse hacia él. Mientras luchaba contra las olas, la fuerza ondulante de la corriente la arrastró hacia abajo y pronto la sensación ardiente del agua salada se precipitó en sus pulmones.

La mente de Grace regresó al día de su boda, el día más maravilloso de su vida. A los votos que ella y Vincente habían intercambiado mientras ella luchaba con todas sus fuerzas por sobrevivir.

«Grace, eres la mujer más hermosa que he conocido. Eres hermosa por dentro y por fuera, pero hoy eres más hermosa de lo que nunca has sido para mí. Cada día te quiero más y quiero que vivamos juntos el resto de nuestras vidas. Quiero hacerte feliz. Quiero que nuestro amor sea para siempre -dijo.

Las lágrimas corrían por las mejillas de Gracia mientras decía: «Vincente, te he amado desde el primer momento en que te vi, pero entonces sólo era de lejos. Estabas lo bastante cerca para hablar contigo, pero demasiado lejos para alcanzarte. La distancia entre nosotros era demasiado grande. Pero algo te trajo a mí, algo que es más de lo que jamás podría haber soñado, y por ello te estoy eternamente agradecido. Juro amarte hasta que el último aliento desaparezca de mi cuerpo, e incluso entonces, mi memoria te amará aún más.»

Vincente se acercó y colocó el anillo en el dedo de Grace. Le besó suavemente el dedo mientras lo deslizaba hacia abajo, haciendo que Gracia volviera a estremecerse, pero sus ojos nunca rompieron su amorío.

CAPÍTULO 38

G RACE CAMINÓ HACIA EL agua. No miró atrás. Cuando llegó al borde del agua, se quitó los anillos de boda y compromiso y se sumergió. Cuando le llegaba a la cintura, se despidió de los anillos con un beso y se dispuso a arrojarlos al olvido.

Vincente la observaba y esperaba, inseguro detrás de ella. Cuando se dio cuenta de lo que ella pretendía hacer, salió disparado como un cohete y gritó: «¡Grace NO!».

Ella se quedó inmóvil, maldiciéndose por haber dudado con los anillos aún apretados con fuerza en el puño.

«Vuelve», dijo él. «¡No lo hagas!»

Quería estar desnuda, desnuda de todo, igual que Vincente. Ella no necesitaba sus anillos si él no tenía los suyos.

«¡Volveremos a la tienda de antigüedades; compraré otro anillo!», gritó. «¡Ahora, por favor, vuelve!»

Ella seguía considerando la posibilidad de deshacerse de los anillos, pero entonces les alcanzaron los brillantes rayos del sol. Fue como una señal de la Madre Naturaleza, y cerró la mano en torno a ellos para protegerlos.

Grace salió del agua a trompicones, un poco enfadada con Vincente por haberse quitado los anillos. Nunca le había visto quitarse la reliquia familiar, así que ¿por qué lo hacía ahora?

Cuando llegó hasta Vincente, éste le devolvió los anillos al dedo y se lo besó. «¡Bueno, es un comienzo único para nuestra luna de miel!».

«Sí, un verdadero acierto, es decir, algo que podremos contar a nuestros hijos y a nuestros nietos».

Se sonrieron, se abrazaron por la cintura y regresaron al hotel.

Y de camino decidieron que ya era hora de seguir adelante.

CAPÍTULO 39

«Primero, pararemos en la ciudad y te compraremos un anillo nuevo. Y luego...»

«Sabes, nena, preferiría esperar, si te parece bien, y mirar un poco más. No quiero comprar mi segundo anillo en la misma tienda, me parecería extraño e incluso desafortunado. Busquemos algo totalmente distinto. Y en cuanto al anillo de mi familia, ya está hecho».

Juntos recogieron sus escasas pertenencias en la habitación del hotel.

«Vamos, Sra. Marino», dijo Vincente, sonriendo a Grace, "¡Es hora de que empecemos la luna de miel!".

«Dilo otra vez», dijo ella.

«Sra. Marino, Sra. Vincente Marino, Sr. y Sra. Vincente Marino, Grace y Vincente Marino», canturreó él. Ella se desmayó como si los títulos fuesen música que estaba sonando y ellos recogieron sus maletas y salieron. Cerraron la puerta con fuerza y bajaron por el ascensor hasta el vestíbulo, salieron por las puertas giratorias y se dirigieron al vehículo que les esperaba.

De repente, Grace preguntó: «¿Cuál es el significado de tu apellido?».

«Eh, si no te gusta, ¿vas a pedir que te devuelvan Greenway?», preguntó mientras esbozaba una sonrisa pícara.

«¡Ni hablar! Greenway es aburrido. Significa 'un camino verde' -gran sorpresa-. Pero Marino, suena extranjero, exótico... interesante».

«Pues gracias, Sra. Marino», dijo Vincente. «Significa 'junto al mar'. Creo que por eso siempre me ha gustado venir aquí. El mar me suena a música. Lo llevo en la sangre».

«Después de lo que acaba de pasar, no me importa alejarme del agua durante un tiempo», confesó Gracia.

«¡No me digas!» dijo Vincente, «pero volveremos».

CAPÍTULO 40

Mientras conducían por la costa, pasando por lotes de vehículos nuevos y usados, Vincente musitó: «¿Sabes qué? Siempre he soñado con tener un Ferrari biplaza rojo manzana de caramelo».

Cuando vio el mismo vehículo que Vincente había descrito en uno de los concesionarios, dijo: «¿Un regalo de bodas? Creo que sería genial, excepto que este coche tiene más espacio para guardar cosas necesarias, como pistolas, cuchillos y demás.»

«Sí, tienes razón», dijo Vincente; sin embargo, no podía dejar pasar la oportunidad por completo, así que se detuvo en el lote de coches Ferrari. «¡Es como si me hubiera muerto y hubiera ido al cielo de los Ferrari!».

«Tranquilo, señor Marino», le advirtió Grace, haciendo como que le retenía.

«Éste», dijo acariciándolo, "¡éste es el bebé que quiero!".

Grace vio cómo recorría con los dedos los curvilíneos parachoques, tocaba y miraba con cariño el suave interior de cuero blanco, acariciaba cariñosamente el volante, luego abría el capó y casi se metía dentro y le hacía el amor.

«¿Debería estarlo, celosa?», preguntó con una sonrisa burlona.

Él se rió, pero siguió acariciando los faros.

«Hablando en serio», dijo Grace, "¿no sería mejor que fuéramos a buscar un vehículo adecuado, ya sabes, con espacio suficiente para transportar nuestros bienes mundanos?".

«No», se burló. «La vida es demasiado corta. Vamos, sube».

Después de dar varias vueltas por la Autopista de la Princesa, Grace volvió al Land Rover. Sonrió al ver a Vincente despedirse del Ferrari rojo.

Al cabo de unos instantes se dirigió de nuevo a Grace y le exigió: «Abre la ventanilla».

«¿Por qué?», preguntó ella.

«¡Sólo hazlo!»

«No, entra tú».

«Ábrela Grace.»

«¡Dime por qué!»

«¡Vamos!»

Ella bajó la ventanilla y Vincente metió la cabeza en el espacio abierto y le agarró la cara con las dos manos y la besó con fuerza, pasándole la lengua por los labios y arremolinándosela en la boca hasta que ella se olvidó por completo de respirar.

«¡Eso te pasa por pensar que iba a besar al Ferrari!». dijo Vincente, mientras saltaba al Land Rover y hacía chirriar los neumáticos.

Grace se quedó en silencio, intentando recuperar el aliento mientras el Ferrari rojo se hacía cada vez más pequeño en su espejo retrovisor, al tiempo que recordaba la boca de Vincente en la suya.

****

«¿Recuerdas cuando te dije que mi madre era artista?». Grace asintió y Vincente continuó. «Mi madre era pintora, y bastante buena. Mi padre trabajaba en una empresa de comunicaciones y le enviaban a trabajar por todo el país. Por eso nos mudábamos mucho cuando yo era niño. A mamá le encantaba que nos mudáramos, porque era bueno para ella, es decir, artísticamente. Siempre tenía nuevos paisajes, paisajes frescos, nuevos árboles...».

Detuvo el coche bruscamente y frenó en seco. Luego dio media vuelta.

«¿Qué pasa? Me encanta oír hablar de tu familia. Cuéntame más».

«No voy a contártelo sin más», dijo Vincente algo jadeante. «Te lo voy a enseñar. Lo había olvidado por completo hasta ahora. Creo que incluso lo había bloqueado».

«Cuéntame», interrumpió Gracia, pero Vincente siguió hablando.

«Después de lo que pasó en casa de mis abuelos y luego en casa de tus padres, pues es demasiada coincidencia».

«¿Qué es? ¿Qué es una coincidencia?»

«Es demasiado raro para explicártelo, pero te lo enseñaré y pronto», se estremeció y apretó con fuerza el volante. «Aguanta, ¿vale? Cuando lo veas, sabrás por qué».

«Vale», dijo Grace, acurrucándose de nuevo en el asiento. Quería hacer más preguntas, pero sabía que Vincente no las contestaría en ese momento. Cambió de tema. «¿Tuviste algún problema al moverte tanto de niño?».

«No tuve ningún problema», dijo Vincente, »probablemente porque se me daban bastante bien los deportes. Me presentaba a las pruebas, entraba en un equipo y 'voilá': amigos al instante».

«¡Apuesto a que siempre te han caído chicas encima!».

«Mira quién parece un poco celoso. ¿Está celosa, Sra. Marino?
La única respuesta de Grace fue una sonrisa silenciosa.

CAPÍTULO 41

«Sólo faltan unos minutos», dijo Vincente.

«Parece que hoy podría llover», observó Gracia, mientras un visible escalofrío le recorría todo el cuerpo.

«Agradecería el sonido de una tormenta de verdad», dijo Vincente. «Echo de menos oír a todos los pájaros, sobre todo a los cucaburras».

Gracia miró por la ventanilla lateral y luego volvió a mirar por el parabrisas.

Vincente encendió el limpiaparabrisas mientras unas gotas descendían del cielo. Esta vez eran gotas normales, no negras como antes.

«Recuerdo que siempre decían en la escuela que, tras una guerra nuclear, algunas cosas seguirían sobreviviendo, como los buitres, las cucarachas y los tiburones», dijo Vincente.

«Ninguna de las cuales es necesaria en nuestro mundo».

«No, pero si esta cosa también se los llevara, ¿qué significaría para nosotros? Los buitres y los tiburones se alimentan de cadáveres humanos, o de otros cadáveres. Como no hay cadáveres, también habrían muerto de hambre. Las cucarachas comen de todo: animales, verduras, papel... lo que sea. De las tres, y puesto que vuelan aquí en la buena de OZ, ya deberíamos haber visto al menos una».

Grace volvió a estremecerse: «¿Por qué las cucarachas comen papel?».

«No es exactamente el papel lo que buscan. Es el pegamento, que está hecho de subproductos animales».

«Te aseguro que una cosa que no echo de menos son los bichos», dijo Gracia, y todo su cuerpo volvió a estremecerse. Esta vez hasta Vincente se dio cuenta.

«¿Quieres que te ponga una capucha en el próximo centro comercial que veamos, o pongo la calefacción? Parece que tiemblas mucho últimamente. Espero que no estés cogiendo algo».

«En realidad no tengo frío. Sólo me siento un poco rara. No puedo explicarlo», dijo Grace.

«Dime cómo te sientes», preguntó Vincente. «¿Es como si alguien te estuviera observando? ¿O como si fuera a ocurrir algo malo?».

«Quizá las dos cosas; quizá sólo una. La verdad es que no lo sé. Por eso es difícil de explicar», dijo Gracia mientras se le ponía la piel de gallina en los antebrazos.

«Ya casi hemos llegado», dijo. «Aguanta y quizá una ducha caliente te ayude».

«Sí, o un baño largo y agradable», dijo Grace. «Puedes darme un masaje».

«Te lo haré si tú me lo haces a mí», dijo Vincente con una sonrisa infantil.

Grace volvió a estremecerse involuntariamente cuando el coche dobló la curva. Vincente se detuvo delante de una casa de dos plantas, se detuvo en la entrada y aparcó.

«Bienvenidos a mi humilde morada», dijo Vincente, agitando el brazo con una floritura e inclinándose como un caballero.

Gracia soltó una risita y examinó el jardín. Todo en él estaba muerto, pero algunas de las flores aún conservaban sus colores. Vincente le abrió la puerta y ella caminó hacia él.

«Este jardín era el orgullo de mi madre», dijo, "míralo ahora".

«Seguro que entonces era impresionante», dijo Gracia. «Quiero decir que incluso ahora, tal y como está, aún se nota que lo querían y lo cuidaban no hace tanto tiempo».

«Cuando fui por primera vez a la escuela», dijo Vincente, »mamá empezó a plantar. Le preocupaba cómo iba a llenar sus días sin mí. La pintura es su pasión, pero a veces necesitaba un poco de diversión, de inspiración. Entonces descubrió su talento para hacer crecer cosas, y se convirtió en algo muy terapéutico para ella. Mamá era una artista en muchos sentidos -dijo, cogiendo la mano de Grace y llevándola al porche. Ella la siguió hasta que se detuvieron a los pies de un caballete volcado.

«Cuando me fui a la escuela aquel último día, mamá estaba aquí pintando. Ahora...», se detuvo, tapándose la boca con la mano.

«¿Qué pasa?»

«Su cuadro», exclamó. «¡Todavía está aquí! Y mira, se ha dejado las tapas de las pinturas y el pincel está completamente seco». No pudo contenerse y se dejó caer en la silla con un ruido sordo. «Mamá no habría dejado estas cosas aquí así. Ahora lo sé con certeza, y tengo que afrontar el hecho de que mi madre ha muerto».

Grace le cogió la mano y se colocó a su lado, donde también podía ver el cuadro. «Tu madre es realmente especial».

«Lo era. Era realmente algo».

Grace examinó el cuadro, se inclinó sobre el hombro de Vincente y dijo: «Impresionante».

«¡Pero nunca tuvo tiempo de terminarlo!». Vincente se agachó. Volvió a colocar con cuidado los tapones sobre los botes de pintura abiertos. Luego vertió un poco de aguarrás del frasco y dejó caer el pincel en él para limpiarlo. Levantó el cuadro inacabado del suelo, le entregó los frascos a Gracia y ella lo siguió al interior de la casa.

Lo primero que Grace observó fuera fueron los restos del jardín. Dentro, lo primero en lo que se fijó fue en las flores: todo tipo de flores dispuestas en jarrones. Azules. Rojas. Moradas, de todo. Había flores en cafeteras y tarros vacíos. Flores por todas partes. Todas estaban secas, como las de fuera, pero muchas habían conservado sus colores y fragancias.

La madre de Vicente había llenado su casa de naturaleza y amor. En cada espacio que encontraba, Gracia lo sabía con certeza. Ahora que lo pensaba, deseaba aún más haberla conocido. Lamentaba no poder conocerla ahora. Una lágrima resbaló por su mejilla mientras cogía un par de guantes de jardinería azul aguamarina de la mesa auxiliar. Grace los sostuvo en la mano, casi como si estuviera cogiendo la mano de la madre de Vincente, y los llevó consigo mientras seguía los pasos de Vincente.

«Espera aquí, Grace», le dijo. «Iré a buscarlo. La cosa, la cosa que quiero que veas».

Ella se sentó en la silla, sin dejar de admirar un gran cuadro que estaba expuesto sobre la chimenea. Había algo en él que le resultaba terriblemente familiar, casi reconfortante. Se levantó y se acercó a él.

✳✳✳

«¡No me lo puedo creer! Se ha ido!» exclamó Vincente acercándose a Gracia, que no acusó recibo de su presencia. De hecho, no se movió en absoluto, como si no le hubiera oído.

Grace no reconoció su presencia ni se movió. Miró a su mujer, que sostenía un par de guantes de su madre en la mano temblorosa, y siguió su línea de visión.

Cuando se dio cuenta de lo que estaba mirando, se tapó la boca con la mano. Encima de la chimenea estaba el cuadro que había estado buscando. El cuadro exacto que había traído a Grace a la casa para que lo viera.

«¡Eso es!», gritó y la tocó en el brazo.

Grace dio un respingo ante el repentino contacto, pero no podía apartar los ojos del cuadro. Parecía paralizada por él.

En su cabeza, Grace admiraba su realismo. Podía oler la hierba y oír mugir a la vaca. Se sentía parte de él. De algún modo.

Vincente intentó girar a Grace hacia él, pero ella se resistió. Se puso delante de ella y ella lo apartó.

«¡Mírame!», exclamó.

«No puedo. ¡Es demasiado hermosa! Me siento como si hubiera estado allí».

«¡Mírame!», le ordenó.

Gracia miró a su marido, de pie junto a ella, retorciéndose las manos, con el sudor corriéndole por la cara.

«¿Qué pasa, Vincente?» preguntó Grace, mientras intentaba no mirar el cuadro.

«Ese cuadro -dijo él dándole la vuelta y borrando toda visión del cuadro- es el único. El que te he traído aquí para que veas».

«Vale», dijo Grace, »y entiendo perfectamente por qué. Es el cuadro más asombroso que he visto nunca».

«No Grace», dijo Vincente, »mira el árbol. Mira el árbol, Grace!» y se estremeció mientras se metía los puños temblorosos en los bolsillos y luego los volvía a sacar. Se pasó los dedos por el pelo y no pudo estarse quieto.

Volvió a mirar el cuadro y se sintió invadida por una inexplicable paz interior. Sonrió.

«¿No lo ves, Grace? ¿No lo ves?»

«Claro que puedo verlo. Hay belleza, paz y serenidad. Veo el corazón de tu madre en este cuadro. Es como si... la hubiera conocido antes. Como si la hubiera conocido».

«Vale, quizá no puedas verlo. Quizá tenga que señalártelo. Mira ahí», se acercó al cuadro y ella también se acercó. «¿Ves ahí, en el árbol? Justo ahí».

«Dime qué ves, Vincente», preguntó Gracia.

«Es una cara».

Ella se acercó más, pero no podía ver lo que él veía.

«Lo único que veo es un campo lleno de girasoles y un árbol normal con una vaca pastando debajo», dijo Gracia.

«¡No!», exclamó él, cada vez más exasperado. «Mira más de cerca. Mira el árbol!» Se volvió hacia ella, suplicándole con los ojos que viera lo que él veía, pero ella fue incapaz.

Se volvió hacia él. «No hay ningún rostro, Vincente. Querido, estás viendo algo que no existe».

Vincente levantó las manos, exasperado, dio media vuelta y echó a correr.

Al principio Grace quiso seguirle, pero una vez más se sintió atraída por el cuadro. Se acercó, sonrió; se perdió en él.

Un momento, pensó Grace, Vincente estaba petrificado, y él no se asusta fácilmente.

Cerró los ojos y volvió a abrirlos. Aún así, no pudo ver ningún rostro. De hecho, esta vez, los rayos de sol parecían llegar hasta ella. Atrayéndola hacia sí. Le resultaba casi imposible apartar la mirada.

La habitación se volvió más cálida cuando miró el cuadro. Sintió como si el artista hubiera capturado un trozo de sol y ahora se ofreciera a ella. Quería entrar en el cuadro y formar parte de él, abrazar la luz. Y cuando caminó hacia delante, le pareció poder respirar el heno fresco de los campos y oír el mugido de las vacas. Su corazón se aceleró, su respiración se volvió superficial.

Dejó que la dominara por un momento, se olvidó de respirar. Pronto estuvo jadeando y más que asustada.

Gracia dio un rápido paso atrás. Corrió gritando el nombre de Vincente.

CAPÍTULO 42

Gracia encontró a Vincente en su habitación, sobre la cama. Aunque habían pasado algunos minutos, seguía temblando con los brazos cruzados delante de la cara. Se imaginó cómo debía de estar cuando era pequeño.

«Háblame de ello. El cuadro», le preguntó, mientras se paseaba de un lado a otro intentando disipar los sentimientos y la energía que la habían invadido temporalmente. No quería mencionar lo que había sentido, o al menos no hasta que Vincente le contara lo que le había asustado.

«¿Por fin lo has visto? Quiero decir, ¿la cara?», preguntó, y por aquel momento, con sus expectativas altas, cesó su temblor.

Gracia no intentaba mentir cuando negó con la cabeza. Sólo intentaba evaluar la situación.

Inmediatamente, el cuerpo de Vincente se estremeció.

«Dime Vincente. No importa lo que vea, pero veo que estás asustado, cariño. Cuéntamelo todo, por favor. Sabes que puedes contarme cualquier cosa, ¿verdad?».

Le castañetearon los dientes mientras vacilaba un segundo y luego respiró hondo y empezó a contar la historia.

«Cuando era niño, mamá pintó ese paisaje y me lo descubrió muy orgullosa. Descorrió la cortina esperando que me encantara, pero me quedé aterrorizado y, como era un niño, no tenía palabras para expresarlo. Mamá no lo entendía, ni tampoco mi padre. Volvimos a intentarlo, y siempre me pasaba lo mismo. Una pequeña mirada y me levantaba gritando por la noche. Las pesadillas hablaban por mí. Así que mis padres lo guardaron y nunca volví a verlo. De hecho, lo había olvidado por completo... hasta esta mañana. Como he dicho, creo que lo bloqueé».

«Entonces, ¿por qué me trajiste, nos trajiste aquí? ¿Querías demostrarme algo a mí o a ti misma? ¿Querías enfrentarte a tus miedos? preguntó Grace.

«Pensé que tal vez encerraba una pista para mí... para nosotros. Pero viste cómo cambié cuando tú no podías verlo también. Volví a ser una niña y tuve que salir corriendo de la habitación. ¿Qué piensas ahora de tu fuerte marido?», se encogió ante lo que consideraba una muestra poco viril de cobardía.

«¡Le quiero tanto... no... incluso más!». dijo Grace mientras se acurrucaba contra él.

Tras unos instantes sin hablar, Grace reveló: «No vi la cara, pero sentí algo en el cuadro, Vincente. Algo de otro mundo e inexplicable».

Vincente se incorporó, se quitó los brazos de la cara y dijo: «Cuando era niño, cuando lo miraba profundamente, me hacía sentir como si quisiera entrar en el cuadro. Como si quisiera escapar de esta vida. Podía oler el heno y oír a la vaca. Era como si una luz me atrajera, me arrullara. Sabía que si me dejaba llevar por ella, entrar en el cuadro, entonces esa cara en el árbol me haría, me haría, me haría daño... ¡Tenía que alejarme, tenía que huir de ella!».

«Yo también sentí que algo extraño me arrastraba hacia él, Vincente, pero no pude ver la cara. No se parecía en nada a la que vimos, ¿sabes? La que se comió al cuervo».

Se acurrucaron juntos en la cama, consolándose mutuamente y pensando en la foto, al tiempo que intentaban desesperadamente no pensar en ella.

Al cabo de un rato hicieron el amor.

Cuando Grace se despertó más tarde, pensó en lo que sentía por el cuadro. Era un paisaje magnífico, no cabía duda. Sin embargo, la luz y el tirón del mismo eran algo único y quizá incluso, se atrevería a decir, maligno. Sí, era eso. Era el contraste de la calma y la serenidad con el sabor de algo negro, desconocido, quizá incluso peligroso.

Miró a Vincente, que seguía durmiendo plácidamente. Se removía de vez en cuando y murmuraba. Se preguntó si estaría soñando con el árbol, el árbol con cara, que había imaginado que formaba parte exactamente del mismo paisaje. Gracia se levantó silenciosamente de la cama, y Vincente se acercó, ocupando su hueco aún caliente.

Seguía profundamente dormido y en paz.

Echó un vistazo a su habitación, admirando sus asombrosos logros, de los que tenía trofeos: Mejor Atleta, Mejor Bateador y Jugador del Año, categoría que había ganado varios años seguidos.

Entonces sus ojos se fijaron en varias estanterías llenas de tallas de madera. Intrigada, se acercó a ellas asombrada por los intrincados detalles. Cada una tenía su propia personalidad. Había una bailarina que hacía piruetas con aplomo y técnica, un jugador de cricket bateando, un vaquero que llevaba un cinturón de armas en la cintura y se disponía a desenfundar, un alpinista que, por su expresión, acababa de llegar a su destino final, y muchos otros.

Grace recorrió con la mirada toda la colección, deteniéndose en una talla de un hombre aborigen. Miraba al frente con los ojos perdidos. Lo cogió y lo sostuvo en la mano. El contacto de su piel con la figura de madera hizo que palpitara, muy suavemente. ¿O se lo había imaginado?

Dio un paso atrás y desvió la mirada hacia su izquierda. Estaba alineada con un espejo con marco de madera y su reflejo la sobresaltó, de modo que la figura de madera que tenía en la mano cayó al suelo y rebotó en la alfombra. Se agachó, la recogió y la examinó más de cerca, justo a tiempo para ver cómo una lágrima caía de los ojos de la figura de madera. Se la limpió con la punta del dedo y la probó. Estaba salada, como una lágrima humana. Se quedó mirándole fijamente a los ojos. Sintió miedo y algo más que curiosidad. Se preguntó si aquella charla sobre el cuadro la habría influido indebidamente.

«¿Qué te parecen?» preguntó Vincente, mientras bostezaba, se estiraba y cruzaba la habitación para reunirse con ella.

Gracia se sobresaltó y dio un pequeño respingo al principio. Acunó al aborigen contra su pecho. «¡Tuve que mirarlas más de cerca porque sus expresiones faciales son tan reales! ¿De dónde las has sacado?

«Las hice yo», admitió tímidamente. «Todos y cada uno fueron tallados, de la cabeza a los pies, con estas dos manos».

«¡Eres un verdadero artista, Vincente! ¿Por qué no me lo has dicho?»

«No se lo he contado a nadie, aparte de mamá, papá y mis abuelos. ¿De verdad te gustan?»

«¡Me parecen increíbles!»

«Me gustaría esculpir uno de ti, Grace».

«Eso sería maravilloso, Vincente», giró simulando ser una bailarina. «Me he fijado en que cada una es diferente, no sólo los personajes, sino el tipo de madera. ¿Cómo eliges?»

«Cada talla requiere un tipo de madera específico para que todo encaje. Camino entre los árboles, decido qué crear y espero a ver qué tipo de árbol me habla, espiritualmente. Luego creo la talla con la intención de que sea lo más real posible y, lo más importante, veraz.»

«¿Cuánto tarda cada una?»

«Una vez que encuentro la madera -que es lo que más tiempo me lleva-, puedo tallar el sujeto en dos o tres días. La cara siempre es lo que más tiempo me lleva, y es lo último que hago. Si la cara no está bien, lo desecho todo y vuelvo a empezar. A veces es porque la madera no me gusta, entonces vuelvo a los árboles, buscando de nuevo el árbol adecuado. La mayoría de las veces el árbol es el correcto; simplemente, aún no he captado la esencia del sujeto».

«¿Tienes un conjunto especial de herramientas para hacer esto? Porque si es así, deberías traerlas con nosotros. Y creo que también deberías traerte el cuadro de tu madre. Aunque tengamos que taparlo».

«Ah, otra vez el cuadro. Quiero volver a bajar y echarle otro vistazo. Quiero enfrentarme a mis miedos. ¿Me acompañas?»

«Claro que sí, Vincente». Ella le siguió por detrás y alargó la mano para volver a colocar al aborigen en la estantería, pero volvió a latir. Se lo guardó en el bolsillo y luego dijo: «Pero tengo que recordarte que sentí que el cuadro tiraba de mí, y la atracción era extraordinariamente fuerte. Extrañamente fuerte».

«Nos cogeremos de la mano y lo afrontaremos juntos».

«Vale, vamos».

«¿Podemos tomar antes un café, Vincente?».

«Trato hecho».

CAPÍTULO 43

Una vez terminadas sus tazas y de vuelta en el salón, Grace y Vincente se cogieron de la mano y caminaron hacia el cuadro.

Vincente se convencía de que no veía realmente una cara en el tronco del árbol y Grace se convencía de que no sentía la fuerza del cuadro tirando de ella hacia delante.

Sus pies permanecían firmemente plantados en el mismo lugar mientras apretaban con fuerza la mano del otro.

Grace se metió la otra mano en el bolsillo, donde guardaba la talla del aborigen de Vincente. Cuando volvió a palpitar, la sacó y la levantó, de modo que sus ojos también miraban hacia el cuadro.

El aborigen empezó a convulsionarse en la palma de su mano. Luego rodó de un lado a otro. Ella miró hacia abajo y su boca se torció en un grito, y él se levantó de su mano y entró en el cuadro.

De pie en el mismo lugar, todavía cogidos de la mano, Grace pudo ver ahora la talla del aborigen sentado en el árbol. Sobre él, un cuervo se posaba en una rama.

Vincente seguía mirando el cuadro, pero ya no temblaba como antes. Apretó la mano de Gracia para tranquilizarse.

«¿Notas algo diferente?» preguntó Gracia.

«¿Diferente? ¿Cómo?»

«¿Algo nuevo o fuera de lugar?»

«No, todo parece igual, pero la boca hoy no me asusta tanto. Quizá sea porque vamos cogidos de la mano».

Juntos se alejaron del cuadro y cerraron la puerta tras de sí.

Al instante, el aborigen palpitó. Había vuelto al bolsillo de Grace. Abrió la boca para contarle a Vincente lo que había ocurrido, pero él parecía menos temeroso y ella no encontraba las palabras para explicárselo.

«Voy a recoger algunas cosas», dijo Vincente.

«Creo que me quedaré aquí, si te parece bien». preguntó Gracia. Observó cómo Vincente desaparecía por la esquina y luego levantó la mano y retiró el cuadro de la pared. Lo envolvió en una manta y lo guardó en el maletero del coche. Luego volvió a la casa y cogió algunas mantas y almohadas y las colocó firmemente encima del cuadro. Durante todo el tiempo que estuvo cargando, la talla siguió haciéndose notar palpitando en su bolsillo. Ahora se dirigió a la habitación de Vincente. El aborigen se quedó quieto.

Vincente metió sus tallas en una bolsa grande. También incluyó sus herramientas. Cargados, juntos volvieron a bajar las escaleras. A continuación, Vincente envolvió el kit artístico de su madre, incluido el caballete y el lienzo, y cargaron el coche.

«Vale, vámonos», dijo.

«¿Estás seguro de que lo tienes todo?» preguntó Grace.

«Yo, yo no quiero llevar esa cosa con nosotros. Ahora estoy en paz con ella y lo único que quiero es salir de aquí. Ahora mismo, creo que nunca querré volver aquí».

Se dirigieron a la entrada, y Vincente abrió de un tirón la puerta principal e indicó a Gracia que saliera primero. Luego cerró bien la puerta tras de sí y echó el pestillo.

Cuando estuvieron de nuevo en el Land Rover y en la carretera, Grace rompió el silencio. «Deberíamos hablar de ello».

«Dije -gritó él, y luego bajó el tono de voz- que no quería hablar de ello. Ni ahora ni nunca. Si hablo de ello, me veré obligada a pensar en cómo mi madre, mi propia madre, pudo haber creado un cuadro así. Mamá era la mujer más dulce y amable que pisó esta tierra, y nunca habría creado algo tan espantoso como esa cosa».

Grace observó en silencio el mundo pasar a su lado. Se avecinaba una tormenta. Podía sentirla. Todo a su alrededor temblaba, latía y palpitaba, incluido el aborigen que llevaba en el bolsillo. Se abrazó a sí misma y decidió no seguir hablando con Vincente por el momento. Hablaría con ella cuando estuviera preparado. Mientras tanto, el cuadro estaba a salvo y seguro, y no podía hacerles daño.

Continuaron en silencio.

CAPÍTULO 44

VINCENTE MIRABA FIJAMENTE HACIA delante, concentrando su energía en la carretera. Intentó olvidarse del cuadro y de su madre, pero hiciera lo que hiciera, no podía separar ambas cosas en su mente.

Miró a su encantadora esposa al otro lado del coche. Estaba sentada en silencio, sumida en sus pensamientos y abrazada a sí misma. Parecía no darse cuenta de que él la miraba. Volvió a centrarse en la carretera.

Gracia también pensaba en la otra Sra. Marino y en el cuadro. Parecía extraño que Vincente pudiera sentirse tan desolado por algo que había creado su madre. Se le ocurrió una idea: podrían quemarlo. Hacer un ritual curativo con él.

Dejó que sus pensamientos vagaran mientras buscaba en su mente cualquier señal de un recuerdo original, pero no apareció nada. Creía, al igual que Vincente, que seguía almacenándolo todo en algún lugar de su cerebro y que un día todo volvería a salir a la superficie y ella se reiría de aquel lapso de tiempo. Quemar aquella foto crearía un vacío en los recuerdos de Vincente. ¿Era mejor no tener recuerdos que tener malos recuerdos?

Mientras tanto, Vincente pensaba en la suerte que tenían Grace y él de poder escapar del pasado y vivir sólo el presente. Dejarlo todo atrás y empezar de nuevo. Para crear nuevos recuerdos, juntos. Para crear una nueva huella de todo lo que vieran. Cada nuevo lugar que visitaran se convertiría en parte de ellos. La vida siempre estaría llena de esa novedad.

Tras considerar la posibilidad de quemar el cuadro, Grace decidió que destruir los recuerdos de Vincente era lo peor que podía hacerle. Quería que él tuviera lo que ella ya no tenía.

Aquellos pensamientos y recuerdos eran demasiado valiosos para perderlos, no porque Vincente los perdiera al destruir el objeto que temía, sino porque los olvidaría con el tiempo. Ella quería que tuviera la mejor oportunidad de conservar su pasado para siempre. Lo bueno, lo malo y lo feo.

Al final, Grace rompió el silencio diciendo: «Creo que deberíamos volver a Manly». Sabía que Vincente tenía allí muchos recuerdos, viejos y nuevos. En Manly podrían empezar de nuevo, frescos pero con lazos con el pasado.

«Que así sea», dijo Vincente, mientras daba la vuelta al coche, "Podemos elegir la casa que queramos y hacerla nuestra".

«No queremos una casa», dijo Gracia, "queremos un hogar".

Los recién casados sonrieron, felices por su decisión y por su futuro juntos.

LIBRO DOS:
FUSIÓN
FINALE

PROLOGO

El rompecabezas estaba incompleto en la mente de Grace. Era como si una enorme ráfaga de viento la hubiera atravesado, poniéndolo todo patas arriba y al revés.

No podía concentrarse en nada: nada era enfocable.

Los colores se arremolinaban: rojos y negros y azules corrían juntos, giraban y se agitaban, se asaltaban con el amarillo girasol, giraban, vomitaban en un verde hierba profundo.

Después, todos los colores le hicieron saltar el estómago por los aires y lo devolvieron a donde estaba, mientras se agitaba en seco hacia el miedo que la dejaba incapaz de moverse. Todo sucedía en su cabeza, pero a veces su cuerpo se sacudía en su flujo.

Se agarró a su centro y trató de reagruparse, de detener los remolinos y giros. Pero los relámpagos pulsaban dentro de su cabeza, desgarrándola en lilas, violetas y campanillas.

El naranja salpicó el lienzo de su mente.

Grace lo perdió todo.

$$* * *$$

«¡Tenemos que llevarla a quirófano, ya!», exclamó un hombre alto, adornado con una bata blanca. Estaba entre otras personas con bata blanca esparcidas por el pasillo del hospital.

Todos corrían como si el lugar estuviera ardiendo. Unos pocos despejaron el camino. Algunos empujaron. Algunos se agarraban a la vía. Algunos se agarraban a las otras máquinas. Unos pocos permanecían de pie con la boca abierta, las manos vacías y los puños cerrados. Otros rezaban, mientras Grace Greenway pasaba a toda velocidad en una camilla.

Estaba inconsciente.

Muerta para el mundo.

Pero no completamente muerta.

Al menos, todavía no.

✳✳✳

En la habitación de Grace en el hospital, una mujer se lamentaba y se retorcía las manos. Era Helen Greenway, la madre de Grace. No podía creer lo que había pasado.

Su hija había estado tan bien. Llevaba varias semanas recuperándose. Entonces Grace empezó a temblar, agitarse y convulsionarse hasta que perdió el conocimiento.

El equipo médico la había sacado de las puertas de la muerte. Cuando volvió, ya no era Grace Greenway. En su lugar, babeaba y hablaba en lenguas. Se destrozaba a sí misma desde fuera hacia dentro.

Parecía que nadie sabía qué hacer, cómo detenerla. Ni siquiera las agujas en el brazo la calmaban. Nada funcionaba. La ataban.

Helen dejó escapar un sollozo al recordarlo todo. Sobre todo lo indefensa que se sentía entonces y aún más ahora. Se arrojó sobre la cama vacía de su hija.

Los sollozos angustiados de Helen resonaron en los pasillos.

***

Cuando la enfermera Burns regresó a la habitación de Grace, encontró a Helen acurrucada en posición fetal sobre la cama.

Parecía tranquila durmiendo allí. La enfermera pensó que era mejor no molestarla. Además, no había noticias que compartir y, si alguien necesitaba descansar, era la madre de Grace Greenway.

La enfermera Burns ordenó la mesilla de noche de Grace y volvió a apilar sus libros de texto. Mientras los revisaba, se sintió increíblemente triste. Grace Greenway aún no había encontrado su camino. Sólo tenía dieciséis años.

La enfermera Burns miró a la madre dormida de Grace.

Colocó una manta sobre Helen y apagó la luz.

***

Varias horas después, la enfermera Burns se disponía a terminar su turno del día. Miró por la ventana redonda de la puerta y se dio cuenta de que Helen ya no estaba en la cama. Empujó la puerta, pero no pasó nada. Volvió a empujarla con más fuerza, haciendo que Helen Greenway cayera hacia delante.

Helen se tambaleó y empezó a retorcerse las manos. Sollozaba suavemente para sus adentros.

La enfermera Burns se acercó a ella y le habló con voz increíblemente suave y gentil, preguntándole si quería una taza de té.

«¡Hija mía!» exclamó Helen. «¿Hay noticias? ¡Necesito saber cómo está! Nadie me ha dicho nada».

«Estabas dormida», dijo la enfermera Burns, mientras palmeaba la mano de Helen. «Si prometes sentarte, iré a ver qué puedo averiguar por ti».

Helen se sentó y esperó las noticias.

CAPÍTULO 1

AL FINAL DEL PASILLO, la enfermera Burns se topó con el doctor Christiansson, que se quitaba la mascarilla quirúrgica mientras atravesaba a toda prisa las puertas del quirófano.

«Necesito aire fresco», dijo. Caminó hasta el final del pasillo y abrió de par en par la puerta de acceso a la azotea.

La enfermera Burns le siguió.

Encendió un cigarrillo. Le preguntó si quería uno. Ella se negó.

Después de darle una calada, dijo: «Grace, la chica de Greenway, había estado muy bien. Pero ahora que los coágulos han reventado, está en peligro».

«Estoy seguro de que recibe los mejores cuidados».

«¡Ya lo está!» dijo Christiansson. «¡Ahora que el equipo de expertos ha llegado y ha tomado el control de la situación! He estado allí desde que ocurrió. Ha sido una noche implacable. Creíamos, quiero decir, que casi la perdemos allí».

La enfermera Burns jadeó. «Aceptaré uno de ésos», dijo. Decidió aceptar un cigarrillo después de todo. Lo encendió, dio una larga calada y luego tosió.

«Pero aún no nos hemos rendido. Ha vuelto a perder el conocimiento. Probablemente sea algo bueno. Tenemos que detener la hemorragia. Esperamos mantener su mente intacta».

La enfermera Burns y el doctor Christiansson empezaron a recorrer el tejado. Debajo de ellos rugían las sirenas y parpadeaban las luces.

«Su madre, Helen, no está llevando bien las cosas».

«Lo único que puedo decirte es que», pisó la colilla y abrió la puerta. «Su hija está en las mejores manos».

«¿Nada más?»

«No en este momento, enfermera Burns. No quisiera que lo exagerara».

«Aunque no es mucho decirle. No es mucho que decirle en absoluto».

«Dile que rece a quien ella crea si sigue ese tipo de sistema de creencias. Y si no lo hace, dile que envíe toda la energía positiva que tenga en su corazón. Que la envíe al universo. Que piense en positivo y sin dudas. Que crea que su hija saldrá de ésta -dijo Christiansson.

Volvieron a bajar las escaleras.

«Gracias, doctor».

«Ahora tengo que volver ahí dentro». Las puertas del quirófano se cerraron tras él.

CAPÍTULO 2

LA ENFERMERA BURNS VOLVIÓ a la habitación de Grace y encontró a Helen sentada en el mismo sitio en que la había dejado. Rellenó su vaso de agua y luego se arrodilló al lado de Helen.

«Acabo de ver al doctor Christiansson y me ha dicho que Grace está bien. Está aguantando ahí dentro».

«¿Mi hija se defiende?».

«Sí.»

«¿Te ha dicho lo que ha pasado?»

«Sí, ha sido como predijeron. Los coágulos han reventado». Helen se tapó la boca con la mano. Sollozaba.

«El doctor Christiansson dijo que lo mejor que puedes hacer por tu hija es rezar, si crees en la oración. Y también que te cuides. Descansa un poco. Ha sido una noche muy larga. ¿Por qué no vuelves a subir a la cama de Grace y te echas una siestecita? Te despertaré si algo cambia, te lo prometo».

«Estoy agotada», admitió Helen.

Helen se acurrucó en la cama de su hija. Imaginó que aún podía sentir la cálida huella que su hija había dejado allí hacía tan poco. Se abrazó a sí misma y sollozó. Al principio las lágrimas brotaron lentamente, pero luego se multiplicaron en más lágrimas. Sollozos y lágrimas, cada vez más deprisa, casi como contracciones.

Hacía sólo dieciséis años, la hija de Helen había nacido aquí mismo, en este mismo hospital. Grace era su segunda hija, su única niña. Grace era su orgullo y su alegría.

Su primer hijo, Daryl, la había tenido de parto durante cuarenta y seis horas. A veces pensaba que nunca saldría. Pero Grace no. Había salido y había entrado en el mundo por primera vez como si no quisiera perderse ni un momento.

Helen recordaba que Grace no dormía mucho, ni siquiera de pequeña. Su hija tenía miedo de perderse la vida. Desde el primer momento, se sintió maravillada por todo, por la luz y los colores. Sin embargo, Grace no encontró su verdadero destino hasta que empezó a aprender los números. Cuando descubrió la simetría en el mundo natural que la rodeaba fue cuando la pasión de Grace echó a volar de verdad.

Helen pensó en la familia que una vez tuvo. Un marido cariñoso, Benjamin. Un hijo valiente y valeroso, Daryl. Una hija preciosa, Grace. Recordó los buenos momentos que compartieron visitando el zoo de Taronga. Yendo al Museo Powerhouse. Viendo películas con palomitas. Cenando juntos. Días sencillos pero felices. Cómo los echaba de menos Helen.

Tarareó para sus adentros e intentó dormirse de nuevo, pero los recuerdos estaban demasiado frescos, demasiado vivos y demasiado crudos.

Se incorporó y recordó que aquel mismo día ella y su hija habían estado riendo y charlando.

Era como si algo se hubiera apagado en la mente de Grace. Como si hubiera saltado un fusible. En un momento estaba animada, llena de vida, y luego estaba catatónica y entonces fue como si ya no fuera Grace. Todo había sucedido muy deprisa.

Pero la vida era así, en un momento tenías una familia. Entonces llegaron dos hombres con uniforme azul. Dijeron que un conductor borracho había matado a mi marido y a mi hijo.

Aquella horrible noche, Helen recordaba haber preguntado a los dos hombres cuál era el chiste. Estaba segura de que tenía que haber uno. Debía de ser una broma. No era ninguna broma. Esto se confirmó cuando los dos féretros fueron llevados por el pasillo de la iglesia. Luego los enterraron bajo tierra. No era ninguna broma.

Eso era antes y esto es ahora. Ahora, su hija estaba ahí abajo luchando por su vida y ella ¿dónde estaba? En la cama, intentando dormir.

Helen echó las sábanas hacia atrás y empezó a dar vueltas por la habitación. Pensó en quién tenía la culpa: Vincente Marino.

Pensó en su egoísmo, en su arrogancia. Era culpa suya y sólo suya, y si su hija moría por ello, algún día se lo haría pagar.

****

LEGÓ LA MAÑANA Y la enfermera Burns volvió a formar parte del personal. Primero atendió a los pacientes que necesitaban asistencia inmediata. Luego entró en la habitación de Grace Greenway para ver cómo estaba Helen, la madre de Grace.

La habitación estaba muy quieta, aunque habían abierto las persianas. Entró con cuidado y vio a Helen arrodillada en una silla y mirando por la ventana.

Cuando se volvió para mirar a la enfermera, el rímel negro le corría a rastras por la cara. Parecía Marilyn Manson.

Helen volvió inmediatamente su atención a lo que ocurría fuera de la ventana. Estaba mirando un árbol a lo lejos. En concreto a un cuervo negro, sentado en una rama, que abría y cerraba el pico como si hablara con un amigo imaginario.

Helen sintió envidia del pájaro. Un pájaro libre para volar. De levantar el vuelo a voluntad, pero que permanecía allí por elección propia. También envidiaba su falta de apego emocional. Al final, el apego significaba dolor. Siempre perdías a los que más querías.

Se volvió para mirar de nuevo a la enfermera Burns. Preguntó con voz suave y lejana: «¿Alguna novedad?».

***

«¿No ha venido a verte el doctor Ackerman esta mañana?». preguntó la enfermera Burns. El doctor Ackerman, el nuevo especialista en el caso de Grace, había prometido visitar a Helen Greenway a primera hora para ponerla al día.

La expresión inexpresiva de Helen lo decía todo.

«Estoy segura de que la doctora especialista Ackerman pasará pronto por aquí. ¿Por qué no voy a hablar con él?».

«Sería muy amable», dijo Helen mientras se cruzaba de brazos. Volvió a centrar su atención en el cuervo. Saltó unas ramas más arriba en el árbol.

La enfermera Burns se volvió para alejarse. Se detuvo y preguntó a Helen si había alguien a quien quisiera que llamara, alguien que pudiera sentarse con ella. Tal vez un amigo o un capellán o ministro. Helen negó con la cabeza y siguió mirando por la ventana los movimientos del cuervo.

Cuando la puerta se cerró tras ella, la enfermera Burns pudo oír cómo Helen Greenway lloraba suavemente.

Helen pensaba en el marido y el hijo que había perdido. Y también en la hija que temía perder. Sollozaba y se cubría la cara con las manos, como haría una niña en un juego del tipo ahora me ves ahora no me ves.

Sólo el cuervo se dio cuenta de que estaba jugando.

***

Cuando la enfermera Burns llegó a la puerta del quirófano e intentó entrar, le bloquearon el paso. Las órdenes específicas de los cirujanos jefe, los doctores Ash y Ackerman, indicaban que el caso de Grace podía dar un giro para peor.

Volvió con Helen Greenway sin ningún mensaje concreto. Intentó asegurarle que todo iría bien. Luego cambió de tema.

«¿Quieres comer algo?» preguntó la enfermera Burns, mientras servía a Helen una taza de té caliente de la bandeja recién llegada. Habían enviado el té para el desayuno de Grace. Estaba claro que los médicos aún no habían actualizado sus historiales. La enfermera Burns tendría que comprobar quién había cometido ese error, a efectos presupuestarios, pero por ahora servía como pequeño estímulo para que Helen Greenway se alimentara un poco.

«No tengo hambre ni sed», insistió. «Quiero ver a mi hija. Quiero ver a Grace». Dejó escapar un sollozo.

La enfermera Burns estaba ordenando la habitación cuando entró el doctor Smith, el cirujano más reciente del hospital, con cara de confusión. Era alto, moreno y guapo, tanto que incluso una mirada de confusión le hacía parecer cada vez más atractivo para la mayoría de las mujeres; sin embargo, Helen Greenway no se dio cuenta.

Helen estaba recordando a Grace. De cómo una vez se sentó bajo una gran sombrilla y leyó sobre la Teoría de la Relatividad de Einstein o el Liber Abaci de Fibonacci. Se imaginó a su hija en un mullido lecho de hierba afelpada, a la sombra y protegida en los brazos de un árbol.

El doctor Smith se acercó con cautela, mirando primero a la enfermera Burns y luego a Helen Greenway. Helen no se movió, ni siquiera reconoció su presencia.

«¿Puedo verla fuera un momento?». preguntó el doctor Smith.

«Sí, doctor», respondió ella.

Salieron de la habitación. Helen Greenway ni siquiera se dio cuenta.

✳✳✳

«¿QUÉ LE PASA?» PREGUNTÓ el doctor Smith. La enfermera Burns le puso al corriente.

«Tiene que bajar el tono -dijo-, porque está molestando a los demás pacientes. Acabo de incorporarme al servicio y se han presentado varias quejas. Esto tiene que acabar. O conseguimos que uno de los médicos apruebe la sedación, o la animamos a que se aleje de la sala durante un tiempo».

«Hago todo lo que puedo», dijo la enfermera Burns un poco a la defensiva.

El doctor Smith le cogió la mano y la miró a los ojos. Había aprendido este movimiento viendo episodios reemitidos de Urgencias. Los corazones del personal y de los pacientes siempre se derretían en la serie, lo que garantizaba la popularidad de George Clooney.

«Sé que lo eres -reprendió-, y te agradezco todo lo que has hecho. Todo lo que vas a hacer para ayudarnos tanto a mí como a los demás pacientes de la sala».

Ella le devolvió la sonrisa, pero por dentro pensó que era tan falso como un billete de dos dólares.

Se dio la vuelta y se dirigió a la habitación de Helen Greenway.

Por desgracia, Helen ya no estaba en ella.

CAPÍTULO 3

«Necesito salir de esta habitación, al aire libre», susurró Helen mientras se escabullía entre los médicos y las enfermeras. Se dirigió al ascensor, segura de que nadie la echaría de menos.

Cuando las puertas se cerraron, Helen observó cómo empujaban, tiraban o escoltaban las camillas por los pasillos. Se tapaba los oídos cuando oía el chirrido o el raspado de las ruedas al coger tracción. Dio un respingo cuando una se desvió y rozó la pared. El personal del hospital no parecía darse cuenta del alboroto.

Se sintió relajada cuando las puertas se cerraron firmemente tras ella. Lo único que tenía para distraerse era la música del ascensor. Una melodía familiar de un musical le trajo recuerdos de ella y Grace estrechando lazos como madre e hija. Los primeros tiempos, antes de que la brecha matemática y la adolescencia las separaran.

Cuando llegó a la planta baja, Helen salió con una aguda sensación de propósito y destino. Quería sentir la brisa en la cara. Quería estar fuera, en el aire tranquilo y fresco con aroma a eucalipto.

Nadie la detuvo ni la interrogó, ni siquiera pareció reparar en ella. Entró por las puertas giratorias y fluyó con la corriente hacia el exterior.

En el mismo instante, una ambulancia chillona se detuvo junto a ella, con las sirenas a todo volumen y las luces encendidas.

El ruido era ensordecedor, en absoluto el tipo de paz y soledad que Helen había previsto. Quería alejarse, escapar de aquello. Pero el sonido parecía desgarrarla, quitarle la energía. Sus pies parecían estar firmemente plantados en el hormigón.

Incapaz de moverse o correr, se arrinconó contra la pared y se tapó los oídos. A su alrededor todo era caos, empujones, tirones y rasguños, en lugar de la paz y la serenidad que tanto ansiaba.

Abrumada, Helen se desmayó y cayó al suelo.suelo.

CAPÍTULO 4

«¿Vincente?» sollozó Gracia/. «Vincente, ¿estás ahí?».

Grace abrió mucho los ojos y lo buscó por la fría habitación metálica, pero no estaba en ninguna parte.

Los hombres y mujeres enmascarados la miraban con desprecio.

La luz brillante que había sobre ella palpitaba con calor y energía, obligándola a cerrar los ojos una vez más.

«¿Vincente?», susurró repetidamente.

Una estrella solitaria ardía con fuerza. Bailó ante sus ojos. Suave y suavemente cálida al principio, pronto le quemó la piel.

Luego todo volvió a ser negro.

CAPÍTULO 5

«¡Llegamos al hospital con un paciente y encontramos otro en la acera!», gritó el conductor de la ambulancia mientras el equipo evaluaba la situación.

«Dos por una emergencia», dijo su compañero con una sonrisa burlona.

«El primero es nuestro hombre de la ambulancia», dijo el primero. Él y su compañero movieron la camilla por la acera. «Entrando», dijeron mientras se abrían paso a través de las puertas.

«Hay otro ahí fuera», dijo el segundo hombre a la recepcionista. Para entonces, Helen ya había vuelto en sí e intentaba incorporarse. En su cabeza parpadeaban y titilaban pequeñas estrellas blancas. Era como si estuviera en uno de esos dibujos animados de Wile E. Coyote. Después de que el Correcaminos le hubiera clavado un mazo en la cabeza a la bestia peluda. Intentó estabilizarse, pero las piernas le flaquearon y volvió a caer al suelo.

«¿Alguien sabe quién es?», preguntó una mujer. Los visitantes y el personal del hospital, que acababa de entrar en servicio, se habían reunido en torno a Helen. Un empleado habló por radio y pidió una camilla y un traumatólogo que se presentaran inmediatamente en Urgencias.

Helen abrió los ojos y levantó la vista. Un grupo de desconocidos la miraba fijamente. Intentó levantarse de nuevo, pero los desconocidos la animaron a permanecer agachada.

«¿Puedes decirnos quién eres? ¿Recuerdas tu nombre?», preguntó la mujer que había hablado por la radio.

«Sí, me llamo Helen, Helen Greenway».

La mujer volvió a hablar por radio. «En el suelo, aquí en la entrada, tenemos a una mujer caucásica. De unos sesenta años de edad, de nombre: Helen, Helen Greenway. ¿Alguien la conoce? ¿Es una paciente? ¿Se ha escapado de la sala de psiquiatría? Lleva ropa de calle, repito, lleva ropa de calle».

Llegó un joven médico con su maletín. Se arrodilló junto a Helen y le preguntó si estaba herida. Cuando ella negó con la cabeza, procedió a comprobar sus constantes vitales.

«Estoy bien», dijo Helen. «¡Es mi hija la que está enferma!». Una vez más intentó levantarse.

«Helen», dijo el médico, "tienes que permanecer tumbada hasta que me asegure de que tus constantes vitales son normales".

Helen asintió dócilmente, como una niña regañada.

Cuando las constantes vitales de Helen se consideraron aceptables, la animaron a levantarse. Sacaron una silla de ruedas.

«Ahora», dijo el médico, "siéntate y vamos a buscar a tu hija".

«Puedo andar», reprendió ella.

«Yo empujaré», insistió él.

✳✳✳

CUANDO LLEGARON A LA planta de Grace, la enfermera Burns corrió hacia ellas. «¡Menos mal que estás bien, Helen!».

«¿La conoces?», preguntó el médico.

«Sí, somos como viejas amigas», sonrió la enfermera Burns.

«Bueno, se desmayó fuera del edificio, por eso está en silla de ruedas. He comprobado sus constantes vitales. Parece estar bien, aunque posiblemente un poco privada de sueño. Además, está hambrienta y deshidratada».

«Sí, ha estado tan concentrada en la salud de su hija que ha sido difícil hacerle nada».

«Pues habla con su médico. Tal vez le ponga un goteo, si es necesario, pero no podemos dejarla vagando por ahí en este estado. Necesita comida y agua, y las necesita inmediatamente. ¿Quién es el médico de su hija?»

«Su hija tiene un equipo de médicos: Christiansson, Ash y Ackerman».

El médico dudó. Se había enterado de la operación, de que habían llamado a los cirujanos de urgencia. Uno de ellos había volado durante la noche. Era una situación desesperada. Ahora sentía aún más empatía por la mujer de la silla de ruedas.

«En ese caso, mira a ver qué puedes hacer», dijo a la enfermera Burns. Luego a Helen: «Tienes que comer, beber y descansar para cuando tu hija se despierte. Tienes que ser extraordinariamente fuerte para ella».

Sus palabras no llegaron a Helen, porque ya estaba profundamente dormida en la silla de ruedas.

CAPÍTULO 6

Helen se despertó quince minutos después, de nuevo en la cama de Grace. No recordaba cómo había llegado hasta allí. Pulsó el botón de la cama. Momentos después llegó la enfermera Burns con una bandeja llena de comida caliente y café recién hecho.

«Me temo que no puedo comer nada», dijo Helen.

«Es por aquí o por vía intravenosa. Tú decides, Helen. Dentro de poco saldré de servicio y le prometí al traumatólogo que me aseguraría de que comieras antes de irme por la noche. Si no cumples, entonces él va a organizarlo con tu médico para que te pongan un goteo y te alimenten y rieguen así».

«Me niego de las dos maneras. De hecho, tengo fobia a la comida de hospital. Quiero salir de aquí y comer otra cosa. Lejos de aquí».

«Sí, es comprensible. Creo que podemos hacerlo», dijo la enfermera Burns mientras se daba la vuelta y salía.

Al cabo de un momento, regresó con el abrigo puesto y, juntas, Helen y ella salieron del hospital. Iban a un pequeño café que había al final de la calle.

Sería un buen descanso para ambas.

CAPÍTULO 7

«Su presión sanguínea está bajando. Está por las nubes. Si no hacemos algo ahora, si no podemos detener la hemorragia, la perderemos», dijo el doctor Ash.

Todos los presentes en el quirófano se revolvieron y se acercaron.

«¡Bórralo, maldita sea!» Ordenó el doctor Ackerman.

Había mucha sangre bombeando. Incluso con todas las manos en la cubierta no podían hacer lo suficiente lo suficientemente rápido. La máquina cardíaca se detuvo.

Gritó.

«¡Tenemos que recuperarla! ¡Tenemos que hacerlo!» Exclamó el doctor Christiansson.

CAPÍTULO 8

En la cafetería, Helen Greenway hurgaba con el tenedor en un montón de puré de patatas. Cortó un trozo de filete y se lo metió entre los dientes. Masticó y masticó e intentó tragar, pero el trozo no quería bajar.

«Así es», dijo la enfermera Burns, "se sentirá mejor enseguida".

Helen sintió que un escalofrío le recorría el cuerpo, como si alguien hubiera abierto la puerta en un frío día de invierno. La puerta permaneció cerrada, pero se le puso la piel de gallina en los brazos. Se replegó sobre sí misma, tratando de mantener el calor. Desde un lugar desconocido, oyó que Grace gritaba su nombre. Segundos después, sonó el teléfono de la enfermera.

«Soy el doctor Christiansson. Le llamo porque tengo entendido que está allí con Helen, la madre de Grace Greenway. ¿Es correcto?»

La enfermera Burns asintió pero no dijo nada mientras mantenía una cara de póquer.

«Grace acaba de sufrir un paro cardíaco, otra vez. No estoy segura...» Se interrumpió, dejando incompleta la terrible declaración. Estaba agotado.

«Entiendo», dijo ella. «Volveremos enseguida».

Helen Greenway dejó caer el tenedor y las lágrimas brotaron de sus ojos. Helen corrió hacia el hospital con el sonido de la voz de su hija resonando en sus oídos.

CAPÍTULO 9

«¡Grace, tienes que aguantar!» dijo una voz.

Era una voz que Grace reconoció como la de Vincente. Se había ido. Se había ido de su lado y ahora había vuelto. Había vuelto.

«¿Dónde has estado?», preguntó, mientras lo buscaba por toda la habitación. Buscando sus ojos azul cobalto.

«Estoy aquí», dijo él, mientras le cogía la mano. «Siempre he estado aquí».

«¿Pero por qué no puedo verte? Estaba tan asustada». Hizo una pausa, sintiendo cómo su mano se cerraba en torno a la suya. «Y entonces las luces se apagaron». Hizo una pausa. «No creo que pueda aguantar, Vincente. No creo que lo consiga».

«Sí que lo harás», dijo él, mientras las lágrimas caían por sus mejillas y sobre sus manos entrelazadas. «¡Acabo de encontrarte! Somos recién casados y me prometiste que me amarías para siempre».

«Siempre te querré, Vincente. Para siempre».

«Entonces debes encontrar la manera de quedarte», dijo. «¡No soy nada, nada, sin ti!» Cayó de rodillas, como si le hubiera caído un rayo en el corazón.

«Lo intento, Amor», dijo ella. «Pero está tan oscuro, tan oscuro aquí. Necesito verte».

«Estoy aquí», dijo Vincente, y le apretó la mano con fuerza.

«Te oigo. Te siento. Pero, ¿dónde estás?»

Dio un paso hacia la luz.

«No puedo verte. ¿Por qué no puedo verte?»

«Es de noche, Amor», dijo. «Y las luces podrían lastimarte los ojos. Pero créeme, estoy aquí. He estado aquí todo el tiempo. Prometí que nunca te dejaría y siempre cumplo mis promesas».

«Cántame algo».

Cantó la canción de su joyero, la canción que se había convertido en su canción.

El quirófano bullía con todo tipo de equipos médicos y personal sanitario que corría de un lado para otro y chocaba entre sí. Cuando terminó el sonido de la línea plana y se reanudó el tono normal de sus latidos, sonó una pequeña ovación en el quirófano.

«¡Lo hemos conseguido!» exclamó el doctor Ash.

«Todavía nos queda mucho trabajo por hacer», le recordó el doctor Ackerman. «Grace ha perdido mucha sangre. Puede que necesite varias transfusiones y seguimos a contrarreloj con la coagulación.»

«Hablaré con su madre», dijo el doctor Christiansson. «Tal vez pueda donar más sangre. Siempre es mejor cuando dona un familiar».

Dio una palmada en la espalda a los dos cirujanos principales y miró a Grace. Observó el monitor cardíaco durante unos segundos, asimilándolo todo. Todo parecía normal, o todo lo normal que podía ser para una niña que acababa de sufrir dos infartos en menos de 24 horas.

***

«Lo estás haciendo genial», dijo Vincente, mientras le acariciaba la frente.

«Quiero quedarme, pero estoy taaaan cansada».

«¿Recuerdas el día de nuestra boda? ¿Recuerdas nuestra casa en Manly? ¿Cómo la decoramos juntos? ¿Recuerdas cómo me prometiste para siempre, Sra. Marino?».

«Sí que me acuerdo», dijo ella. Entonces miró hacia arriba, y la luz que una vez había estado muy por encima de ella, parecía haberse movido, más cerca de ella ahora. Era como una estrella que tiraba de ella y al mismo tiempo luchaba por su propia vida. Grace estaba muy cansada y deseaba descansar, estar en paz. Deseaba entrar en el brillo de las estrellas.

Era una bola de luz estelar que se retorcía y giraba, empujando hacia dentro y hacia fuera al tiempo que le hacía señas a Gracia para que se uniera a ella. Era una estrella de Fibonacci, una parte de la Vía Láctea, y lo único que la retenía era su propio Medio Dorado, Vincente.

«Grace», dijo Vincente.

Su voz parecía muy lejana, y ella se sintió muy fría y muy sola. El calor abrasador del núcleo de la estrella soplaba sobre ella y la calentaba desde la distancia. Unirse a él sería sólo un suspiro. Sería tan fácil.

«¡Oh, no!» Gritó el Doctor Ash. «¡Otra vez no! ¡No tan pronto! ¡La estamos perdiendo!»

«¡Ha perdido demasiada sangre!» Exclamó el Doctor Ackerman. «¿Dónde está el doctor Christiansson con las noticias sobre la transfusión de sangre? ¡Necesitamos darle más sangre inmediatamente! No podemos esperar a su madre. Empiecen la transfusión ahora».

Segundos más tarde, la sangre extranjera estaba siendo bombeada en el cuerpo inerte de Grace.

Al principio, su cuerpo parecía aceptarla. Para beber con avidez. Sin embargo, no pasó mucho tiempo antes de que la sangre nueva rechazara la sangre vieja.

Entonces la batalla realmente comenzó.

«¿Vincente?»

«Sí, amor.»

«Tengo miedo de morir.»

«No es tu hora», dijo. «No puede ser tu hora».

«¿Cómo lo sabes?», preguntó ella mientras el calor rugía dentro de su cuerpo. Estaba ardiendo y luego helada. Mientras tanto, la luz de las estrellas la llamaba.

«Porque sólo vivo para ti».

«Pero esto sienta mal, muy mal, Vincente».

«¿Qué se siente, amor? Dímelo.

«Es como si estuviera en el suelo y me viera en la camilla del quirófano. Puedo verlos hurgando, pinchando y correteando».

«Te están ayudando, cariño».

«Sí, pero me duele mucho».

«¿Puedes quedarte? Debes quedarte. Quédate, por favor. Hazlo por mí. Por tu marido».

«No puedo soportar el dolor. Quiero... quiero...»

«Sé lo que quieres Grace», dijo. «Apuesto a que te encantaría ver a tu mamá.»

«Pero Vincente, mi mamá está muerta».

«No, ella está viva y está en camino ahora. Espera.

«¿Cómo puede ser? En un momento estábamos en Manly y no había nadie en el mundo, nadie más que tú y yo, y ahora esto. Mucha gente por todas partes. Y dolor extremo, dolor implacable».

«¿Recuerdas los coágulos Grace?»

«Los coágulos, sí.»

«Había más de uno. Estallaron. Todos estamos luchando por ti. No te dejes ir Grace. Tú también tienes que luchar. Te quiero. No puedo dejarte ir. Por favor, no me dejes.

«¡Vincente, estoy taaaan cansada! Tal vez sea hora de que me dejes ir».

«¡Nunca!», gritó él. Vio cómo los párpados de ella se movían y se cerraban. Finalmente, le susurró al oído: «Descansa, mi amor. Sí, cierra los ojos y descansa. Te cantaré una nana, pero, por favor, no me dejes».

Ella siguió inspirando y expirando. Vincente siguió cantando su canción con lágrimas en los ojos.

CAPÍTULO 10

H ELEN Y LA ENFERMERA Burns regresaron al hospital, donde les esperaba el doctor Christiansson. «¿Cómo te encuentras, Helen?», le preguntó mientras la guiaba hacia el quirófano.

«Estoy bien, es mi hija la que me preocupa».

«Tengo entendido que antes no te encontrabas bien y te desmayaste. ¿Es eso cierto?» Miró a la enfermera Burns y ella asintió.

«Me desmayé, pero ¿qué tiene eso que ver? ¿Qué le pasa a mi hija?»

«Me preocupa que tengamos que sacarle sangre, para una transfusión. Siempre es mejor cuando proviene de alguien en relación directa con el paciente».

Helen asintió y se pasó las manos por la cara. Estaba agotadísima, pero quería ayudar. Necesitaba poder ayudar.

«Vamos arriba a la sala de sangre para observación». Luego a la enfermera Burns: «¿Ha comido algo Helen últimamente?».

La enfermera Burns asintió y le mostró cuánto. Ni siquiera era suficiente para mantener vivo a un pájaro.

«Ya está, ya está», le dijo la enfermera Burns a Helen mientras avanzaban por el pasillo.

Sonó el busca del doctor Christiansson. «Un momento, por favor», dijo. Se alejó de ellos. «Cambio de planes. Tengo que llevarte a ver a tu hija, ahora. Venga y límpiese».

La enfermera Burns hizo un movimiento para volver a su puesto, pero el doctor Christiansson le pidió que se quedara.

«Antes de entrar», advirtió, "debo decirle, señora Greenway -Helen-, que ya hemos perdido a su hija un par de veces allí".

«¿Perderla?»

«Sí. Quiere decir que sufrió un paro cardíaco. Su corazón se detuvo, pero sólo por unos momentos».

Helen contuvo un sollozo.

Entraron en el quirófano.

Grace estaba inconsciente en la mesa de operaciones.

«¡Mamá!» exclamó Grace.

Helen fue a su lado y le cogió la mano. Miró a su hija a los ojos.

«Esta es la madre de Grace, Helen», explicó el doctor Ackerman a los demás miembros del equipo médico.

«Gracias por venir, y tan rápido», dijo el doctor Ash. «Me alegro de conocerla. Grace es una chica muy valiente».

«¿Cómo está ella, quiero decir realmente?» Preguntó Helen.

«Estuvo a punto de morir, pero sus constantes vitales se han estabilizado. La estamos vigilando y está aguantando».

«Gracias», dijo Helen. «¡Gracias a todos!» y sintió un gran nudo en la garganta.

«Uh, disculpe Doctor Ash,» una de las enfermeras que había estado vigilando los signos vitales de Grace habló. «¿Podría venir un momento, por favor?».

Se acercó a ella e inmediatamente sus ojos se centraron en la pantalla.

«¡Mamá! ¡Soy yo, Grace, mamá!»

«No puede oírte», dijo Vincente.

«¿Qué? ¿Cómo que no me oye? Está ahí de pie. Claro que me oye. Mamá, soy yo, Grace… Vincente y yo. Ahora estamos casados y nos amamos, mamá. ¡Mamá!

«Amor, no puede oírte», repitió Vincente sin dejar de acariciarle la mano. Se acercó y la besó en la frente.

«No me oye, pero me ve. Me coge de la mano. Un momento, no puede verte, ¿verdad? ¿Por qué no puede verte ni oírte, Vincente?»

«No lo sé.

«Vincente, ¿estás muerto?»

Vincente se rió, se pasó los dedos por el pelo: «Claro que no estoy muerto. Estoy aquí a tu lado, cogiéndote de la mano».

«Pero los demás no pueden verte, ni los médicos ni mi madre. Se mueven a tu alrededor, a través de ti. ¿Por qué no pueden verte ni oírte? ¿Por qué soy el único que sabe que estás aquí? ¿Estoy muerto? ¿Estamos muertos los dos?»

«Siempre estamos juntos porque nos amamos. Nuestro amor es más fuerte que todos y que todo».

El espíritu de Grace había estado vagando por la habitación antes, pero ahora volvió a entrar en su cuerpo.

Una vez dentro, intentó luchar contra el dolor, al principio. Luego trató de vivir el dolor, de ir con él, pero era demasiado para ella. No pudo resistir. Se fragmentó.

«¡Sus signos vitales están cayendo! ¡La estamos perdiendo de nuevo!» El Doctor Ash gritó. Todos se acercaron al lado de Grace, empujando a Helen fuera del camino.

«La hemorragia se había detenido totalmente», confirmó el doctor Ackerman. «Estaba muy bien. No encuentro ninguna razón para esta repentina recaída que no sea...» Vaciló y miró a Helen Greenway que estaba apartada de la mesa, retorciéndose las tierras como Lady Macbeth.

«¡Sáquenla de aquí!» Gritó el doctor Ash.

«¿Qué dicen ahora, Vincente?». preguntó Grace.

«Culpan a tu madre de tu recaída. Cuando volviste a tu cuerpo y saliste de nuevo, algo pasó. Creen que te estás muriendo».

«¡Pero no me estoy muriendo! Quiero vivir».

«¡La estamos perdiendo!» Gritó el Doctor Ackerman. «¡Despejen las cubiertas!», exclamó mientras se acercaba y comenzaba la reanimación cardíaca.

«¡No, no la dejaré!» Helen gritó mientras la empujaban a través de las puertas batientes y hacia el pasillo.

«¡Mamá!», gritó Grace, "¡Mamá!".

«Está sangrando de nuevo», confirmó el doctor Ash. «Tenemos más coágulos aquí. No puedo contar cuántos. ¡No sé cuánto tiempo podrá aguantar!»

«Estamos haciendo todo lo que podemos por ella».

El espíritu de Grace volvió a su cuerpo. Intentó ponerse de pie. En su cabeza, un caleidoscopio de colores empezó a girar y girar hasta que ya no pudo ver ni oír a Vincente. Gritó: «¡Vincente, no me dejes!», y luego no dijo nada.

✳✳✳

«¿VINCENTE?» PREGUNTÓ EL DOCTOR Ash. «¿Quién es Vincente?»

«Es el chico que la llevó al hospital», respondió el doctor Christiansson.

«¿Quizás deberíamos contactar con él y pedirle que venga al hospital?».

«¿Es de madrugada? Puede que no sea posible traerle».

«¡Hazlo!» Gritó el Doctor Ash. «¡Necesitamos toda la ayuda posible!»

«Grace, escúchame», dijo el Doctor Ash mientras se inclinaba más cerca de ella. «Estamos haciendo todo lo que podemos por ti. Espero que puedas oírme. Te oímos. Estamos llamando a Vincente. Pronto estará aquí y a su lado. Así que, por favor, aguanta. Sé fuerte».

Grace no podía oírle. Estaba sola en algún lugar en la oscuridad.

CAPÍTULO 11

Fuera, en el vestíbulo, Helen Greenway susurró al teléfono: «Hola, Vincente, siento molestarte tan tarde».

«¿Quién es?»

«Lo siento», vaciló y continuó después de identificarse. «Soy Grace. Grace es la razón por la que te llamo tan tarde. Habla su madre, Helen Greenway».

«¿Ella está bien? ¿No estará...?», se detuvo y su voz se quebró. Tenía miedo de oír lo que venía a continuación. ¿La había matado? No podía soportarlo, si ese era el caso, aunque sabía que no era culpa suya. No podía saberlo. Su mente volvió al presente. Estaba seguro de que Helen Greenway ya había contestado. Al otro lado del teléfono reinaba un silencio absoluto.

«¿Estás ahí, Vincente?», preguntó ella mientras esperaba su respuesta. Lo había explicado todo, había expuesto su caso. Él guardó silencio. ¿Era reacio a venir al hospital? Seguramente no. No, probablemente aún no se había despertado del todo. Como seguía sin responder, insistió: «Grace, mi Grace, te necesita, Vincente».

Su cabeza se volvió hacia atrás con una sensación de alivio al saber que todavía estaba viva y respiraba, «Estaré allí a primera hora de la mañana».

«No, por favor, ven enseguida. Grace te necesita ahora. Te está llamando. Los médicos dicen que tienes que venir al hospital ahora, antes de que sea demasiado tarde».

La cabeza de Vincente daba vueltas por haber sido despertado en mitad de la noche y pensando en cómo iba a llegar al hospital. Tendría que despertar a su madre y pedirle que le llevara, y entonces ella se llenaría de preguntas. Por no hablar de cómo llegaría a casa.

«Por favor, diga que sí y le enviaré un taxi. Un momento», Helen sostuvo la mano sobre el teléfono. Una enfermera le confirmó que enviarían un coche a casa de Vincente para recogerle y devolverle a casa. «Se enviará un coche a recogerle, Vincente. Por favor, confirme que vendrá al hospital a ver a mi hija. Ella pregunta por ti. Por favor».

«De acuerdo, pero deme unos minutos para vestirme y dejarle una nota a mi madre».

«Necesito confirmar su dirección», preguntó la recepcionista al otro lado del teléfono de Helen después de comprobar los registros del hospital.

«Sí, es correcta», dijo Vincente.

«El coche está de camino, por favor espere».

«Lo estaré», dijo Vincente, mientras cerraba la sesión y empezaba a ponerse sus vaqueros negros y su camiseta blanca. Se peinó y se puso una sudadera roja con capucha en la cabeza, que volvió a despeinar.

Luego bajó las escaleras de dos en dos. Escribió una breve nota a su madre y la pegó en la nevera. Segundos después llegó el vehículo.

Estaba en el coche, con el cinturón abrochado y camino del hospital. Apoyó la cabeza en el brazo y vio pasar la oscuridad.

De vez en cuando, el rostro de la luna parecía hacerle señas. El hombre de la luna le resultaba extrañamente familiar, una especie de cruce entre Mark Twain y Albert Einstein.

Concentró su mente en la luna y las estrellas, intentando no dormirse.

Quería estar bien despierto. Quería...

✳✳✳

Helen estaba orgullosa de sí misma porque había convencido a Vincente para que viniera al hospital.

Aunque Helen no entendía por qué su hija le llamaba por su nombre. ¿Qué clase de influencia tenía él en su corazón para que ella lo llamara así? Tal vez lo había subestimado. ¿O tal vez significaba más para su hija de lo que Helen creía? No era más que un chico de instituto, un compañero de clase, un enamorado. Por otra parte, ¿no se había casado ella misma con su novio del instituto?

Helen se paseaba por el pasillo. Cuando salió la enfermera Burns, dijo: «¡No lo soporto! No saber lo que le pasa a mi hija. Es demasiado».

La enfermera Burns comprendía la tensión a la que Helen Greenway estaba sometida, pero su reacción exagerada y su impulso general al pánico tuvieron un efecto dominó en los demás pacientes y en los familiares que esperaban noticias sobre sus propios seres queridos.

La enfermera Burns guió a Helen por el firme lugar de su espalda hasta un rincón tranquilo, donde le habló en un susurro: «Su hija está en las mejores manos. Sé que es difícil, pero debe intentar mantener la calma».

«Ojalá hubiera podido quedarme con ella, para ofrecerle mi apoyo», dijo Helen.

«Grace está aguantando ahí dentro y los médicos sólo piensan en ella, en lo que quiere y en lo que necesita. La supervivencia de su hija es la prioridad número uno del hospital».

«Sí, ¡pero soy su madre! ¿No se me deben explicaciones? ¿No tengo ningún derecho aquí?».

«Efectivamente, tienes derechos pero se te ha encomendado una tarea importante, traer a Vincente aquí. Tengo entendido que está de camino».

«Sí. Pero podría haber ayudado a mi hija, si usted no me hubiera empujado fuera de la habitación».

«Helen», dijo la enfermera Burns algo enfadada, »el estado de su hija cambió cuando usted estaba con ella. Parecías no causarle más que angustia en esos momentos». Vaciló. «Los médicos notaron este cambio en la estabilidad de tu hija. Por eso te sacaron del quirófano. Fue por el bien de Grace».

«Pero no hay razón para que Grace, decaiga por mi culpa. Yo la amo. Ella es mi vida.»

«Bueno, la evidencia habló por sí misma.»

«Si no me necesitan aquí», dijo ella haciendo pucheros. «Será mejor que baje y espere al chico Marino. Necesito hacer algo».

«Me parece muy buena idea», dijo la enfermera Burns. Le dio unas palmaditas en el dorso de la mano, pero esta vez Helen retiró la mano. Se metió las manos en los bolsillos y se alejó por el pasillo. El sonido de los tacones de sus botas resonaba a su paso.

«Pídele a Recepción que nos llame cuando llegue», gritó la enfermera Burns cuando se cerraron las puertas del ascensor.

«Lo haré», respondió Helen.

****

CUANDO LAS PUERTAS DEL ascensor se abrieron en la planta baja, Helen salió a la zona de recepción. Enseguida vio a Vincente. Se movía entre las puertas giratorias, con las manos metidas en los bolsillos de los vaqueros y los hombros encorvados.

Helen se quedó quieta un momento, examinando al chico que había llevado a su hija al hospital. Parecía desaliñado y fuera de su zona de confort. Aun así, estaba muy guapo con su sudadera roja, que hacía que sus ojos azules parecieran aún más azules. Parecía un cruce entre James Dean y Robert Redford.

Caminó hacia él. Él aún no había reparado en ella.

Cuando dirigió la mirada hacia ella, la pilló desprevenida. Por un momento, no pudo respirar. No era un chico corriente. Había algo, algo muy diferente en él.

«Hola, Vincente», dijo Helen, tendiéndole la mano para estrechársela. Estaba un poco abrumada y se presentó como si no se conocieran.

Vincente pensó que la presentación era un poco extraña, ya que se habían conocido hacía muy poco. La dejó pasar, ya que tenía grandes ojeras y parecía que había dormido con la ropa puesta.

Aceptó la mano que le ofrecía y la estrechó con firmeza. Dejó que ella le pasara el brazo por debajo del suyo y le guiara hasta la recepción. Helen pidió a la recepcionista que confirmara su llegada y que lo transmitiera a la octava planta.

A continuación, Helen le condujo hacia el ascensor. Permanecieron uno al lado del otro frente a las puertas, entrelazados pero aún prácticamente extraños, mientras subían las escaleras.

Al cabo de un par de pisos, Vincente sintió la necesidad de preguntar por Grace, por cómo se encontraba y así lo hizo. Helen le explicó que no había sido informada del estado de su hija. Sin embargo, pudo confirmar que Grace había preguntado por Vincente.

«Estoy encantado de ayudarla en todo lo que pueda», dijo Vincente. Era cierto, estaba encantado de ayudarla, pero seguía sin entender por qué lo llamaba al hospital en mitad de la noche. Sentía lástima por ella, si llevaba una vida tan triste y solitaria que no había nadie más a quien pudiera pedir ayuda.

Vincente miró de frente su reflejo en las puertas del ascensor. Se pasó los dedos por el pelo revuelto con la esperanza de domarlo, pero su intento fue infructuoso.

«¿Tienes idea, Vincente, de por qué mi hija preguntaría por ti así?».

«Para ser honesto, es un misterio para mí. Tal vez, está engañada en...»

«¿Engañada en qué?»

«No lo sé. Apenas nos conocemos. Apenas nos conocemos. Además, no es mi tipo».

«¿Con eso quieres decir que mi hija no es lo bastante popular o guapa para ti?». preguntó Helen con un tono desagradable en la voz, que Vincente no entendió.

Estaba atrapado en un ascensor con una mujer, que tenía su brazo alrededor del suyo. Las uñas de ella estaban agarrando sus mangas como garras.

«Ouch. No, no quería decir eso», dijo Vincente cuando sonó el timbre que indicaba que habían llegado a la octava planta. Las puertas se abrieron de golpe. Vincente se apartó de Helen, salió y se dirigió a la recepción. Allí había más gente y, lo que era más importante, testigos, por si Helen Greenway se desmelenaba del todo.

Helen permaneció congelada fuera del ascensor, pero seguía teniendo a Vincente clavado en el sitio con la mirada.

Vincente miró a Helen y se dio cuenta de que no había causado una buena impresión. Pero, por otra parte, era medianoche, estaba medio dormido y no tenía ni idea de por qué estaba aquí. Claro que sabía que Grace Greenway estaba enamorada de él, pero también lo estaban la mitad Tal las chicas de la escuela. Cuando te aclamaban como una estrella del deporte, era normal.

Momentos después, uno de los médicos conducía a Vincente por el pasillo. Helen le seguía con los ojos clavados en la nuca de Vincente.

Ackerman se presentó. Le contó todos los detalles a Vincente, se lavaron y se pusieron el atuendo médico necesario.

«Tengo entendido que es usted muy amigo de Grace.

«Más o menos».

El doctor Ackerman ignoró la respuesta evasiva. «Grace ha estado preguntando por usted desde hace bastante tiempo. Ella estará increíblemente feliz, de saber que usted está aquí para ella.»

«Uh, me alegro de poder ser útil.»

«Hijo», continuó el doctor Ackerman, »la condición de Grace es estable ahora. Lo pasó mal allí, muy mal. Y, bueno...»

«¿Cómo de duro?»

«Eso es uh, confidencial, pero digamos, que era tocar e ir».

«¿Quieres decir que estuvo a punto de morir?»

«Quiero decir que las cosas no han ido bien. Y por favor no digas o hagas nada que la moleste o angustie. Pensamientos felices sólo hoy, ¿de acuerdo?»

«¿Pensamientos felices?»

«Sí», dijo el doctor Ackerman. «Ahora, sígame.»

***

Entraron en el quirófano uno al lado del otro a través de las puertas batientes. El equipo médico abrió paso a Vincente como si fuera una estrella de rock.

Enseguida se fijó en Grace. Estaba en medio de una mesa con varias máquinas atadas a ella como tentáculos.

Respiró hondo y se acercó a la mesa. Tenía miedo, aunque no sabía exactamente por qué. Tal vez porque un par de ojos penetrantes le observaban. ¿Qué esperaban que hiciera, un milagro?

Miró el cuerpo postrado de Grace. Vio que su pecho se movía arriba y abajo.

Grace respiraba. Estaba viva. Vio su cabello castaño cayendo sobre sus hombros. Vio el aleteo de sus párpados, como un tic nervioso. Estaba viva en algún lugar detrás de las persianas.

Se acercó y su cuerpo chocó con la mano de ella. Estaba allí, a su lado, y estaba abierta.

Vincente tomó la mano de Grace entre las suyas.

Dijo su nombre.

Su mano estaba fría y no respondió a su tacto. Cerró la mano alrededor de la suya y dijo: «Grace». Esperó, pero no pasó nada. Ella estaba inconsciente. No podía sentirle ni oírle, así que ¿qué hacía él aquí? ¿Qué se suponía que debía hacer ahora? Miró alrededor de la habitación, a las caras vacías. No eran de ayuda. Ninguna ayuda en absoluto.

Sin embargo, todos los ojos seguían clavados en él. ¿Qué debía decir? ¿Qué hacer? Quería salir corriendo de la habitación.

Vincente sólo quería volver al calor de su cama.

CAPÍTULO 12

G RACIA HABÍA VUELTO A entrar en su cuerpo, pero sus sentidos estaban sofocados. No sentía que Vincente la cogiera de la mano, aunque veía que lo hacía.

«Grace, soy yo, Vincente», dijo él, esperando que ella reconociera su presencia de algún modo.

Grace le oyó, pero su voz sonaba diferente. Distante.

«Habla con ella», le dijo el Doctor Ash. «¡Habla con ella de cualquier cosa!»

El equipo médico se acercó. Los únicos sonidos que se oían eran los de las máquinas.

Gotas de sudor comenzaron a formarse en la frente de Vincente. Dijo: «Te echamos de menos, Grace. Te echamos de menos en la escuela. Has estado fuera demasiado tiempo». Vincente se dio cuenta de que este diálogo era poco convincente, pero se dejó llevar por la corriente. Intentaba establecer una conversación normal; por desgracia, todo era unilateral.

Grace se preguntó su identidad. ¿Quién era aquel extraño chico de pelo corto y rubio, ojos oscuros y sudadera roja? Si fuera su

Vincente, no le estaría hablando de la escuela. ¿De la escuela? ¡Allí se enfrentaban al árbol devorador de cuervos!

«¡El otro día ganamos el partido de cricket!». dijo Vincente, demasiado entusiasmado. Volvió a pasarse los dedos por el pelo. Intentó meter los puños en los bolsillos, pero con el material quirúrgico puesto no era posible. Sin embargo, el mero intento de su mecanismo de defensa habitual le hizo sentirse más relajado.

Grace se preguntó si alguien le estaba gastando una broma. Miró todas las caras desconocidas, los ojos fijos. No conocía a la mayoría de ellos, pero eran capaces de ver al tal Vincente. Le estaban observando.

Grace se separó de su cuerpo y empezó a flotar por la habitación. Desde arriba, observó a Vincente. No parecía él mismo en absoluto. Era frío. No podía sentir su tacto, pero lo deseaba. Cuando se dio cuenta de que le agarraba la mano, su corazón empezó a latir con fuerza. Demasiado rápido, volvió a su cuerpo.

La máquina del corazón respondió con otra línea plana.

***

Grace miró hacia la luz mientras las lágrimas caían por su rostro. Debajo de ella, los asistentes del hospital corrían por el quirófano como si se acabara el mundo. Ella sabía que lo único que se acababa era su propia vida.

Había estado luchando contra la luz de las estrellas, que la había estado llamando. La llamaba.

Ahora parpadeaba y asentía, y se dio cuenta de que había llegado su hora. Era el momento de ir hacia ella. Por fin había llegado el momento de arder con la estrella de Fibonacci.

«¡Dile que la quieres!» gritó alguien.

«¡Pero si no la quiero!» Vincente respondió mansamente.

Pronto, la luz de la estrella se hizo más y más y más caliente. Ya no esperaba a que ella se acercara. Venía a por ella.

«¡Te quiero, Grace!», gritó.

Demasiado tarde.

***

Mientras sacaban a Vincente de la habitación, él seguía gritando las palabras. Cierto, para él eran sentimientos sin sentido, falsos. Palabras que sólo decía para ser amable, para salvarla del abismo.

Volvió a gritarlas. Esta vez su voz resonó en los pasillos y en el universo: «¡Te quiero, Grace Greenway!».

«¡Yo también te quiero, Vincente!», le gritó ella. Con el caos y el alboroto mientras intentaban salvarle la vida, no la oyó.

De repente, la estrella caliente empezó a girar. Pronto dejó de acercarse a ella y de quemarla con su calor. En su lugar, lanzó ondas pulsantes y se convirtió en una estrella de neutrones.

Agarrada a su ido, «quiero vivir», se declaró Grace Greenway. «Quiero vivir».

CAPÍTULO 13

Dos días después, Grace Greenway se despertó sin coágulos y fuera de peligro. Tendría que ser vigilada estrechamente durante un tiempo, pero pronto podría irse a casa.

«Vincente, mamá», dijo con la respiración entrecortada, mientras las lágrimas corrían por sus mejillas. Eran lágrimas de pura felicidad por estar viva. Lágrimas de gratitud por tener este momento para compartir con las dos personas que más quería en el mundo.

Extendió los brazos para abrazarlos a los dos. Ellos se plegaron hacia ella, contra ella. Sintió el calor y la fuerza de sus cuerpos, casi como si estuviera ganando fuerza con sus energías combinadas.

Vincente y Helen se miraban, esperando a que Grace los soltara.

«¿Sientes algún tipo de dolor?» preguntó Helen.

«Me siento cansada, eso es todo, mamá».

«Me alegro de que te encuentres mejor», dijo Vincente. «Iré a buscar a los médicos, que sepan que estás despierta».

Se dio la vuelta y salió de la habitación. Se quedó allí un momento, agradecido de que ella se hubiera recuperado del todo.

Pensó que tal vez había cumplido con su deber y podía irse a casa. Esperaba que ella hubiera olvidado o no hubiera oído lo que se había visto obligado a decirle en el quirófano. Se alegró de que Helen Greenway no hubiera estado presente para oír su declaración forzada y falsa.

Aceptó el hecho de que había hecho lo correcto para ayudarla. Su única esperanza ahora era que esto fuera el final. Quería recuperar su antigua vida. Y esa vida no incluía a Grace Greenway.

***

«Entonces, mamá, ¿te gusta?» Grace preguntó.

«Es un buen chico», dijo Helen. «Puedo ver por qué te sientes atraída por él».

«¿Te atrae?» exclamó Grace. «Estoy más que atraída por él, mamá. Estamos casados. ¿Ves?», dijo mientras acercaba el dedo anular a su madre. No había anillos.

«No pasa nada, Grace», le dijo Helen, dándose cuenta de la angustia de su hija. «No pasa nada si estás un poco ida. Has pasado por muchas cosas estos últimos días».

«¡Mamá, es verdad! No me crees, ¿verdad?».

«No te alteres, querida», dijo Helen, mientras le daba unas palmaditas en la mano a su hija.

«Estamos casados, mamá. Casados». Grace dijo de nuevo. Las puertas se abrieron y Helen salió al pasillo, dejando a su hija sola y angustiada.

Qué extraño, pensó Grace. Muy extraño. ¿Dónde están mis anillos?

***

En el pasillo, Helen Greenway chocó de frente con el doctor Ackerman. Él estaba en camino, después de escuchar las buenas noticias de Vincente de que ella estaba despierta y lúcida.

«¡Oh. Doctor Ackerman!» Exclamó Helen.

«Dios mío, ¿qué ha pasado? ¿Debo ir directamente? ¿Ha tenido una recaída? Vincente dijo que estaba bien. Despierta y hablando. Completamente alerta».

«Así es, doctor Ackerman. Está despierta y habla, pero parece tener la ilusión de que está casada con Vincente Marino».

«Oh, ¿cómo puede ser eso?»

«Me dijo que estaban casados. Ella y Vincente. Además, intentó enseñarme sus anillos. Estaba muy angustiada al ver que habían desaparecido».

Vincente salió entonces del ascensor abierto, llevando una bandeja de capuchinos. Se dirigió hacia ellos.

El doctor Ackerman miró a Vincente y lo detuvo con un gesto de la mano. Luego condujo a Vincente hacia la zona de asientos, donde le pidió que se quedara. Ackerman volvió con Helen.

Vincente se sentó y empezó a sorber de una de las tazas.

«Me gustaría hablar un momento con Grace», dijo el doctor Ackerman. «Por favor, espera aquí con Vincente, Helen, tendré una charla con los dos después».

Helen se sentó junto a Vincente. Él le ofreció una taza de té. Ella la rechazó cortésmente y se cruzó de brazos.

Vincente sabía que pasaba algo, pero no tenía ni idea de qué. Tomó otro sorbo de café y esperó que le dejaran irse pronto a casa.

Estaba agotado y bastante seguro de que Helen quería a su hija para ella sola.

Después de todo, en su opinión, se trataba de un asunto familiar.

***

Cuando el doctor Ackerman salió de la habitación de Grace, la expresión de preocupación de su rostro lo decía todo.

Helen se levantó inmediatamente y fue a su lado.

Vincente también se percató enseguida de la expresión sombría del doctor. Fuera lo que fuese lo que estaba ocurriendo en la habitación de Grace, definitivamente no eran buenas noticias. Se preguntó si alguna vez volvería a casa.

«Helen», dijo el doctor Ackerman, »tenemos que hablar, en privado. Por favor, ven a mi oficina».

«¿Sobre qué?» Helen apartó la mirada de donde estaba sentado Vincente.

«Estará bien donde está hasta que volvamos», dijo el doctor Ackerman. Luego se dirigió a Vincente: «Si hace el favor de esperar, en breve le pondremos en situación».

Vincente asintió y empezó a sorber el segundo capuchino, la bebida de Helen. Después de todo, ella no lo quería y él lo había pagado. ¿Por qué dejar que se enfriara? Además, necesitaba la cafeína para mantenerse despierto. Sacó su teléfono y jugó una partida de Bejeweled Blitz, y luego escaneó Facebook. Tenía un mensaje de Missy Malone. Quería que quedáramos más tarde. Esperaba no estar demasiado cansado de todo este asunto de Grace Greenway.

Curioso, se acercó a la puerta de Grace y miró a través del cristal. Grace estaba profundamente dormida. Extraño, pensó, ya que acababa de despertarse. Vincente volvió a su asiento. Mientras pensaba en Grace, bebió otro sorbo del café de Helen. También se bebió la taza de Grace, antes de que volvieran a por él.

CAPÍTULO 14

HELEN, ESPERÁBAMOS QUE LA pérdida de memoria de Grace se hubiera rectificado. Sin embargo, parece que ahora tenemos preocupaciones adicionales».

«Entonces, ¿ella también te lo dijo? ¿Que está casada con Vincente?»

«Sí, y no sólo me dijo que estaban casados, sino que lo describió todo con gran detalle. Era como si lo estuviera viviendo de nuevo. Era tan real, una imagen tan completa. Casi podía oír esa canción romántica sonando de fondo».

«¿Qué canción romántica?» preguntó Helen.

«Dijo que era una canción de un viejo joyero».

«Sí, la recuerdo. El padre de Grace y yo se la regalamos por Navidad cuando era pequeña».

«Ah, un regalo de la infancia, que ahora ha imaginado que es su canción de boda. Su hija definitivamente tiene una imaginación muy vívida», dijo el doctor Ackerman.

«Entonces, ¿qué hacemos Doctor? ¿Decirle la verdad? Tenemos que decirle la verdad».

«La mente es una cosa muy frágil. Tal vez cuando Grace luchaba por su vida, creó esta situación como un mecanismo de supervivencia. Para darse algo por lo que vivir, por lo que luchar. Es una técnica primitiva. Cuando estamos a las puertas de la muerte, a veces creamos o fabricamos una realidad alternativa».

«¡Pero mi hija ya tenía tanto por lo que vivir!» dijo Helen.

«Sí, usted lo cree y yo también, pero ¿estaría Grace de acuerdo?».

«Entonces, ¿qué dice, doctor? ¿Qué hacemos?»

Llamaron a la puerta. El doctor Christiansson asomó la cabeza dentro. «Perdón por interrumpir. Doctor Ackerman, ¿quería hablar con usted?»

«Sí, si pudiera concedernos un momento, por favor, Helen», dijo Ackerman. Le hizo un gesto para que se sentara y luego él y el doctor Christiansson se marcharon.

Helen hojeó sin pensar una o dos revistas. Los médicos discutieron en privado la precaria situación de Grace.

«Me temo que no tenemos elección en este asunto», dijo el doctor Christiansson. «Debemos seguir la fantasía de Grace. Ella no es lo suficientemente fuerte como para poder enfrentarse a la verdad en este momento. Si se la presiona demasiado, las consecuencias podrían ser bastante perjudiciales».

«Estoy de acuerdo», coincidió el doctor Ackerman. «Lo mejor que podemos hacer por Grace, hasta que esté preparada para escuchar la verdad, es reforzar sus propios delirios. La cosa es que tenemos que asegurarnos de que Vincente está de acuerdo con esto. Tenemos que decirle todo lo que Grace nos ha dicho.

Tenemos que conseguir que acepte seguir con la artimaña, hasta que Grace esté lista, quiero decir, lo suficientemente fuerte mental y físicamente como para ser capaz de manejar la verdad.»

«Sí, el chico Marino fue capaz de ayudar a Grace antes, y espero que sea capaz de ayudarla de nuevo», dijo Christiansson.

«Y cuando ella esté lo suficientemente bien, lo suficientemente fuerte, entonces le diremos la verdad», confirmó el doctor Ackerman.

«No me gusta», dijo Helen, una vez que los médicos la pusieron al corriente de su plan. «Estaremos alimentando su imaginación y fomentando mentiras y más mentiras».

«Pero no son mentiras para Grace. Ella cree cada una de sus palabras, y es a ella a quien tenemos que poner primero aquí», dijo el doctor Ackerman.

«Bueno, ¿y si el chico no está de acuerdo en seguir con esto?». preguntó Helen.

«Tiene que hacerlo», dijo Ackerman. «No hay alternativa. Grace ha llegado muy lejos, y está en camino de recuperar la salud, físicamente. Puede que su cuerpo no sobreviva a otra recaída. La estabilidad mental de Grace es crítica en este momento».

«Grace ha creado este sueño, y Vincente es una gran parte de él. Él debe aceptar ayudarla. Tenemos que convencerle de su importancia para ella», dijo el doctor Christiansson.

«¿Cuánto tiempo tendremos que jugar a este juego?» preguntó Helen.

«Jugaremos hasta que ella esté lista», dijo el doctor Christiansson, "y ni un momento más".

«¿Qué le digo entonces al niño?». preguntó Helen. «¿Cómo puedo hacérselo entender cuando ni siquiera yo misma puedo entenderlo del todo? No me gusta la idea de engañar a mi propia hija».

«Tendrá que confiar en nosotros, confiar en Grace. Cuando esté preparada para enfrentarse a la realidad -para escuchar la verdad-, entonces y sólo entonces las cosas volverán a ser como antes», dijo Ackerman.

«Haré todo lo posible por convencerle».

«Buena suerte», dijo el doctor Ackerman.

«Si necesita que le ayude...» intervino el doctor Christiansson, «...si quiere que hable con él, para aclarar cualquier cosa, entonces envíeme al chico».

«Gracias», dijo Helen.

CAPÍTULO 15

Helen entró en el aseo de señoras y se lavó las manos. Estar en el hospital las 24 horas del día parecía requerir una paranoia de gérmenes.

Extendió la mano derecha y notó que le temblaba. No tenía ni idea de cómo iba a convencer al chico para que aceptara semejante sarta de mentiras. Cualquiera con experiencia en la vida seguramente se daba cuenta de que la verdad era siempre lo mejor. Sin embargo, se veía obligada a convencer a Vincente de que fuera cómplice de la ilusión de Grace.

Buscó en su bolso y encontró dos barras de lápiz labial. Se aplicó uno y se sintió un poco mejor. Volvió a meter la mano en el bolso, sacó un poco de perfume y se echó una pequeña cantidad detrás de las orejas. Ahora estaba lista para salir a hablar con Vincente y, con un poco de suerte, traerlo a bordo.

Helen cerró la puerta tras de sí y entró en el concurrido pasillo. La empujaron contra la pared durante unos segundos, mientras el personal del hospital empujaba una camilla. Respiró hondo, se serenó y empezó a caminar hacia la sala de espera.

Vio a Vincente y él la vio a ella. Saludó con la mano y se preguntó si no estaría siendo demasiado familiar. Se contuvo y puso la mano en la correa de cuero del bolso. Ahora parecía alguien con miedo a ser atracada.

Vincente vio que Helen Greenway se movía rápidamente hacia él. La miró un segundo y luego se miró los pies. Inmediatamente se dio cuenta de que se había arreglado y se preguntó por qué. ¿Tal vez le había echado el ojo a uno de los médicos? ¿No era demasiado pronto después de la muerte de su marido? No estaba seguro, pero no le gustaba juzgar ni lo que la gente decía, ni lo que la gente hacía.

Helen tomó asiento frente a Vincente y dijo su nombre. Él levantó la vista y esperó a que ella dijera algo más, pero no lo hizo. Volvió a mirarse los pies. Estaba muy cansado, muerto de cansancio, pero los tres cafés grandes le habían puesto los pelos de punta.

Ella volvió a decir su nombre y se inclinó hacia delante, apoyando los codos en las rodillas.

Vincente volvió a sentarse en su silla y fingió que necesitaba estirarse y bostezar. El silencio era cada vez más incómodo.

Helen esperó a que terminara de moverse y fue directa al grano. «Vincente, necesito que me ayudes con algo, algo bastante personal».

Él vaciló y se inclinó, ahora con curiosidad.

«¿Puedo hablar libre y abiertamente contigo?», susurró.

Vincente sentía verdadera curiosidad. Ya se le habían insinuado mujeres mayores, pero no de esa edad, y no las madres de sus compañeros de colegio.

De repente se sintió incómodo. Su primera reacción fue cortarle el rollo y ser completamente franco con ella. Por otra parte, aunque no le interesaba lo más mínimo, tenía curiosidad por saber qué iba a decirle. Cómo iba a hacerlo. Y se preguntó si el shock por lo que Grace había pasado también le había pasado factura a ella. Así que en lugar de decir nada, se quedó quieto y esperó.

Lo que tengo que preguntarte es bastante embarazoso», vaciló y soltó una risita nerviosa. «Quiero decir, ¡es ridículo! Pero espero que, a pesar de todo, me digas que sí y aceptes ayudarme».

Helen pestañeó y vaciló. Se enderezó y volvió a inclinarse. Esta vez aún más cerca de Vincente, tanto que sus rodillas casi se tocaban. Entonces pareció mover la mano, creando un espacio entre ellos, y dejando que su mano rozara ligeramente la rodilla de él.

Estaba tan cerca que podía sentir su aliento en la cara.

Vincente retrocedió torpemente en la silla. Metió los pies debajo del asiento. Cruzó los brazos contra el pecho. Centró su atención en el suelo. Luchó contra el impulso de sacar su teléfono para distraerse de aquel disparatado escenario.

«Es Grace, Vincente. Parece que tiene. Bueno, esto es difícil de decir para mí. Especialmente a alguien tan joven como tú, alguien que imagino que ya tiene novia. O, ¿quizá incluso más de una novia?». Helen dudó antes de soltar la bomba y le miró directamente a los ojos. Intentaba relacionarse con él, conectar en sus términos. Si podía salvar la diferencia de edad entre ellos, tal vez él lo entendería. Quizá aceptara.

Vincente pensó que esto se estaba volviendo embarazoso. Quería sacarla de su miseria: «Tengo novia, señora Greenway. No somos exclusivos, aunque tenemos un acuerdo, ¿sabe a lo que me refiero?».

¿Acaba de guiñarle un ojo? Helen estaba segura de haberlo visto guiñar el ojo. Y no le gustó nada.

Vincente esperaba haberla apagado. Estaba muy cansado y lo único que quería era irse a casa. Impaciente y disgustado, se levantó.

«Sí, entiendo lo que quieres decir, Vincente», dijo Helen torpemente, "Por favor, siéntate".

Vincente lo hizo. Volvió a cruzarse de brazos creando una barrera física entre ellos.

«Vincente, mi hija está colada por ti. Lo sabes, ¿verdad?».

«Sí, sé que le gusto. Grace es genial. Me ha salvado la vida ayudándome con las matemáticas. Sin ella ya me habrían echado del equipo».

«¿Ya lo hizo? No lo sabía. Entonces, ¿la conocías de tú a tú?»

«No uno a uno como novio y novia, no. Pero éramos compañeros. Amigos».

«Pero eres una estrella del cricket, y eres guapo. Puedo ver por qué ella estaba... encaprichada contigo. Pero lo que tengo que preguntarte es,» se detuvo y tartamudeó encontrando difícil ir al grano.

«Lo siento, Sra. Greenway, pero debo ir al grano. Ha sido una noche muy larga y estoy cansada. Debo decirle que me halaga su atención, pero como le dije antes, mi novia Missy y yo tenemos una especie de acuerdo».

«Estoy seguro de que no le importará, dadas las circunstancias, porque estarás ayudando a alguien… a alguien necesitado. Después de todo, se trata de un asunto de vida o muerte», dijo Helen.

«Se está poniendo un poco melodramática, ¿verdad, señora Greenway?». Vincente descruzó los brazos y se acercó a ella. «Me siento halagada y todo eso, pero, quiero decir, ¿no puede encontrar a alguien más, ya sabe, más cercano a su edad? ¿Como tal vez uno de los médicos?»

«¡Qué!» exclamó Helen, alejando todo su cuerpo lo más posible del de Vincente Marino sin dejar de sentarse frente a él. Luego se levantó y se alejó aún más, dándole la espalda. Respiró hondo y recuperó la compostura justo cuando Vincente le dio una suave palmada en el trasero. Se sobresaltó, luchando contra las ganas de darle una bofetada.

«Para tu información», corrigió ahora furiosa, "¡no te encuentro ni un poco atractivo, chico tonto, tonto!".

«Claro, claro, te rechazo y luego te pones desagradable; ya veo a qué juegas. Pero no juegues demasiado conmigo, puede que me guste», se acercó aún más a ella.

«¡Ya basta!» dijo Helen con voz temblorosa mientras Vincente Marino se acercaba cada vez más a ella. Ahora estaba apoyada firmemente contra la parte delantera de la silla y obligada a sentarse. Su rostro estaba enrojecido y todo su cuerpo temblaba.

«Ya estoy harto de estas tonterías», dijo Vincente. «Vine aquí en mitad de la noche para ayudar a su hija… bien. Pero ahora está de vuelta en el pabellón, ¿y yo qué hago? No lo sé. Para que su madre no me eche la bronca».

La cara de Helen parecía del color de la remolacha. «Vincente, necesito que me hagas un favor, así que voy a ignorar este malentendido y te lo voy a decir sin rodeos. Andarse con rodeos no ha sido una buena idea».

Vincente asintió con impaciencia, pero siguió escuchando.

«Grace cree que tú y ella estáis casados».

«¿Qué?

«Es verdad. Ella se despertó y está atrapada en esta idea de ustedes dos. Ha creado una fantasía en su mente».

«¿Casados? ¿Grace Greenway y yo, casados?»

«Sí, eso es lo que ella cree.»

«Entonces, dile la verdad. ¿Por qué me dices esto?»

«Porque los médicos creen que debemos seguir adelante con esto, por el momento.»

«Por 'nosotros' te refieres a mí, ¿verdad? ¿Esperas que juegue a marido y mujer con Grace?»

«Sé que es mucho pedirte Vincente. Pero si pudieras encontrarlo en algún lugar de tu corazón, para ayudarla, podría ser una cuestión de vida o muerte para ella.»

«Es mucho pedir», dijo Vincente, y se levantó y empezó a salir de la sala de espera, "demasiado".

Helen lo alcanzó y lo agarró del brazo.

«¡Es lo menos que puedes hacer! Tú la metiste aquí, con ese golpe en la cabeza. Tú hiciste eso. Seguramente debes tener una brújula moral en algún lugar dentro, una conciencia. ¡Grace no estaría aquí si no fuera por ti! Y, como dijiste, Grace te ayudó a asegurar tu puesto en el equipo de cricket».

Vincente sabía que todo eso era cierto, aunque el golpe había sido un accidente. «¿Qué es exactamente lo que quieres que haga?».

«Actúa como lo haría un marido. Esté a su lado. Habla con ella. Tómala de la mano. Mi hija es una chica lista; te dirá lo que necesita».

«Pero ¿y si quiere que hagamos las cosas que hacen los casados?». Sonrió satisfecho. «¿Entonces qué?»

«Estoy seguro de que antes de llegar a ese punto, ella empezará a recordar la verdad o yo se la diré».

«¿Por qué no te ahorras el drama y le cuentas la verdad ahora?».

«Eso es por supuesto lo que quiero hacer, pero los médicos me lo han desaconsejado», dijo Helen. «Creen que Grace está en un estado demasiado delicado como para sobresaltarla con tanta realidad en este momento».

Vincente sintió que no tenía elección, que tenía que aceptarlo. Aunque estaba en total desacuerdo con los médicos, les seguiría el juego. «¿Y la escuela?», preguntó. «Tengo un partido mañana, quiero decir, hoy».

«Grace recordará que estás en la escuela. Mientras tanto, quizá puedas invitar a algunos de los otros alumnos del colegio a que vengan a visitarla. Las caras familiares podrían refrescarle la memoria».

«No se me ocurre nadie de quien sea amiga, pero lo intentaré. Ahora, ¿puedo irme a casa?»

«No hasta que hayas hablado con ella. Y recuerda, me acaba de dar la noticia -los dos os acabáis de casar- y no la creí. Salí corriendo de la habitación y busqué a su médico. Así que espero que mi hija se alegre mucho de verte y se enfade mucho de verme. Puede que también quiera presentarme a usted como su marido».

«Haré lo que pueda, pero no soy muy buen actor y nunca he sido un buen mentiroso».

«¡Bueno, entonces hagamos de esto una actuación premiada!» Helen entrenó mientras caminaban hacia la habitación de Grace.

«¡Allá vamos!» dijo Vincente, mientras empujaba la puerta y se la tendía a su nueva suegra ficticia.

CAPÍTULO 16

G RACE LEVANTÓ LA VISTA y vio a su madre entrar en su habitación seguida de... ¡Vincente! Se incorporó, sonriendo de oreja a oreja, y le abrió los brazos. Él se acercó a ella tan lentamente que ella intuyó que algo iba mal.

«Querida», dijo Helen con un tono de voz alegre que sobresaltó a Vincente. «He hablado con Vincente y me lo ha contado todo. Todo sobre tu boda. ¿Verdad, Vincente?».

Vincente miró primero a Grace y luego a Helen. Le estaba echando a los lobos, obligándole a mentir. No tenía otra opción. «Sí, se lo conté todo a tu madre», dijo. Se acercó un poco más a Grace, que lo estrechó en un fuerte abrazo.

Mientras lo abrazaba, Grace sintió una distancia que nunca antes había sentido. Sintió como si se aferrara a un tablón de madera.

Se separaron y Grace miró profundamente a los ojos de Vincente. Él ocultaba algo. ¿O tal vez sólo estaba avergonzado? Tal vez era sólo esto, que estaba siendo demasiado cariñosa delante de otra persona. Habían estado solos antes, así que esto era algo a lo que tendrían que acostumbrarse teniendo a otras personas cerca para ser testigos de su amor.

Grace le cogió la mano y le dijo: «Entiendo perfectamente cómo te sientes, dadas las circunstancias. No estamos acostumbrados a ser tan cariñosos con los demás».

Vincente se sentía fatal. Le estaban obligando a hacerlo y lo sentía por Grace, que no tenía ni idea de que sólo estaba actuando. Pero por lo que parecía, su actuación dejaba mucho que desear. «Sí, eso es», dijo Vincente. «Siempre fuiste muy perspicaz con mis... sentimientos».

Grace continuó observando su incomodidad. Vincente, sintiendo que ella lo observaba muy de cerca y preocupado de que pudiera angustiarse, levantó su mano hasta sus labios y se la besó. Cuando levantó la vista, estaba mirando fijamente a los ojos de su supuesta esposa. Supuesta por parte de ella, pero por parte de él, todo lo que vio fue a Grace Greenway, una Jane normal y corriente, con una capacidad matemática superior a la media, casi de genio. Eran totalmente opuestas. Nunca se casaría con ella, ni aunque fueran las dos últimas personas que quedaban en el planeta.

Grace dirigió su atención a su madre, que estaba de pie en el fondo, observándolos a los dos. Sí, eso era. Su madre lo tenía todo confirmado, pero no estaba de acuerdo con su elección. Después de todo, sólo tenían dieciséis años, y sin el permiso de uno de sus padres, en su opinión, su matrimonio no era legítimo. Por no hablar de que ni un ministro, ni un cura, ni siquiera un juez de paz lo había hecho oficial. Habían intercambiado votos y anillos. No era una boda de verdad y lo único que tendría que hacer su madre era anularla. Quizá por eso Vincente parecía tan asustado.

Grace miró a Helen, que estaba de pie con lágrimas en los ojos.

«¿No te alegras por nosotros, mamá?». preguntó Grace.

«Por supuesto, me alegro mucho por los dos, cariño», dijo Helen, mientras los atrapaba a ambos en un abrazo grupal.

Tan cerca ahora, Grace miró a Vincente a los ojos y él apartó la mirada. Ella dijo: «Sé que probablemente estoy horrible», mientras una lágrima caía por su mejilla. «Ha sido un calvario tan largo, con la operación y todo». Respiró hondo y se recompuso. Vincente intentó animarla con una sonrisa y ella continuó: «Estoy deseando que volvamos a la normalidad. Hasta que podamos volver a nuestra casa y bañarnos en la playa como antes».

Vincente volvió a apartar la mirada. Como una rata enjaulada, sus ojos se movían nerviosos de un lado a otro.

«Estoy segura de que Vincente no puede esperar a que llegue ese momento, cariño», le dio un codazo Helen.

Vincente soltó un «Humph», que sólo pretendía ser un eco dentro de su propia cabeza. Por desgracia, el sonido fue oído y notado por todos los presentes. Helen miró a Vincente como si acabara de cometer un asesinato. Grace parecía tan dolida que más lágrimas brotaron de sus ojos.

«¿No quieres volver allí? ¿A Manly? ¿Para volver a ser feliz?» Grace estaba segura de que Vincente había cambiado. Algo en él había alterado su amor por ella, y el darse cuenta le partía el corazón en dos.

Helen clavó el codo en el costado de Vincente. Él soltó una carcajada y tragó aire antes de decir: «No hasta que vuelvas a estar bien, Gracie».

«¡Sabes cómo odio eso!»

«¿Qué? ¿Qué odias?» preguntó Vincente. Estaba totalmente confundido, y definitivamente no estaba haciendo un trabajo decente en esta actuación. Había advertido a Helen que no era un buen mentiroso, y ahora, estaba haciendo un lío de esto. Haciendo un lío de Grace. La pobre chica.

«¡Sabes lo que quiero decir!» Grace gritó. «Sabes lo que odio. Cómo me pone la piel de gallina».

«Oh», dijo Vincente, finalmente recordando. Sí, él la había llamado «Gracie» una vez antes, y ella se había vuelto loca con él. Ahora había vuelto a hacer lo mismo. ¡Qué idiota era! «Lo siento Grace, se me olvidó por completo. Estoy muy cansado, no he dormido nada. Culpa mía... fue sólo un pedo cerebral».

El trío se rió y la risa continuó hasta que Grace la rompió con: «Si estás cansado, amor, vete a casa. Podemos ponernos al día mañana».

Vincente se lo pensó. Su huida estaba tan cerca que podía saborearla. Estaba desesperado por salir de allí, por poner fin a esta patética farsa. «Tengo un partido esta tarde, así que no podré volver de visita hasta esta noche».

«No pasa nada. Necesitas descansar para el gran partido», dijo Grace.

«Vincente», dijo Helen, »Grace y yo te agradecemos todo lo que has hecho para ayudar. Entendemos si necesitas irte a casa ahora. Te organizaré un taxi».

«No hace falta», dijo Vincente, »mamá llamó hace un rato y dijo que me esperaría fuera. Vio la nota que dejé y estaba preocupada».

«Me gustaría conocerla algún día», dijo Helen.

«¡Sí, a mí también!» Grace estuvo de acuerdo. «Siento que ya la conozco, desde que me enseñaste sus cuadros. Ese paisaje con el árbol y las vacas se convirtió especialmente en tema de conversación para las dos».

«¿El de... qué?». tartamudeó Vincente. Estaba totalmente confundido con lo que Grace acababa de decir. No le había enseñado ese cuadro a Grace, ni a nadie aparte de sus padres y abuelos. De hecho, había estado guardado desde que era niño. «¿Cuándo te enseñé el cuadro de mamá?», preguntó.

«Estaba sobre la repisa de la chimenea, en casa de tus padres».

Vincente se tambaleó hacia atrás. Helen le cogió. No tenía ni idea de qué iba aquel intercambio de palabras, pero Vincente parecía más afligido que Grace.

«¿Estás bien?» preguntó Helen, legítimamente preocupada.

«Estoy bien», dijo él, pero desde luego no estaba bien. Quería escapar, pero al mismo tiempo tenía que asegurarse de que estaban hablando del mismo cuadro. Tal vez Grace estaba simplemente confundida, «¿Y había algo especial, sobre la pintura? ¿Algo especial de lo que te conté?»

«Sí», dijo Grace con naturalidad. «Me dijiste que el cuadro te daba miedo cuando eras pequeña, porque creías que el árbol tenía cara. Por eso tus padres lo guardaron. Pero cuando fuimos a casa de tus padres, estaba allí, colgado sobre la repisa de la chimenea».

Vincente se quedó más que boquiabierto. Era verdad lo del cuadro, pero no lo de que estuviera colgado sobre la repisa de la chimenea. Eso nunca habría ocurrido. Se preguntó cómo era posible que ella supiera lo del cuadro.

Pero ahora el cuadro está en nuestra casa, en nuestra casa de Manly. Sigue guardado. Los dos pensamos que sería mejor guardarlo. Debes consultar con tu madre si le gustaría recuperarlo».

Vincente tropezó en la habitación con Grace, y murmuró algo como que sí, que lo haría. Distraído, susurró algo para sí mismo y luego para Helen. No tenía ni idea de cómo era posible que Grace supiera las cosas que parecía saber.

«Mamá», dijo Grace, »creo que te llevarías muy bien con la madre de Vincente, porque a las dos os gustan las mismas cosas, como los girasoles. La madre de Vincente tiene girasoles en la mayoría de sus cuadros y tú tienes girasoles por toda la casa».

«Es precioso, querida», dijo Helen.

«¡Y deberías ver las increíbles figuras que talla Vincente!».

Vincente se sentó con fuerza en la silla. Su rostro era ahora de un blanco fantasmal.

Grace continuó: «Tiene mucho más talento del que aparenta en otras cosas aparte de los deportes. Es un artista increíble por derecho propio. Debe de llevarlo en la sangre».

«¿Cómo, cómo pudiste saber de esos?» Vincente preguntó: «Están en mi dormitorio».

«¡Tu dormitorio!» Helen chilló.

«Y nadie las ha visto, nadie, excepto mi madre, mi padre y mis abuelos».

«Me las enseñaste, tonta, y nos las trajimos a nuestra casa de Manly. ¡Vaya! Debes de estar muy, muy cansada para haber olvidado tantas cosas. Deberías irte a casa y dormir un poco, Vincente».

Vincente se sentía como si le hubieran drenado la sangre del cuerpo, y también lo parecía.

«¿Quieres que te acompañe al coche de tu madre?» preguntó Helen. Estaba realmente preocupada porque parecía que iba a desmayarse. «¿Necesitas ver a un médico?».

Vincente sintió el impulso de darse la vuelta y salir corriendo, pero una parte de él también quería estirar la mano y besar a Grace Greenway.

¿Besar a Grace Greenway?

Era una necesidad, un deseo, contra el que había estado luchando en los últimos momentos. Se estaba conteniendo, emocionalmente. Pensó que tal vez estaba sintiendo un tirón de ella, una necesidad de ella. ¿Quizás porque quería que la besara?

Vincente se levantó y se acercó a la cama. Grace lo miraba, pero sus ojos estaban tranquilos, llenos de amor. Amor por él.

Se inclinó hacia ella y le besó la frente con calma.

Pero Grace tenía otros planes.

Movió la cabeza, sintiendo su vergüenza delante de su madre, para que él la besara en los labios. Luego lo atrajo hacia sí, se aferró a él y él se relajó en el abrazo. Ella lo sujetaba con tanta fuerza que él no podía soltarse, y muy pronto no quiso hacerlo.

De alguna manera, ella llegó a lo más profundo de él. Estaba perdido, perdido en ella. Cuando recuperó el aliento y se apartó, se quedó mirando fijamente, como si acabara de abrirse una ventana en su corazón.

No sabía cómo ella sabía las cosas que sabía. Él no le había dicho nada de eso, y aun así ella lo sabía, de alguna manera. Estaba excitado y asustado al mismo tiempo. Quería y necesitaba salir de allí.

Sin embargo, una parte de él quería besarla una y otra vez. Y otra parte quería correr, y seguir corriendo y corriendo y corriendo.

«Cariño», dijo Helen, "creo que Vincente debería irse ya". Se dio cuenta de su comportamiento robótico. Era como si estuviera hechizado.

«Buenas noches, Sr. Marino», dijo Grace.

«Buenas noches, señora Marino», dijo Vincente por impulso. Ella esbozó la sonrisa más grande, como si el cielo se hubiera abierto y estuviera derramando sol dorado sobre él. Se pasó los dedos por el pelo y salió de allí dando marcha atrás.

Una vez que cruzó las puertas, empezó a correr.

Bajó ocho tramos de escaleras.

Y salió a la calle.

Habría seguido corriendo hasta casa si su madre no le hubiera hecho señas antes.

CAPÍTULO 17

«¿VA TODO BIEN, VINCENTE?» preguntó Ellen Marino a su hijo. Vincente tenía las mejillas sonrojadas y murmuraba en voz baja mientras ella se dirigía hacia él. Ella le abrió los brazos y él se dejó caer en ellos con un suspiro audible. Ella le acarició la cabeza como solía hacer cuando era pequeño. Esta conexión emocional le provocó un sollozo incontrolable.

«Ya está, ya está», le dijo ella.

Aunque Vicente se sentía cálido y seguro, no podía dejar de pensar en Grace. Intentó vivir el momento, pero ni siquiera las palabras tranquilizadoras de su madre pudieron calmar su mente.

Mientras se acurrucaba en el abrazo de su madre, su cerebro reproducía una canción infantil una y otra vez en su mente: «Vincente y Gracie, sentados en un árbol k-i-s-s-i-n-g».

No podía explicarle a su madre cómo se sentía. Ni él mismo podía entenderlo.

Sin embargo, no podía sacarse ese beso de la cabeza. Y fue un beso hermoso. Un beso más profundo y memorable que cualquier otro que hubiera experimentado, y sin embargo... ¿por qué lloraba como un bebé?

Vincente se apartó de su madre. Intentó recomponerse.

Ellen miró a su hijo a los ojos y le acunó la barbilla entre los dedos. Le besó en la frente. Perdió el control y empezó a sollozar de nuevo.

«Dime, Vincente, ¿qué te pasa? La chica, tu amiga... ¿ha muerto?».

«Vincente gritó «¡No!» más fuerte de lo que esperaba. Se apartó, aterrizando firmemente con la espalda contra la pared. Tenía los puños cerrados y se sentía enfadado, triste y feliz, como si todas las emociones posibles se hubieran abalanzado sobre él como un tsunami.

«¡Háblame!» le dijo Ellen.

«Quiero irme a casa, mamá. Sólo quiero irme a casa». dijo Vincente mientras contenía las lágrimas. Se sentía como un tonto.

Ellen estrechó la mano de su hijo entre las suyas, como siempre había hecho cuando era pequeño. Hasta aquel día en que cumplió nueve años y ya no la dejó cogerle la mano. Pero esta noche, no discutió cuando sus dedos rodearon los suyos y luego apretaron más fuerte. Fuera lo que fuera lo que molestaba a su hijo, era malo. Tan malo que no podía controlar sus emociones.

Vincente Marino no era de los que lloraban, ni siquiera cuando le hacían daño de pequeño. Siempre intentaba poner buena cara. Sobre todo cuando los demás lo miraban. Normalmente, cuando estaban solos, era diferente. O lo había sido, hasta hoy.

Cuando se abrocharon los cinturones, Vincente volvió a pensar en Grace. Esta vez no al beso. En su lugar, pensó en cómo sabía ella las cosas que sabía. Como el cuadro, ¿cómo podía saber de ese cuadro en particular? Era imposible para ella inventarlo o adivinar las cosas de las que parecía tener conocimiento.

«¿Adivina qué pasó ayer?» preguntó Ellen.

«No lo sé, mamá».

«¡Bueno, vendí otro cuadro!»

«¡Grandes noticias mamá! ¿Cuál era esta vez?»

«Ni siquiera estoy segura de que lo recuerdes. Lo pinté hace mucho, mucho tiempo».

«Seguro que me acordaría, mamá. Apuesto a que puedo adivinar cuál era. Apuesto a que era el del campo lleno de flores silvestres, tan realista que casi podías olerlas».

«Oh, eres un hijo encantador, gracias. Pero no, era uno que pinté hace unos años, cuando eras pequeño. Lo guardé porque algo en él te asustaba».

Vincente se irguió. Ahora escuchaba con atención. No podía ser.

Ella continuó, ajena a la creciente tensión de Vincente: «Está en un campo, con un gran árbol y una vaca».

Era el mismo cuadro. Exactamente el mismo cuadro del que había hablado antes con Grace Greenway. ¿Quizás se había publicitado la venta? Eso explicaría que Grace lo supiera. Se golpeó en la frente. ¡Sí, eso lo explicaría todo!

«Ocurrió anoche. Un comerciante privado se enteró y vino a verlo, luego lo compró en el acto para su cliente. Ahora se marcha a Europa y va a recogerlo cuando vuelva».

«Entonces, la venta, ¿no se ha publicitado de ninguna manera?».

«No, ¡ni siquiera se lo he dicho a tu padre todavía!»

Grace no podía haber oído hablar de ello a menos que conociera al hombre. No, con su condición y todo, no podía ser.

Mientras conducían por las calles de la ciudad, Vincente estaba decidido a no pensar en nada. Ni en el cuadro. Ni en Grace. Ni en el beso. Especialmente en el beso.

CAPÍTULO 18

CUANDO VOLVIERON A CASA, Ellen le preguntó a Vincente si se encontraba mejor. Su respuesta fue un vago gruñido, lo que significaba que volvía a sentirse como antes. Ella le ofreció comida, pero él dijo que no tenía hambre.

«Estoy agotado, mamá», confesó. «Quiero dormir un poco».

«Tengo que preguntarte, antes de que te vayas, si la chica que fuiste a ver...»

«¿Grace?»

«Sí, ¿Grace está mejorando?»

«Sí, está eh, mejorando», dijo Vincente mientras doblaba la esquina y ponía el pie en el escalón. Se dio la vuelta y miró a Ellen: «Pero me vendría muy bien un favor».

«¿Quieres que pase a ver a Grace?».

«No, pero gracias. Lo que realmente me gustaría es que llamaras al entrenador. Dile que no me encuentro bien, para que pueda descansar unas horas más antes del partido».

«Vincente, ya sabes lo que nosotros -tu padre y yo- pensamos del deporte. Debes ir a la escuela, hacer un día normal en la escuela o no podrás jugar».

«¡Pero éste no ha sido un día normal, mamá!», protestó él. "He estado toda la noche en el hospital y estoy más que cansado".

«Vale, cariño», dijo ella, »lo dejaré pasar esta vez. Ahora vete a la cama».

Arriba, en su habitación, Vicente buscó el pijama sin éxito. Demasiado cansado, se metió en la cama sólo con su ropa interior negra.

Dando vueltas en la cama, Vincente se dio cuenta de que estaba demasiado cansado para dormir. También estaba bastante excitado por el café y por la actuación de antes, que no le había valido un Oscar.

El problema era que Grace no había estado actuando. Ella creía cada palabra que decía, y él lo sintió en su beso. Estaba volcando su corazón y su alma en él.

Corrió las cortinas y observó el árbol que se mecía en la ventana al capricho del viento. Las gotas caían sobre el cristal como lágrimas perladas.

A medida que las gotas caían, una a una, el árbol se mecía, y los sonidos y los movimientos parecían administrarle a Vincente como una canción de cuna. En unos instantes se quedó profundamente dormido.

CAPÍTULO 19

«¿GRACE? GRACE, ¿DÓNDE ESTÁS?» gritó Vincente mientras subía corriendo los escalones que llevan a la Ópera de Sydney. Ya casi allí, continuó llamándola como si esperara encontrarla sentada en lo alto de las gigantescas velas blancas en forma de merengue.

Después de buscar por la zona de Rocks, empezó a correr por George Street, en dirección a Parramatta Road. Gritó el nombre de Grace una y otra vez, hasta que se sintió tan agotado por el ardiente sol de Sydney que las gaviotas, las cacatúas y los cuervos parecían estar gritando también.

Tenía que encontrar a Grace. Tenía que hacerlo.

En Parramatta Road, en un aparcamiento de coches nuevos, le llamó la atención un Ferrari rojo. Era un descapotable, con la capota bajada, y se subió. Los neumáticos chirriaron al salir del aparcamiento. ¿Dónde demonios estaba Grace? Tocó el claxon. ¿Dónde estás, Grace?

Vincente encendió el estéreo y sonó una canción que no conocía, una ñoña canción de amor. Al principio quiso cambiar de canción, pero algo en ella le hizo dejarla.

Cuando la canción terminó, la pantalla del equipo de música mostró que se trataba de un dúo de dos cantantes pop. La canción vuelve a sonar. Inmediatamente, Vincente cambia de canción y vuelve a escuchar la misma, pero esta vez interpretada por dos cantantes de rhythm and blues. Vuelve a pulsar el interruptor y se encuentra con la misma canción, pero cantada por dos cantantes de country. ¿Qué clase de CD era éste? En todas las pistas sonaba la misma canción. Intentó expulsar el disco, pero el icono mostraba que la ranura estaba vacía. ¿Pero qué...?

Vincente pisó el freno de golpe, lo que hizo que el vehículo diera un giro de 180 grados y se detuviera por completo. «Grace», gritó, "Grace Marino, ¿dónde demonios estás?". Apoyó la cabeza en el volante, exasperado, justo cuando las voces de las dos cantantes de pop volvían a llenar el aire nocturno. Pero Grace no aparecía por ninguna parte.

Vincente estaba solo en un deportivo, el coche de sus sueños -el coche de sus sueños-, pero no significaba nada para él sin Grace a su lado. «¡Ni siquiera es mi tipo!», exclamó al salir. Esta vez apagó el equipo de música, pero aquella maldita canción seguía sonando una y otra vez en su cabeza.

Al entrar en una rotonda, Vincente perdió el control del coche y lo estrelló contra un árbol. El capó del coche quedó aplastado hacia dentro, pero él estaba vivo. Respiraba con dificultad. Salía humo de debajo del capó mientras susurraba al aire: «Grace».

Su susurro fue respondido: «¿Vincente?»

«¡Gracia!», repitió. Vincente se incorporó, ahora alerta, y dijo al aire: «Grace, ¿dónde demonios estás?».

Tenía algo en el puño. Era un trozo hecho bola de su camisa. Ahora era roja, roja con su sangre caliente y espesa. Y cuando abrió el puño, tomó forma: la forma de un corazón.

Y cuando cerró el puño y cantó en voz alta el estribillo de aquella canción romántica y volvió a abrirlo, volvió a tener forma de corazón.

Entonces el dolor empezó a punzarle, y se dio cuenta de las manchas. Grandes gotas de sangre goteaban sobre el suelo, y también cubrían poco a poco el asiento y el suelo. Las gotas colgaban del retrovisor y del interior del parabrisas.

Había sangre por todas partes, en el suelo, las paredes y el techo. «¡Grace!», gritó por última vez antes de cerrar los ojos y desaparecer en la oscuridad.

CAPÍTULO 20

C UANDO VINCENTE SE DESPERTÓ, el sol se asomaba a su habitación por un resquicio de las cortinas. Al principio, no recordaba dónde estaba. Es cierto que estaba en su cama, pero fuera de las sábanas. Estaba a salvo. Todo había sido un sueño de locos. Se rió al pensar que podía haber sido cualquier otra cosa.

Miró por un momento sus premios de atletismo, antes de fijarse en las figuras talladas. Se dio cuenta de que faltaba una. La primera que había creado: El aborigen. La buscó por todas partes, pero ya no estaba.

Una cucaburra gritó y su risa llenó el aire mientras Vincente reflexionaba sobre la figura desaparecida. Una mosca zumbó a su alrededor y él la apartó con un gesto de la mano.

Vincente miró la hora y se dio cuenta de que llegaba tarde. Había dormido todo el día y ahora iba a llegar tarde al partido si no se ponía las pilas. No podía defraudar al equipo.

Vincente entró corriendo en el cuarto de baño, se echó agua en la cara, se lavó los dientes y sacó la lengua. Parecía que no hubiera dormido en semanas.

Se palpó la barba incipiente en la barbilla y volvió a mirar el reloj. No tenía tiempo para afeitarse, así que se echó un poco de aftershave y desodorante. Después se puso unos vaqueros negros y una camiseta y bajó casi toda la escalera de un salto.

A Vincente no le hizo sentirse mejor saber cuánto le necesitaba el equipo. No se enorgullecía de que fuera la pura verdad. Pero los demás jugadores, sus compañeros, nunca se lo reprocharon. Sabían que tenía un don, pero a veces deseaba que la presión recayera sobre los hombros de otra persona, no sólo sobre los suyos.

Una vez abajo, cogió una botella de agua de la nevera y llamó a su madre. Cuando ella no respondió, no se preocupó. Sabía dónde la encontraría: fuera, en el porche, pintando.

Efectivamente, estaba allí, trabajando, perdida en su mundo de creatividad. Él se quedó allí, observándola durante un momento, absorbiendo su espíritu creativo, antes de que ella se diera cuenta de que él estaba allí. Cuando lo hizo, fue como si una cadena de pensamientos creativos se hubiera roto, pero ella se volvió increíblemente feliz de verle.

«Ah, estás despierta, ¿cómo te sientes amor?», preguntó, mientras Vincente se inclinaba para besarla en la frente. Entonces Vincente saltó por encima de la barandilla y aterrizó como un gato en el jardín. «¡Cuidado con las flores!», exclamó. Luego, mirando al cielo melancólico, dijo: «Espera, voy a buscarte un paraguas».

«No es necesario», respondió Vincente. «¡Correré y ninguna de las gotas de lluvia podrá atraparme!». Vincente echó a correr, rápido, y sólo se volvió unos segundos para despedirse con la mano.

CAPÍTULO 21

DE VUELTA AL HOSPITAL, Grace echaba de menos a Vincente. Quería estar sola, con su marido. Quería que las cosas fueran como antes, los dos solos en el mundo.

Cerró los ojos y recordó su beso más compartido. Él se había contenido, no, había dudado.

Helen gimió en sueños y luego se despertó, bostezando de forma notable. Se estiró y se incorporó, mirando directamente al otro lado de la habitación, sólo para descubrir que su hija la había estado observando. «Siento haberme quedado dormida», le dijo. «¿Cómo estás hoy?»

«Bien. Llevo horas despierta. Pensando».

«¿Pensando en qué? En Vincente, supongo», dijo Helen.

«Sí, he estado pensando en él desde que me desperté».

Helen volvió a estirarse y bostezó.

«Estabas roncando mamá».

«¡Yo no ronco!», dijo ella.

«¡Seguro que sí, y la próxima vez tendré que grabarte para que sepas lo fuerte que roncas!».

«Estaba soñando con tu padre; le echo de menos».

«Yo también le echo de menos, mamá», dijo Grace, dándose cuenta de que era el momento perfecto para pedirle ayuda.

Grace respiró hondo y cruzó los dedos.

CAPÍTULO 22

«MAMÁ, ECHO DE MENOS pasar tiempo con mi marido».

«Sé que sí lo quieres, pero Vicente aún tiene responsabilidades con su familia y tiene deberes escolares y deporte. Vosotros dos sois jóvenes. Tenéis mucho tiempo».

«Pero somos recién casados y deberíamos pasar más tiempo juntos».

«Primero tienes que ponerte bien», dijo Helen, después de levantarse e ir hasta la cama de su hija y tomar sus manos entre las suyas. «Tienes que concentrar tu energía en curarte, para que podamos volver a casa».

«Sí quiero ir a casa mamá, pero quiero ir a nuestra casa».

«Sí, eso es lo que quiero decir, amor».

«No, no a tu casa, sino a nuestra casa, a la mía y a la de Vincente».

Helen respiró hondo. Sabía que Grace estaba fantaseando, y tenía que seguirle la corriente, pero esto de mentir se le estaba haciendo cada vez más difícil. Hace menos de setenta y dos horas que te operaron. Puede que no te des cuenta de lo cerca que estuviste de la catástrofe, pero yo sé lo cerca que estuvo y no quiero correr ningún riesgo contigo. Sigues bajo estricta observación aquí. Órdenes del médico».

«¿Me dejarán ir a casa entonces?» Grace preguntó.

«Sí, cuando estés totalmente recuperada».

«¿Pero cuánto tiempo? ¿Cuánto tiempo llevará?»

«El doctor Ackerman dijo que hoy necesitan tomar nuevas muestras de sangre. Puede que tengan que cambiar su medicación. Aquí estás bajo los mejores cuidados».

«Lo sé, pero quiero estar con mi marido».

Helen intentó cambiar de tema. «Háblame un poco de tu casa. ¿Dónde estaba?»

«Nuestra casa está en Manly, justo en la playa».

«¿En la playa dices?» Helen sabía que los inmuebles de esa zona valían millones. Preguntó si les había tocado la lotería.

«Claro que no, mamá. El dinero no era problema. Antes de esa casa, nos mudábamos y alojábamos en hoteles».

«¿Y cómo os ganabais el pan? ¿Trabajabais? ¿Cómo os ganabais la vida? ¿Comprando comida y ropa para vosotros?»

«Como el dinero no significaba nada, simplemente salíamos al mundo y cogíamos todo lo que necesitábamos. Entonces éramos sólo nosotros dos, no hacía falta dinero. Sobrevivíamos con abundancia de todo, incluido nuestro amor mutuo».

Esto no llevaba a ninguna parte. Helen dijo: «Voy a casa a cambiarme y me preguntaba si querrías que te trajera algo más... ¿como tu portátil? ¿O algún otro libro?»

«Estoy bien, mamá. No quiero nada más que a mi marido. Además, tengo esta pila de libros aquí, que he estado leyendo. Aún tengo problemas para concentrarme durante períodos prolongados. Parece que no puedo concentrarme. Lo que realmente necesito, mamá, es tu ayuda para convencer a los médicos de que dejen a Vincente pasar la noche aquí conmigo. Eso es lo que más necesito».

«Honestamente Grace, ¡pensarías que la vida antes de Vincente Marino nunca existió!»

«Parece como si hubiéramos estado juntos toda una vida y ahora estuviéramos separados, sin culpa alguna», dijo Grace. «Le echo mucho de menos. Es diferente cuando estás tú o están los médicos. No es él mismo. Necesitamos estar solos, como los recién casados».

«Grace, estará aquí pronto, cuando termine el partido. Pero no es bueno que estés tan angustiada y alterada. Intenta concentrar tu energía en ponerte bien. Déjamelo a mí y veré qué puedo hacer por ti, si ahora te portas bien y cierras los ojos».

Grace se recostó en la almohada y Helen le cerró los ojos de un beso, como había hecho cuando era pequeña. Sus párpados se agitaron bajo su tacto, como dos mariposas. Dijo: «Vincente volverá antes de que te des cuenta».

«Por favor, mamá, pregunta a los médicos si puede pasar la noche conmigo en esta habitación. Por favor. Una noche. Sólo te pido una noche».

«Se lo pediré», dijo Helen, mientras salía de la habitación. En el fondo de su corazón, sabía que eso nunca ocurriría.

De ninguna manera Vincente Marino iba a pasar toda la noche solo en la misma habitación con su hija. Y menos cuando Grace creía que eran marido y mujer.

«¡Sobre mi cadáver!» se dijo Helen mientras cerraba la puerta de la habitación de Grace.

CAPÍTULO 23

LOS DOS AMANTES PASEABAN por la playa, cogidos de la mano, totalmente inmersos el uno en el otro. De vez en cuando se detenían para besarse. Luego seguían caminando un poco más, deteniéndose a escuchar el sonido de las olas rompiendo en la orilla.

«¡He perdido mis anillos!» exclamó Gracia.

Vincente le dijo que no se preocupara. Le dijo que los encontrarían y que, si no los encontraban, le compraría más anillos. Le dijo que, aunque los anillos tenían un valor sentimental, se podían reemplazar. Los anillos eran círculos vacíos, mientras que su amor era pleno y redondo y estaba centrado en lo más profundo de sus corazones.

«Antes los tenía, pero ahora ya no están. ¿Me los habrá robado una enfermera? ¿Quizá me los quitaron cuando me operaron?».

«Grace, ¿por qué te preocupas tanto? No te preocupes. Los encontraremos», la tranquilizó Vincente.

«Los anillos han desaparecido y me tienen prisionera en este hospital. Me parece que llevo aquí una eternidad».

«Puedes entrar y salir cuando quieras, mi amor», dijo Vincente.

Caminó frente a ella, de espaldas y de frente a Grace. Le tendió las palmas de las manos abiertas y ella las tomó entre las suyas. Conectados de nuevo, siguieron caminando por la playa. Así mantuvieron el contacto visual, compartiendo pensamientos sin palabras.

«Aunque me digas que puedo irme, no puedo. No me dejarán marchar».

«¿Estás teniendo una pesadilla, mi amor?» preguntó Vincente. «Despierta ahora y todo irá bien. Te lo prometo».

«No», dijo Grace. «Es al revés. Es todo al revés. Cuando me despierto, eres diferente. No somos los mismos. »

«¿Qué somos entonces, amor?» Vincente preguntó.

Pero no hubo respuesta.

CAPÍTULO 24

HELEN PUDO LOCALIZAR AL doctor Ackerman, o acorralarlo, según quién contara la historia. Le explicó que Grace quería pasar la noche en su habitación a solas con su supuesto marido.

El doctor Ackerman no reaccionó como si esta sugerencia fuera una sorpresa. De hecho, se había anticipado a tal petición.

«¿Por qué no me avisó entonces?» preguntó Helen.

«Podría no haber ocurrido nunca», explicó el doctor Ackerman. «Y tú habrías estado preocupada y tu respuesta a Grace podría haber parecido poco natural».

«Entonces, ¿qué vamos a hacer? No podemos dejarla sola toda la noche en esa habitación con ese chico. Es tan engreído que podría aprovecharse de ella y de la situación».

«Helen, tu hija aún está en el proceso inicial de recuperación. Tengo que decir que lo mejor sería seguirle el juego a esta ilusión. De hecho, llevarla al límite incluso, porque puede ser la única manera de que Grace se libere de la fantasía y elija la realidad.»

«Entonces, ¿quieres decir que él se queda ahí con ella y ella se da cuenta de que él no es quien cree que es?».

«Sí, ya te has hecho una idea. Si él no es quien ella cree que es, si su imagen se resquebraja en el espejo de su mente, entonces y sólo entonces puede aceptar la realidad, refutar lo ficticio y volver a ser Grace.»

«¿Y el chico? ¿Quién lo convencerá? Especialmente cuando él no ve a Grace de la misma manera que ella lo ve a él. No tiene nada que arriesgar, y fingir que juegan a las casitas, como si fueran un matrimonio de verdad puede ser demasiado pedir.»

«Vincente no tiene nada que arriesgar, pero tiene todo que ganar. Cuando termine este episodio, podrá volver a su antigua vida. Ya no necesitará actuar, venir al hospital, fingir que es algo que no es. Seguramente, será suficiente incentivo para que nos ayude». Ackerman sugirió.

«Cierto, no lo había pensado de esa manera», dijo Helen. «De hecho, ahora que lo planteas así, estoy deseando que ocurra, y cuanto antes mejor. Sólo hay un problema. ¿Y si Grace se enamora de Vincente y desea que comparta el lecho conyugal?».

«Sí, eso podría ser un problema», confirmó el doctor Ackerman.

«Bueno, hay que advertir al chico de que Grace puede, en su actual estado mental, tener ciertas expectativas para la velada, que él no debe corresponder bajo ningún concepto», dijo Helen.

«Estoy segura de que podemos convencerle de que 'juegue el juego' sin ir demasiado lejos».

«Pero, es un hombre», dijo Helen. «No se ofenda. Está acostumbrado a que las chicas se le echen encima y le den todo lo que quiere».

«Envíame al chico, para charlar, después de que hayas hablado con él. Le explicaré las cosas de hombre a hombre».

«¿Qué razón debo darle?», preguntó Helen. «¿Qué razón tienes para hablar con él?».

«Sólo envíamelo después de tu conversación, Helen. Yo haré el resto».

Helen miró su reloj. «Se espera que Vincente visite a Grace en cualquier momento. Abordaré el tema con él y luego le enviaré a verte».

«¿Y cómo explicarás tu tête-à-tête a tu hija, por no hablar de su repentina desaparición?».

«Entretendré a Grace. Me ha pedido que organice una estancia para él, y le diré que estoy trabajando en ello».

«Parece un buen plan», dijo el doctor Ackerman.

«Entonces enviaremos a Vincente a casa esta noche, para que recoja su ropa, etcétera, y la gran noche será mañana por la noche».

«Sí.»

«Dependo de usted para proteger a mi hija».

«No se preocupe, me ocuparé de ello», dijo el doctor Ackerman.

Helen se quedó un momento fuera de la habitación de su hija mientras recapacitaba. Cuando por fin estuvo preparada, respiró hondo y miró por la ventana antes de abrir la puerta.

CAPÍTULO 25

GRACE ABRÍA CAJONES y volvía a cerrarlos. Cuando Helen entró en la habitación, Grace dijo: «¡Menos mal que estás aquí, mamá! Menos mal!»

«Nunca estoy lejos», dijo Helen, mientras rodeaba con el brazo la cintura de su hija y la guiaba de nuevo hacia la cama. Helen contempló el rostro de su hija. Una cosa resonó en su mente, algo que no había notado antes: Grace ya no era una niña pequeña.

«¡Mamá, no encuentro mis alianzas!».

«Cariño, ya me las habías mencionado antes, ¿recuerdas?». repitió Helen. «No podían haber ido muy lejos; ¿ahora sí?». Entonces se sintió increíblemente triste. Su hija seguía buscando cosas que no existían. Lloriqueó un poco, pero volvió a serenarse antes de que Grace notara el cambio de humor.

«¡Juré no quitármelos nunca, y ahora, ya no están!». exclamó Grace.

Por un momento, Helen se imaginó sacudiendo a su hija, obligándola a espabilar, a enfrentarse a la verdad. Pero era una batalla que Helen no podía permitirse librar sola. Necesitaba el apoyo del personal médico antes de hacer estallar las fantasías de su hija.

Al otro lado de la habitación, Grace despotricaba: «¿No ves que tienes que ayudarme, mamá? ¿Quizá se cayeron, aquí debajo?», preguntaba mientras se agachaba al suelo y buscaba debajo y en cada rincón.

Cuando se quedó sola, Grace le dio vueltas a todas y cada una de las razones por las que la actitud de Vincente podía haber cambiado hacia ella. Decidió que era porque había perdido los anillos. Derrotada, se sentó en el suelo y empezó a llorar.

Helen se arrodilló a su lado y tomó sus manos entre las suyas. Iba a hablar, pero Grace abrió la boca primero y gritó: «Tengo que encontrarlos antes de que vuelva Vincente. Cuando los encuentre, volverá a ser el de antes. Entonces volverá a ser mi Vincente».

«Cariño», dijo Helen, levantando la barbilla de su hija para que sus ojos estuvieran a la altura. «Tus anillos no pueden estar muy lejos. ¿Quizás te los quitaron cuando te operaron? Sí, eso lo explicaría todo», reprendió Helen mientras levantaba a su hija. Cuando vio una chispa de posibilidad en sus ojos, continuó. «Sí, seguro que están esperando a que te den el alta».

«¿Pero no pueden devolvérmelos ahora?». preguntó Grace. «¡Ni que estuviera en la cárcel!».

«Cierto, no estás en la cárcel, pero a veces los hospitales tienen normas para mantener a salvo las cosas de sus pacientes», dijo Helen. «¿Quieres que pregunte por ellas? ¿Preguntar si podrían hacer una excepción a la regla para ti?».

«¡Sí, mamá! Sí, por favor».

Helen pensó en cómo iba a preguntar por unos anillos que no existían. Estaba claro que su hija no iba a olvidarse de los anillos. Tenía que volver con una respuesta o con los anillos.

«Grace, estaba pensando. ¿Recuerdas la primera vez que viniste al hospital? ¿Llevabas los anillos entonces?»

«¡Claro que no!» exclamó Grace. «Entonces no estábamos casados».

«Entonces, ¿fue más tarde, después de casaros, cuando Vincente os trajo de nuevo al hospital?».

«Sí», dijo Grace.

«Quizá podrías describírmelos, por si necesito identificarlos».

«Sí, buena idea. O tal vez los pusieron en la cámara acorazada con el nombre del paciente equivocado, ¡y alguien más tiene mis anillos! Espero que no».

«No te preocupes por eso ahora, dime cómo son. Seguro que eran preciosos». se tranquilizó Helen.

«Sí, Vincente tiene un gusto maravilloso. Mi anillo de compromiso tiene forma de corazón con diamantes alrededor. Mi alianza tiene estrellas de oro alrededor, y dentro de cada estrella hay un diamante. Simplemente tengo que encontrarlos mamá».

Helen dio un paso atrás. Hizo una pausa antes de preguntar: «¿Y dónde compraste esos anillos? Parecen caros. Probablemente deberíamos asegurarlos».

«En una pequeña joyería de George Street, especializada en artículos únicos».

«¿Qué final de la calle George? Es una calle muy larga», preguntó Helen.

«Cerca del final de Circular Quay, cerca de The Rocks».

«De acuerdo, Grace», dijo Helen. «Veré lo de tus anillos. Cruzo los dedos para que los vuelvas a tener en tus dedos muy pronto».

Helen no tenía elección, tenía que ir a la joyería y describir los anillos al joyero. Tenía que averiguar si él conocía algún anillo de ese tipo o si tenía algo parecido en la tienda.

Helen cerró la puerta tras de sí. Se quedó quieta, con la espalda apoyada en la pared, pensando. Helen Greenway tenía ahora algunas cosas claras. Una era que su hija creía que había estado en el hospital bastante tiempo, mucho más de lo que había estado en realidad.

La segunda era que Grace creía que ella y Vincente se habían enamorado y habían abandonado juntos el hospital. Se habían casado y habían vuelto algún tiempo después. Algún tiempo después de que vivieran juntos durante un tiempo y tuvieran tiempo suficiente para formar un hogar.

Y por último, había descubierto que los supuestos anillos se habían comprado en la localidad. En una joyería con la que Helen estaba familiarizada. Una joyería donde pagar miles de dólares por un solo artículo se consideraba modesto. Si se trataba del mismo joyero, ¿cómo habían pagado Grace y Vincente unos anillos tan caros?

Helen respiró hondo y luchó contra un ataque de nervios. Quería salir corriendo. Se sintió culpable por querer huir y se sintió culpable por no saber qué hacer. Se dio permiso para salir corriendo.

«¡Taxi!» Helen hizo una señal y uno se detuvo en la acera. «Lléveme a The Rocks y déjeme cerca de George Street», dijo Helen. «Busco a un joyero, un joyero muy exclusivo y caro. No sé la dirección, pero está en George Street».

«Sí, la conozco», confirmó el conductor mientras se alejaba.

Helen se sentó atrás, preguntándose por qué se dejaba arrastrar tanto por algo que sabía que no era cierto.

Sentada en medio del tráfico, escuchando el claxon y las sirenas, no podía responder a su propia pregunta.

CAPÍTULO 26

A VINCENTE MARINO LO sacaron del campo a hombros de sus compañeros. Una vez más, Vincente había llevado a su equipo a la victoria. Para mostrar su agradecimiento, coreaban su nombre repetidamente.

Vincente estaba eufórico. Su actuación había superado incluso sus propias expectativas.

Mientras lo lanzaban por los aires, giró la cabeza un momento y captó la mirada de Missy Malone. Estaba saltando. Admiró lo mona que estaba cuando todo rebotaba sincronizadamente. Ella le lanzó un beso y él asintió con la cabeza.

Cuando llegó al campo, Missy corrió a su lado. La había visto dirigirse hacia él con los labios fruncidos. Dejó que lo cogiera. Dejó que lo besara con todas sus fuerzas, pero no sintió nada por ella.

El beso de Grace Greenway superaba a todos los besos de Missy Malone juntos. Ella nunca creería esa verdad ni en un millón de años. Apenas podía creerlo él mismo.

Aun así, independientemente de lo que sintiera por ella, Vincente sabía que Missy se aferraría a él, aunque no respondiera.

¿Por qué? Porque Missy Malone se consideraba cómplice de Vincente. Ella pensaba que iban juntos como los Lamingtons y el coco, como el vegemite y la tostada, como la tarta y las patatas fritas.

Si quería dejarla ir, tendría que ser brutal. Tendría que decirle, directamente, que ya no la quería. Tendría que decirle que se fuera.

Vincente la miró ahora, lo bonita que era. Qué dulce y llena de expectativas. Luego miró a sus compañeros de equipo, que seguían vitoreando su nombre y lanzándolo al aire, y cualquier pensamiento sobre Missy voló de su mente. Ella no significaba nada para él.

Por un momento, la mente de Vincente volvió al hospital y miró el reloj. El horario de visitas se acababa. Tenía que ver a Grace. Había prometido visitarla.

Lo peor era que ahora estaba soñando con ella. Se preguntó si debía romper la promesa. Dejarla en la estacada. Entonces tal vez podría tratar de olvidarse de ella. Quizá entonces ella también intentaría olvidarse de él.

Pero eso no resolvería nada, ya que Grace Greenway estaba atrapada en una fantasía romántica. Estaba atrapada en un sueño, que en ese momento creía real. El poder de su sueño se había hinchado en su interior con aquel beso. Por un momento, incluso creyó que era real. Que él la amaba, y ella a él. Se sintió real. Sólo por un instante.

Vincente se estremeció, casi haciendo que sus compañeros lo dejaran caer sobre el asfalto. Lo levantaron y continuaron recitando.

Aburrido de todo aquello, Vincente volvió a pensar en Grace, sabiendo muy bien que nada podía salir de esa línea de pensamiento. Pasara lo que pasara entre ellos, Grace Greenway no era para él. Sencillamente, no era su tipo.

La multitud se unió al cántico y avanzó. Vincente se separó y pidió que le dejaran en el suelo. Les dijo a los chicos que tenía que marcharse un par de horas para cumplir una promesa a un amigo.

Decepcionados por la noticia, corean aún más su nombre. Vincente saludó y prometió que volvería más tarde.

Le pidieron que se quedara. Se amontonaron a su alrededor. Lo encerraron. Atrapándole.

Missy Malone también se acercó. Ella y los demás le cerraron el paso.

Vincente sentía que le debía una explicación a Missy, pero ni siquiera podía explicarse las cosas a sí mismo en este momento. Sabía que si Missy se enteraba de lo de Grace, causaría problemas. No es que ella estaría celosa, exactamente. Ella nunca creería que él preferiría a Grace antes que a ella. Por no hablar de los chicos, ¡pensarían que había perdido la cabeza!

Vincente recordó una vez más el beso que Grace y él habían compartido.

Se estremeció. «Todo es una fantasía. Y hasta yo me estoy dejando atrapar por ella».

Imaginó lo que pasaría si le dijera a la pandilla que Grace Greenway creía que él y ella estaban casados.

Ella se convertiría en el hazmerreír y él junto a ella. Nunca le dejarían olvidar este estado matemático de Grace.

«¡Nos vemos luego!» gritó Vincente, mientras se abría paso entre la reacia multitud y salía del recinto escolar.

Una vez cruzadas las puertas, corrió y corrió y corrió, negándose a aminorar el paso.

Missy le observó. Se cruzó de brazos, segura de que Vincente Marino volvería. Porque sabía que Vincente Marino nunca se cansaría de ella.

CAPÍTULO 27

HELEN REGRESÓ AL HOSPITAL sin anillo.

Grace estaba sentada en la cama con las manos juntas, los ojos fijos en la puerta esperando el regreso de Helen.

Cuando Helen vio a su hija a través del ojo de buey, parecía que estaba conteniendo la respiración. Sin embargo, como su piel no estaba azul, debía de estar respirando. Eran respiraciones muy superficiales.

Helen repasó lo que pensaba decirle a Grace, que no era nada. Su intención era desviar la atención de su hija hacia otras cosas.

El joyero había sido de gran ayuda. Cuando Helen describió los anillos, él supo exactamente a cuáles se refería. Dijo que habían desaparecido hacía unas semanas. Él y el propietario habían revisado repetidamente las grabaciones de vídeo de vigilancia. Los anillos simplemente estaban allí en un momento y al siguiente ya no estaban. POOF. Sin explicación. Muy extraño.

«¡Mira tu pelo, Grace!» Helen exclamó. «Vincente vendrá pronto de visita y tienes que estar guapa para tu marido».

Grace se examinó en el espejo. Decidió que su madre tenía razón, se sentó y Helen empezó a peinar y peinar a su hija como había hecho muchas veces antes.

Grace se relajó. Helen recogió su neceser de maquillaje y le aplicó una ligera base de polvos, seguida de un poco de colorete. Grace sonrió, feliz de compartir estos momentos madre e hija.

Pronto, Vincente hizo notar su presencia por el roce de sus zapatos.

Divisó a Grace, sentada con Helen tocándose el pelo, y la escena que tenía ante sí le hizo sonreír. Decidió sin demora que tallaría este momento en madera. Dirigió una sonrisa a Grace.

Grace se levantó de un salto e inmediatamente escondió las manos. No quería que él la tocara. No quería que se diera cuenta de los anillos perdidos.

Él la atrapó con su sonrisa, atrayéndola hacia él como un imán. Resistirse fue inútil.

Cuando sus labios se encontraron para un beso de bienvenida, saltaron chispas, en ambos lados. Grace se acercó para llevar el beso a otro nivel, pero Vincente retrocedió, receloso de la presencia de Helen Greenway.

A continuación, Vincente reconoció la presencia de Helen y le plantó un pequeño beso en la mejilla. Nunca antes había besado a Helen en la mejilla como saludo. No tenía ni idea de lo que estaba haciendo. Era como si estuviera hechizado.

Aún recordando la sacudida que había recibido de Grace, Vincente pasó a un segundo plano y se metió ambas manos en los bolsillos de los vaqueros. Se apoyó con la espalda en la pared, el pie izquierdo en el suelo y el derecho apoyado en la pared, casi como si estuviera posando para GQ.

«Mamá, ¿te importaría dejarnos solos a Vincente y a mí un momento?».

¿Me estás echando?» preguntó Helen, fingiendo estar ofendida por fuera, cuando realmente lo estaba por dentro. De hecho, estaba ofendida hasta la médula, pero también quería hablar con el doctor Ackerman, y ésta sería la oportunidad perfecta para buscarlo.

Le preocupaba la forma en que se besaban, la forma en que las chispas parecían saltar. Incluso Helen las esquivaba metafóricamente, y sentía cómo subía la temperatura en la habitación. ¿O se lo estaba imaginando?

No, parecía real. Era tomar la decisión de que los dos pasaran la noche juntos en la habitación. De alguna manera, esta fantasía no parecía unilateral.

Sin embargo, Vincente había dicho en repetidas ocasiones que su hija no era su tipo.

Helen decidió que debía de haber imaginado la conexión, que había dejado volar su imaginación junto con la de su hija. Tal vez esta condición era contagiosa.

«Daré un paseo», dijo Helen, y luego se volvió y susurró para que sólo Vincente pudiera oírla: "¿Puedo confiar en ti?". Él asintió, y su rostro rezumaba sinceridad. Helen no se fiaba de él ni un pelo. «Volveré muy pronto», dijo.

Cuando salió de la habitación, Helen se quedó de pie frente a la puerta. Vincente podía verla asomarse por la ventana redonda, vigilándolos. Intentó mostrarse tranquilo, actuar con naturalidad.

Grace no se había dado cuenta de que su madre estaba espiando. Se acercó a un Vincente desprevenido y le plantó un beso ardiente en los labios.

La última visión que tuvo Vincente fue el rostro de Helen tornándose de un tono rojo que nunca antes había visto. Entonces se perdió en el beso por un momento, se dejó llevar.

Grace terminó bruscamente el beso, dio un paso atrás y dijo: «Ya no me quieres. ¿Verdad, Vincente?»

En su cabeza, Vincente podía oír su propia voz resonando y rebotando y diciendo: *WOW-WOW-WOW-WOW-WOW-WOW-WOW.*

Seguía con las manos metidas en los bolsillos de los vaqueros, ahora cerradas en puños. No podía oír lo que ella decía, lo que le había preguntado. Sólo podía concentrarse en el factor WOW de aquel beso.

«¿Qué has dicho? ¿Qué has dicho?», preguntó, recuperando lentamente el sentido.

«¿Necesitas que te lo repita?», preguntó ella mientras una lágrima rodaba por su mejilla.

Los WOWs de la cabeza de Vincente se estrellaron contra la pared más alejada de su mente y se hicieron añicos, para luego dar un salto mortal hacia las palabras que ella había dicho. Las había oído, pero el mensaje aún no había llegado a su cerebro. Ahora sus palabras resonaban: «Ya no me quieres». Se le revolvió el estómago.

Vincente la miró a los ojos color avellana y se adentró en ellos. Era como si estuviera saltando a una piscina, tan acogedora, tan viva.

Sin embargo, de alguna manera, parecía perdida, y lo peor era que él la había hecho sentir así, aunque sin querer.

Verla así le hizo desear consolarla, traerla de vuelta a él. Para conseguirlo, se acercó hasta que sus cuerpos se tocaron e inició un beso.

Esta vez fue aún más fuerte. Tanto que quiso que el tiempo se detuviera. Quería que todo se detuviera y, sin embargo, quería que continuara. Lo quería todo con esa chica, compartirlo todo con ella, y sin embargo ni siquiera era su tipo. Quería darle el mundo y hacerla feliz. Compartirse con ella. Convertirse en su mundo.

Y lo quería todo ahora.

Vincente permaneció en silencio. Temeroso de hablar. Miedo de lo que sentía. Miedo de lo que pudiera decir o hacer. En lugar de eso, siguió nadando en la piscina de los ojos de Grace, perdiéndose en sus profundidades.

Su silencio y confusión rompían el corazón de Grace. Se estaba desmoronando, rompiéndose en pedazos, y llorando charcos de agua de esos ojos color avellana. Grandes, gordas y saladas lágrimas caían, caían.

Levantó la mano y atrapó una con la yema del dedo. Se la llevó suavemente a la boca, se la puso en la punta de la lengua, donde explotó su salinidad. Cogió otro y otro, y cada uno estalló en su lengua. Mientras tanto, Grace seguía llorando y llorando, incrédula ante las extrañas acciones y el silencio de Vincente.

Él la amaba, y sin embargo sabía que no podía amarla. Ella ni siquiera lo amaba, no realmente. Sólo lo amaba en su fantasía. Pero él la amaba, aquí y ahora. Su amor era real.

Se dio la vuelta y echó a correr.

CAPÍTULO 28

Eⁿ EL PASILLO, DE espaldas a la puerta de Grace, Vincente comprendió que la había dejado en un estado desesperado. Sabía que debía investigar la habitación, para comprobar cómo estaba. Reconoció que había actuado como un bárbaro. Se avergonzó de sí mismo.

«Ah, justo el muchacho que estaba buscando», dijo el doctor Ackerman, al notar que Vincente estaba sin aliento, casi jadeando. Le dio una palmada paternal en la espalda y le preguntó: «¿Va todo bien?».

«Yo, no lo sé. Ya no sé nada». declaró Vincente con voz temblorosa.

«Venga conmigo, joven», le dijo el doctor Ackerman. «Podemos hablar en privado en mi despacho y podrás recuperar el aliento».

«Sí», cedió Vincente. «Pero no quiero hablar de ello».

«Bueno, quiero hablarte de Grace».

«¿Grace?» Dijo Vincente y empezó a temblar.

«Sí, ven. Mi oficina está a la vuelta de la esquina».

Momentos después, llegaron. El doctor Ackerman invitó a Vincente a tomar asiento y le sirvió un vaso de agua helada. A Vincente le temblaron las manos cuando se llevó el vaso a los labios.

Vincente recordaba las lágrimas saladas. Las lágrimas saladas que estallaban.

«¿Ya estás más tranquilo?» preguntó Ackerman.

Vincente asintió.

«Muy bien entonces, hablemos de Grace. Comprendes la situación actual, ¿verdad? ¿Cómo Grace Greenway se ha engañado a sí misma creyendo que ustedes dos tienen una relación, de hecho una pareja casada, recién casados?».

«Sí, entiendo que así es como ella se siente, pero lo que no entiendo es por qué. ¿Por qué yo?»

«Sólo ella puede responder a esa pregunta, Vicente. Tal vez sea algo que nunca sabremos. Ella nunca lo sabrá. Sin embargo, en casos documentados como éste, la razón para crear una fantasía se basa en la negación de alguna realidad. Posiblemente algo que no tiene nada que ver contigo. Por la razón que sea, ha creado un mundo en el que tú y ella lo significáis todo el uno para el otro. Es como si tú y ella fuerais los personajes principales de una novela y lucharais juntos contra el mundo».

«¿Personajes de una novela? Nunca lo había pensado así», reflexionó Vincente. «Aún así, a veces, cuando ella teje esta fantasía, me incluye en su fantasía, a veces, incluso parece real. Para mí». Vincente miró al suelo. No podía soportar mirar al doctor Ackerman a los ojos. No cuando había admitido que se sentía atraído por la red.

Ackerman miró al muchacho sentado frente a él. De repente se dio cuenta de que era un chico totalmente distinto al que había conocido. «¿La quieres?», preguntó.

«Creo que no. No lo sé. No es mi tipo. No es mi tipo. Ni siquiera la conozco, no realmente, y sin embargo ella sabe cosas sobre mí. Sabe cosas que nadie podría saber a menos que yo mismo se las dijera, cosa que no he hecho». Vincente se llevó las manos a la cabeza. Hablar de ello le producía náuseas. La habitación le daba vueltas.

«Pon la cabeza entre las rodillas, muchacho», dijo Ackerman. «Te estás volviendo de unos tonos verdes nuevos, que ni siquiera yo había visto antes».

Vincente siguió las instrucciones de inmediato y sin rechistar. La habitación pronto dejó de girar, pero ahora había estrellas brillando por todo el techo. Estrellas que sólo Vincente podía ver.

Ackerman continuó: «No estoy seguro de cómo pudo saber cosas tan personales sobre ti. Tal vez, cuando estaba entre la Tierra y dondequiera que vayan los espíritus cuando viajan entre mundos, su espíritu conectó de algún modo con el tuyo. Sé que suena imposible. Pero he oído historias sobre experiencias cercanas a la muerte que son difíciles de descartar incluso para mí, un hombre de ciencia».

«Hace un momento, me preguntó si la amaba, y no pude responderle. Ella cree que me ama, pero no es así. No en realidad. Quería decir que sí, una parte loca de mí quería decir que sí, pero ¿cómo podría? No la entiendo. ¡Ya no entiendo nada! A veces pienso que debe ser una bruja, para saber las cosas que sabe».

«¿Crees en las brujas?»

«La verdad es que no».

«Creo que has estado viendo demasiada televisión. Grace Greenway no es una bruja. Es una joven impresionable. Una chica de dieciséis años que acaba de perder a su padre y a su hermano en un trágico accidente. Una chica que, por la razón que sea, te ha elegido para formar parte de su fantasía. Te ha elegido como su marido. Ella te necesita, en el papel de su marido ahora, mientras ella todavía no está dispuesta a afrontar la verdad.»

«Entonces, ¿estás diciendo que ella no está bien mentalmente, y que tengo que seguir con esto, esta farsa, no importa cuál sea el costo para mí?»

«Grace no está de ninguna manera fuera de peligro. Estamos monitoreando sus signos vitales. Manteniendo un ojo en ella. Es por eso que no ha sido liberada todavía. Ella está bajo nuestro cuidado. Vincente, estás en el corazón de esta situación. Eres el catalizador. Si la abandonas ahora...»

«Si me alejo, entonces soy responsable de lo que suceda después. ¿Es eso lo que me estás diciendo?»

«Ella es muy vulnerable ahora. Necesita algo de ti y quizá si se lo das, si cumples ese deseo por ella, entonces será capaz de enfrentarse a la realidad y dejarte. Necesita alguien en quien creer, algo que esperar, y te ha elegido a ti. Todos los caminos conducen a ti. No sé por qué, tal vez sea porque tú la trajiste aquí al hospital».

«La lastimé, pero fue un accidente, Doc, lo juro».

«Sí, la heriste en cierto modo, pero también le salvaste la vida porque la trajeron aquí, con los mejores cuidados a su alrededor cuando los coágulos finalmente se rompieron. Si hubiera estado en casa o en el colegio cuando eso ocurrió, quizá no habría sobrevivido».

Vincente se quedó un momento en silencio, dándose cuenta del impacto que había tenido en la vida de Grace. Ansiaba volver con ella, hacer que todo volviera a estar bien. Tengo que volver con ella. Me preguntó si la amaba, y me di la vuelta y huí como un cobarde».

«Sí, vuelve con ella ahora, y no le digas que la amas a menos que lo digas de verdad. A menos que estés dispuesto a entregarle tu corazón, y a estar a su lado una vez que sepa la verdad sobre ti y una vez que se haya roto el hechizo.»

«¡Sin presiones!» Vincente se burló, mientras se dirigía hacia la puerta.

«Vuelve aquí, para hablar conmigo cuando quieras Vincente», dijo Ackerman. «Y no olvides lo importante que eres para ella. No olvides lo que significas para ella».

Vincente asintió, se dio la vuelta y corrió hacia la habitación de Grace.

***

EN SU HABITACIÓN, GRACE dormía profundamente. Se inclinó sobre la cama y la besó en la frente. Aún tenía lágrimas en las mejillas y él se las secó con suavidad.

Se sentó a su lado en la cama y ella no se movió. La observó dormir. Vio cómo su pecho subía y bajaba con cada respiración. Cuando gimoteaba en sueños, él le cogía las manos y le aseguraba que todo iba a salir bien. En la oscuridad, a solas con ella, le dijo que la quería. Y luego volvió a besarla en la frente.

Grace se agitó brevemente en sueños, casi como si las palabras que él le había dicho hubieran conmovido su sueño de alguna manera, y luego volvió a sumirse en un profundo sueño.

Vincente dejó a Grace allí, durmiendo segura y profundamente. Volvió para dar las gracias al doctor Ackerman por su ayuda y sus consejos antes de irse a casa a pasar la noche. Estaba agotado... muy cansado y, sin embargo, lleno de energía como nunca antes lo había estado.

Vincente Marino nunca se había sentido tan vivo.

***

Fuera de la consulta del doctor Ackerman, Vincente oyó voces. Dudó antes de llamar. Cuando las voces se calmaron un poco, llamó y le invitaron a entrar.

«¡Debería darte vergüenza!» gritó Helen mientras se abalanzaba sobre él y empezaba a golpearle el pecho con los puños.

«Cálmate», le ordenó el doctor Ackerman.

Helen siguió golpeando el pecho de Vincente.

Vincente respiró hondo, esperando que se le pasara lo que le estaba molestando. No le estaba haciendo daño. Cuando se dio cuenta de que su ira no iba a desaparecer por sí sola, le agarró las dos muñecas y las sujetó con fuerza hasta obligarla a calmarse. Ella continuó silbándole en la cara.

Vincente la sujetó aún más fuerte y preguntó: «¿Pero qué...?» mientras miraba en dirección al doctor Ackerman, que intentaba no perder los nervios.

«Vincente, cuando viniste antes, después de dejar a Grace, Helen la encontró en un estado bastante grave. Estaba angustiada. Devastada. Era incapaz de comunicarse. Todo lo que podía hacer era sollozar y llorar».

«¡Ya veo de dónde sacó eso!» dijo Vincente, mirando a Helen a los ojos.

Ella le gruñó.

«No lo empeores, muchacho», suplicó el doctor Ackerman. «Para calmar a Grace tuvieron que sedarla».

«Acabo de estar allí y Grace estaba dormida. Me pareció muy tranquila».

«¿Qué le dijiste, para ponerla en tal estado?» Preguntó Helen.

«Cometí un error. Me escapé, pero volví. Volví».

«¡Demasiado poco, demasiado tarde!» Exclamó Helen.

«¡Mira, yo no pedí nada de esto!» Vincente señaló; las manos levantadas en señal de rendición.

«Ahora siéntense los dos y cálmense», les dirigió el doctor Ackerman, »y dejémonos de dramas. Tenemos que centrarnos en Grace. Grace y sólo Grace».

«De acuerdo», dijo Vincente.

«De acuerdo», resopló Helen.

CAPÍTULO 29

Mientras sacaban a Vincente de la habitación, seguía gritando las palabras. Cierto, para él eran sentimientos sin sentido, falsos. Palabras que sólo decía para ser amable, para salvarla del abismo.

Volvió a gritarlas. Esta vez su voz resonó en los pasillos y en el universo: «¡Te quiero, Grace Greenway!».

«¡Yo también te quiero, Vincente!», le gritó ella. Con el caos y el alboroto mientras intentaban salvarle la vida, no la oyó.

De repente, la estrella caliente empezó a girar. Pronto dejó de acercarse a ella y de quemarla con su calor. En su lugar, lanzó ondas pulsantes y se convirtió en una estrella de neutrones.

Agarrada a su ido, «quiero vivir», se declaró Grace Greenway. «Quiero vivir».

CAPÍTULO 30

El doctor Ackerman preguntó: «Cuando volvió a ver a Grace, ¿cómo se sintió, quiero decir, cuando la volvió a ver?».

«Sentí la fuerte necesidad de cuidarla, de, de amarla, de protegerla, de hacerla mía. Dios, estoy tan confundido. ¿Por qué me siento así?»

«Sí, examinemos a este Vincente», dijo el doctor Ackerman. «La gracia te hace sentir algo diferente, algo nuevo. ¿Correcto? ¿Diferente de lo que otras chicas en tu vida te han hecho sentir?»

«Sí, ella no es mi novia. Tengo una novia en la escuela, ella haría cualquier cosa por mí», dijo Vincente.

«¿Pero tú harías cualquier cosa por ella?».

«Yo, ella es de bajo mantenimiento-si sabes lo que quiero decir».

«Entonces, déjame decirlo de otra manera», dijo el doctor Ackerman. «¿Tu novia te necesita?»

«Ella es popular, y yo soy popular. Estamos destinados a estar juntos. Destino. Todo el mundo lo dice. Todo el mundo lo espera».

¿«Expectativas»? ¿Qué tienen que ver las expectativas de los demás con el amor verdadero? El amor, el verdadero amor, es entre dos personas. Sólo dos personas. Ahora piénsalo Vincente, piénsalo antes de responder. ¿Qué sientes realmente por Grace Greenway?».

Vincente arrastró los pies, inquieto. «Basta de psicoanálisis. No se trata de mí. Se trata de que Grace se recupere. ¿Qué quieres que haga ahora? ¿Que me case con ella?»

«No, no quiero que hagas nada que te haga sentir incómodo. Sin embargo, Grace ha solicitado tu presencia. Nos ha pedido que te preguntemos, si pasarías la noche en su habitación con ella».

«¿Qué? ¿Hablan en serio?»

«Ella habla en serio, así que tenemos que tomar su petición muy en serio.»

«¿Y su madre, la dragona, está de acuerdo?»

«A regañadientes, como ya habrás supuesto. Me oíste decir que hablaría contigo. Que le haría entender que Grace no debe ser lastimada, ni se debe jugar con ella, ni aprovecharse de ella».

«¿Crees que podría saltar sobre sus huesos? Es más probable que ella salte sobre los míos».

«Si te preocupas por ella, realmente te preocupas por ella, y ella como tú dices, 'salta tus huesos', entonces tendrás que encontrar una manera de dejarla caer suavemente, sin rechazarla de plano».

«Sigo sin entender cómo va a ayudar pasar la noche en la habitación con ella».

«Es lo que ella desea, Vincente».

«Pero no hay garantías, ¿verdad?»

«No hay garantías, Vincente, pero Grace se pondrá bien. Es nuestro objetivo final».

«Estoy de acuerdo», dijo Vincente.

«Entonces, Helen le dirá a Grace que necesitabas ir a casa a buscar algunas cosas. Volverás mañana por la tarde, con la intención de pasar la noche en su habitación. Como sabes, hay dos camas. Las camas no se juntarán de ninguna manera, ¿entendido?»

«Sí, doctor», dijo Vincente. «Voy a salir ahora, a dormir un poco, ¡ya que no voy a dormir mucho mañana por la noche!»

«¡Sinceramente espero que no lo digas como ha sonado!» exclamó Ackerman.

«Quise decir; oh, usted sabe lo que quise decir.»

«Goodo entonces, ven a verme mañana o cuando quieras hablar. Permaneceré en plantilla toda la tarde, a su disposición por así decirlo».

«Gracias, Doctor Ackerman.»

«Buenas noches Vincente.»

«Buenas noches Doc.»

CAPÍTULO 31

DE MADRUGADA, GRACE SE despertó y por un momento olvidó dónde estaba. Recordaba vagamente a Vincente en su habitación. Un minuto estaba allí y al siguiente ya no estaba. ¿Por qué se había marchado tan bruscamente? ¿Habría hecho algo que le molestara? ¿Le había dicho algo?

Esperaba encontrarlo en alguna parte de la habitación, esperando a que se despertara. Sólo Helen seguía allí, y estaba dormida.

Grace se bajó de la cama y se dirigió al baño. Se quitó la bata y se metió en la ducha. Mientras el agua se calentaba hasta casi hervir, cerró los ojos. Añoraba el tacto de Vincente.

Cerró el grifo y cogió una bata nueva de la estantería. Se puso la bata y decidió que nadie podía estar atractiva con una bata así.

Cuando volvió a la cama, Helen estaba revolviendo la habitación.

«¡Tengo buenas noticias para ti!»

«¿En serio? ¿No sigo soñando mamá?»

«Sí, Vincente pasará la noche contigo».

«¿Esta noche? ¿Esta misma noche?»

«Sí.»

«Necesito mis cosas, mi camisón bonito y mi perfume».

«Encontrarás las cosas que necesitas en la bolsa del armario del baño».

«¡No puedo esperar!»

«Vincente, por supuesto, dormirá en esa cama.»

Grace ya se imaginaba juntando las dos camas, haciendo una sola. Compartiendo la cama con su marido. Dos camas para aparentar, sí, pero sólo necesitarían una. Grace se abrazó a sí misma mientras la piel de gallina aparecía en la carne de sus brazos.

«Me iré alrededor de la hora del té, pero si necesita ayuda, el doctor Ackerman estará a su disposición».

«¡Estamos casados, mamá!» Exclamó Grace.

Grace corrió hacia ella y rodeó a su madre con los brazos. Helen se alegró de ver a su hija feliz; cualquier madre lo estaría, pero eran las mentiras lo que la preocupaba. Las mentiras y la farsa no le hacían ninguna gracia. Se sentía un fraude. Una impostora.

Grace fue al armario del cuarto de baño y sacó la bolsa de viaje. Dentro estaba el camisón de lino blanco más bonito y virginal que había visto nunca, con un lazo rojo en la parte delantera.

«Mamá, es precioso», exclamó.

La enfermera Burns llegó y se dio cuenta de que Grace estaba un poco ruborizada.

«¿Te encuentras bien, Grace?»

Grace estaba entusiasmada por su noche con Vincente. Quería que el tiempo pasara volando para que él pudiera estar a su lado... ahora.

«Trate de comer algo», sugirió la enfermera Burns. «Tengo entendido que tendrá una visita que pasará la noche, así que necesita todas sus fuerzas».

«Sí, deberías comer algo querida», estuvo de acuerdo Helen.

Grace probó un bocado de tostada y un sorbo de café y luego sintió un retortijón en el estómago. «Quizá más tarde», dijo. El olor del café le sentó mal. «No, llévatelo», dijo Grace.

«¿Se alegró Vincente cuando le dijo que podía quedarse, Grace?». Preguntó la enfermera Burns.

«No se lo dije, pero estoy segura de que se alegró», dijo Grace. Se puso el camisón y se preparó para la llegada de Vincente.

CAPÍTULO 32

A LAS 18.15, VINCENTE Marino llegó al hospital con una caja que contenía una docena de rosas rojas de tallo largo. Estaban atadas con una cinta carmesí.

Cuando entró en la habitación de Grace, Helen se hizo notar de mala gana.

Vincente fue inmediatamente al lado de Grace y la besó en ambas mejillas. Le entregó la caja y luego vio cómo sus ojos se agrandaban cada vez más cuando desató la cinta rojo sangre.

Él estaba nervioso, pero ella también. Había una poderosa sensación de propósito en el aire.

Después de dar las gracias a Vincente con un beso en la mejilla por las hermosas rosas, Grace pidió un jarrón a la enfermera de guardia. Volvió con uno y Vincente se dispuso a colocar las flores en él. Había visto a su madre arreglar jarrones llenos de flores cientos de veces.

Empezó sacando una rosa de la caja y acariciándola despreocupadamente antes de ponerla en el agua. Grace lo observó atentamente, fijándose en el contraste entre sus dedos fuertes y atléticos y los delgados tallos espinosos de las rosas. Cuando acarició la rosa, sus acciones la hicieron estremecerse.

Vio cómo cogía una rosa, dos rosas, tres rosas. Sin siquiera ser consciente de que lo estaba haciendo, acarició ligeramente el tallo, sintió el dolor de la espina en el dedo durante un segundo y, a continuación, colocó suavemente la flor en el jarrón.

Cada movimiento dejaba a Grace sin aliento. Le subía el corazón a la garganta. Era casi como si sostuviera su corazón entre las yemas de los dedos.

Vincente se esforzaba por no salpicar mientras depositaba una rosa tras otra en el jarrón de cristal translúcido.

De vez en cuando, miraba a Grace. Tenía la mirada clavada en él. Se alegró de haber elegido rosas, pues era evidente que ella las adoraba.

De repente empezó a sentirse cohibido. Volvió a meter la mano en la caja y sacó la siguiente rosa, observando la respiración entrecortada de Grace. Puso la rosa en el agua y luego buscó otra en la caja. Parecía sin aliento de nuevo, sólo que esta vez, también parecía desmayada.

«¿Se encuentra bien?» preguntó Vincente.

Las mejillas de Gracia estaban rojas y parecía que le costaba recuperar el aliento. Se preguntó si debía pedir ayuda a alguien. No quería que ella tuviera una recaída ahora, especialmente cuando parecía que las cosas estaban llegando a un punto crítico.

«Estoy perfecta», dijo Grace, mientras jugaba con el lazo rojo de su camisón. «Hablemos de algo mientras terminas con las flores».

«¿Qué tenías pensado?» preguntó él, mientras acariciaba el tallo de otra rosa.

«Oh», dijo Grace, mientras lo veía poner el tallo en el agua, entonces pudo hablar. «¿Qué tal si nos contamos algo que la otra persona no sepa? Tal vez una idea equivocada que tengas sobre mí, y yo te diré una idea equivocada que tenga sobre ti».

«De acuerdo», aceptó Vincente, mientras colocaba otra rosa en el agua. «Tú primero», dijo, mientras las gotas de agua salpicaban el jarrón y caían sobre el dorso de su mano.

Grace observó las gotas mientras él buscaba otra rosa en la caja. Levantó la flor hacia arriba y el agua corrió por su antebrazo.

Cogió la siguiente rosa y la miró. Se le cortó la respiración. El tiempo pareció detenerse.

CAPÍTULO 33

«Una vez tuve un nombre especial para ti, antes de conocerte de verdad», reveló Gracia.

Vincente hizo rodar la rosa actual entre sus dedos. La introdujo en el agua. Notó que Grace respiraba con más normalidad y que sus mejillas no estaban tan sonrojadas. Asintió con la cabeza, animándola a continuar.

«Solía llamarte mi Media de Oro».

«¿Por qué?» preguntó Vincente.

«¿Recuerdas que en clase de matemáticas aprendimos la media áurea de Fibonacci? Bueno, tú eras mi Media de Oro».

«¿Quieres decir que todo el tiempo sentiste eso por mí?» Ahora estaba realmente confundido. Ella estaba diciendo que lo amaba antes de que todo esto sucediera. Él sabía que ella estaba enamorada de él, pero no era amor, era un enamoramiento. Muchas chicas se encaprichaban de él. «Refréscame la memoria sobre Fibonacci», dijo.

«Es el concepto en el que el primer número y el segundo se suman para alcanzar la suma del tercer número, como uno, dos, tres, cinco, ocho, trece, etcétera».

«Ah, sí, recuerdo algo sobre eso y algo sobre la naturaleza, como las olas y las flores...».

«¡Así es! Ves, ¡sí te acuerdas!» Dijo Grace, mientras metía otra rosa en el agua. «Hay simetría en la naturaleza, con olas y copos de nieve y flores, todo reforzando la teoría de Fibonacci de la Proporción Aurea. Así que tú eras mi media áurea».

«Gracias», dijo Vincente, sin saber qué más decir. «Es increíble que aún puedas recordar un nombre que tenías para mí, considerando por lo que has pasado. Cómo perdiste la memoria».

«Volvió a mí hace poco. Lo había olvidado, pero cuando soñé contigo, con nosotros, todo volvió».

Vincente continuó con las rosas, y Grace siguió hablando. «Cuando pensé que ya no me querías, soñé contigo, y en mi sueño, me prometiste que nunca me dejarías».

«Lo siento Grace, perdóname», dijo Vincente mientras colocaba la última rosa en el jarrón.

«Esta vez te creo».

Vincente levantó el jarrón y lo colocó en la mesilla de noche junto a la cama de Grace y dijo: «Sí que he vuelto, ¿sabes?».

«¿Cuándo?»

«Anoche.

«No podías haberlo hecho. Lo habría sabido».

«Estabas profundamente dormida cuando entré. Te besé la frente así», se inclinó sobre ella.

«No lo hagas», dijo Grace. «No... a menos que lo digas en serio».

Respiró hondo y dio un paso atrás. Se acercó a la cama, se quitó los zapatos y dejó caer las piernas por encima de la cama. Las pateó de un lado a otro, como haría un niño pequeño.

«Ahora te toca a ti», dijo Grace.

«Hmm, veamos,» Vincente, reflexionó por un momento. «Bueno, pensé que eras tímido, especialmente con los chicos, pero no pareces ser muy tímido conmigo».

«¿Es eso? ¿Es lo mejor que puedes hacer?»

«Oye, soy nuevo en esto-recuerda que fue idea tuya. ¿A que no se te ocurre otra para mí?».

«¡Yo también puedo!», dijo ella. «Esta te va a hacer reír, pero una vez, hace mucho tiempo, pensé que eras un vampiro».

«¿Yo? ¿Un vampiro?»

«Sí, sé que es una locura, pero incluso llegué a inclinarme sobre ti y exponerte mi cuello, para ver si, ya sabes, me mordías. Fue la primera vez que nos besamos, ¿recuerdas? Me incliné así y esperé a que me hincaras el diente».

«¡Qué raro!», dijo él, mientras miraba su blanco cuello expuesto sintiendo un poderoso deseo de besarlo.

Grace se estremeció y sus pezones hormiguearon con sólo pensarlo.

«Entonces, ¿debí de ser una verdadera decepción para ti cuando te diste cuenta de que te habías casado con una simple mortal?».

«Qué curioso. Nunca podrías decepcionarme», sonrió. «Ahora te toca a ti».

«Bueno, antes pensaba que eras débil, una persona débil. Pero ahora...»

Grace interrumpió, preguntando: «Débil, ¿en qué sentido?».

«Débil, como cojo», dijo él, buscando en su cara una reacción de que había dicho algo equivocado, pero ella parecía estar de acuerdo. «Probablemente era porque cuando me veías, o cuando yo te veía, siempre me mirabas de una forma rara. Ahora que lo pienso, si creías que era un vampiro, quizá por eso me mirabas así. De todos modos, no eres débil ni coja, eres una mujer fuerte. Y parece que cada vez eres más fuerte».

«Bueno, eso es mejor que lo primero», dijo Grace mientras se recostaba en la almohada y cerraba los ojos.

Ninguna de las dos habló durante un momento, cada una perdida en sus pensamientos.

«¿Podemos hablar de ello?» preguntó Grace. «¿Podemos hablar de lo que sea que haya cambiado para ti sobre mí?».

«Grace nada ha cambiado, es sólo que...»

«¿Te sientes atrapado?»

«Algo así. Tal vez, pero no es culpa tuya. No es culpa tuya en absoluto». Respiró hondo y continuó: «¿Puedo preguntarte algo, algo que me ha estado molestando?».

«Claro, Vincente. Puedes preguntarme cualquier cosa, cualquier cosa».

«¿Quién te habló realmente del cuadro de mi madre?».

«Fuiste tú.»

«De verdad Grace, puedes decirme la verdad. ¿Quién te lo contó? ¿Lo leíste en la red?»

«Yo no digo mentiras Vincente. Como dije antes, tú me lo contaste, y me enseñaste el cuadro real cuando fuimos a casa de tus padres.»

«¿Pero por qué iba a querer enseñarte ese cuadro?».

«¡Por los árboles!»

«¿Los árboles?»

«Sinceramente, ¿quién de nosotros experimentó la pérdida de memoria por aquí?». Grace puso los ojos en blanco. «¿Los árboles, como el que ensartó y se comió a aquel cuervo, el que me mantuvo cautiva?». Grace esperó a que Vincente diera alguna señal de reconocimiento, pero no la dio. Resopló impaciente.

Vincente estaba bastante seguro de que Gracia se estaba partiendo de risa. No sabía si estar de acuerdo o en desacuerdo con ella, así que guardó silencio.

Pasaron unos instantes. Grace cruzaba y descruzaba los brazos negándose a darse por vencida. «Y por esos árboles querías que viera el cuadro de tu madre».

«Pero sigo sin entenderlo: ¿por qué iba a querer enseñarte el cuadro de mi madre?».

«Porque siempre tuviste miedo de ese cuadro. Porque dijiste que de niña viste una cara en el tronco del árbol y eso te aterrorizó».

«Mi madre vendió ese cuadro el otro día. Llevaba años guardado en el desván. Es cierto que algo me daba miedo, pero nunca se lo dije a nadie».

«Me lo contaste y me lo enseñaste».

Vincente cruzó la habitación. Se sentó al lado de Gracia. «¿Qué más te conté?»

«¡Muchas cosas! Quiero decir que pasábamos todos los días juntos, 24 horas al día, 7 días a la semana».

«Cuéntame», dijo.

«¿De verdad quieres que lo haga?»

«Sí.»

«Veamos. Siempre soñaste con tener un Ferrari, un Ferrari rojo, y salimos conduciendo uno por la autopista Princess. Estabas en el cielo conduciendo esa cosa y yo estaba un poco celoso».

Vincente recordó el sueño en el que conducía un Ferrari rojo en busca de Grace. Qué raro. Decidió cambiar de tema. «¿Te he contado algo más sobre mi madre?

«Me enseñaste su estudio y estaba pintando una nueva obra. Era un cuadro de su jardín, pero no estaba terminado».

Vincente respiró hondo. Era el mismo cuadro en el que su madre había estado trabajando esta mañana. Volvió a la idea de que Grace debía de ser una bruja. Esperó a que moviera la nariz como Samantha Stevens en Embrujada, pero no pasó nada.

Grace lo atrajo hacia sí y lo besó apasionadamente en la boca.

Vincente estaba ahora encima de ella, besándola. Intentaba apartarse pero quería inclinarse hacia ella mientras todas las emociones acumuladas explotaban dentro de su cabeza. Ella siguió besándole, hasta que él se quedó sin aliento.

«Te falta práctica, ¿verdad?». le preguntó Grace, mientras le daba tiempo a Vincente para recuperar el aliento.

Tropezó con un lado de la cama.

«¡Por fin lo he conseguido!», exclamó ella. «¡Por fin te he dado piernas de espagueti! Y ya era hora: ¡siempre me las dabas!».

«¿Dónde aprendiste a besar así?»

«Muy gracioso, Vincente, tú me enseñaste todo lo que sé».

«¿Me estás diciendo que soy el único hombre al que has besado?»

«Sí, eres el único. El único».

Volvió a cambiar de tema. «¿Qué más viste en mi casa?»

«Me enseñaste tus preciosas tallas de madera, y aún conservo ésta». Grace metió la mano en un cajón y sacó al aborigen.

La mente de Vincente iba a mil por hora. Necesitaba escapar. Salir de aquella habitación... ya.

«¿De dónde has sacado eso?», preguntó.

«Lo cogí de tu habitación».

«Lo cogiste, ¿pero cuándo?»

«Cuando visitamos tu casa. Lo tenía en el bolsillo, y de algún modo en un momento estaba allí y al siguiente estaba dentro del cuadro de tu madre».

«¿En el cuadro? ¿En tu bolsillo?», exclamó.

«Sí, siento no haberte dicho que estaba aquí. A mí también me sorprendió: un momento en el cuadro y al siguiente en mi bolsillo».

«Tengo un poco de sed, voy a por una Coca-Cola. ¿Puedo ofrecerte algo?» preguntó Vincente. Estaba temblando. Todo su cuerpo temblaba. Necesitaba salir de allí ya. Salir. Huir.

«¿Vas a tomar algo? ¿Ahora?»

«Sí, necesito un trago».

«Vale, pero date prisa en volver», dijo Grace. Le sopló un beso y volvió a colocar al aborigen en el cajón.

Fuera, Vincente quería salir corriendo. En lugar de eso, se dirigió al pasillo para hablar con el doctor Ackerman.

CAPÍTULO 34

«¡Doc!» Vincente gritó, mientras martillaba la puerta de Ackerman repetidamente. «¡Doctor, necesito hablar con usted!»

El doctor Ackerman colgó el auricular del teléfono cuando Vincente entró en su despacho.

«¡Doctor, tiene que sacarme de esto! No puedo quedarme toda la noche. Me estoy ahogando ahí dentro, ¡y está tan loca que empieza a tener sentido para mí!».

«¿Qué quieres decir? Respira hondo, Vincente. Cálmate!»

«Ella me habló de una conversación. Bueno, no una conversación como tal, pero me contó algo que pasó ayer. Ella sabe cosas que nadie más puede saber y entonces...»

«¿Entonces qué? ¿No quería que vosotros dos...? ¿Que...?

«No Doc, pero es entusiasta y me está afectando.»

«¿Me estás diciendo que te estás enamorando de ella? ¿De verdad?»

«Nunca he estado enamorado antes, pero me he besado con algunas chicas. Ninguna chica me ha besado nunca como ella me besa y, sin embargo, ¡me dice que soy el único hombre al que ha besado!».

«¿Así que estás entrando en una sobrecarga emocional y quieres irte a casa? Huir. ¿Tienes miedo de perder el control?»

«Estoy diciendo que ella me ha hechizado. ¡Ni siquiera es mi tipo! ¡Debe ser un hechizo!»

«Sí, ya dijiste eso antes, amigo, y no tenía más sentido entonces, que ahora. Entonces, ¿qué quieres que haga, que le diga que te has ido a casa? ¿Que hay una emergencia, así que no puedes quedarte?»

«Tal vez puedas entrar y darle una pastilla para dormir, luego volveré a entrar y dormiré. Será de mañana antes de que nos demos cuenta».

«No puedo darle un somnífero porque tú lo pides».

«Pero Doc, ella me está contando historias sobre nosotros. Sobre cosas que hemos visto y hecho juntos. Cosas que nunca sucedieron. Habla con el corazón en la mano sobre nosotros, como si fuéramos una sola persona, y es convincente. Es casi como si supiera de lo que está hablando».

«Ahora», dijo Ackerman, »esto es serio. ¿Me estás diciendo que, sin lugar a dudas, estás siendo arrastrado a esta fantasía? ¿Que sus descripciones incluso te parecen reales a veces?».

«Que Dios me ayude, sí».

«De acuerdo Vincente, te escucho. No eres mi paciente, pero estás ayudando a Grace que es mi paciente. En estas circunstancias, necesitas irte a casa. Te daré una receta, para que puedas dormir y quizás, en el futuro, sería mejor que te mantuvieras alejado.»

«¡Pero no puedo!»

«Debes hacerlo, Vincente. No eres bueno para nadie en este estado».

«No puedo irme sin decírselo yo mismo, sin darle las buenas noches. Le prometí que no volvería a dejarla sola».

«Sí que la quieres, Vincente».

Vincente asintió mientras cerraba la puerta tras de sí.

Caminó despacio por el pasillo, pasó por delante de la habitación de Grace y se dirigió al ascensor. Cuando llegó a la planta baja, salió del hospital en medio de la oscuridad de la noche. Paseó por el asfalto y encontró un árbol que se erguía solitario. Apoyó la espalda en él y lloró.

CAPÍTULO 35

G RACE ESPERABA ANSIOSAMENTE EL regreso de su marido. Cuando la puerta se abrió, entró el doctor Ackerman.

«¿Dónde está Vincente?»

«¿Cómo estás, Grace?»

«¿Dónde está Vincente? ¿Qué has hecho con él?»

Sonrió. «Me alegro de que hayas podido pasar este tiempo extra con él, pero algunas de tus pruebas han vuelto, y los resultados son cuestionables. Necesito otra muestra de sangre. Para comprobar que todo va bien. Le he pedido a Vincente que posponga su estancia nocturna, mientras se completan estas pruebas».

Grace puso su cara más triste y le tendió el brazo para que encontrara una vena. Él introdujo la aguja sin esfuerzo. Ella no se inmutó ni sintió dolor porque el dolor de su corazón ya era insoportable.

El doctor Ackerman terminó de guardar los análisis de sangre. «Vincente estaba decepcionado, como tú, pero lo arreglaremos para otra noche. No se puede evitar, Grace. Tu salud es lo más importante».

«¡Quiero a Vincente!» Grace gritó y empezó a retorcerse en la cama. Tiró las sábanas y arrancó el yeso que él le había puesto en el brazo. La vena volvió a abrirse y la sangre brotó.

El doctor Ackerman la sujetó. Pulsó el botón de emergencia para pedir ayuda a una enfermera. «Lo siento», dijo mientras la sedaba.

CAPÍTULO 36

El doctor Ackerman necesitaba un poco de aire fresco y cruzó el asfalto. Allí vio a Vincente, apoyado en un árbol.

«¿La has visto?», preguntó.

«Sí, la vi, y le expliqué todo».

«¿Y cómo se lo tomó?

«No se lo tomó bien. Tuve que sedarla».

Vincente apretó los puños y se levantó. Su cara estaba a sólo unos centímetros de la cara de Ackerman. «Dije que volvería. No tenías por qué hacerlo. Necesitaba tiempo. Sólo necesitaba tiempo».

«Necesitas más que tiempo, Vincente. Necesitas distancia. No estoy seguro de lo que pasará con esa chica, si te enamoras de ella, y si la fantasía que creó choca con la realidad. No estoy seguro de lo que pasará entonces».

«Si ella lo ha soñado y luego se hace realidad, entonces se pondría bien enseguida, ¿no?».

«Vincente, podría suceder, pero también podría ser al revés».

«¿Qué quieres decir?»

«Grace está al borde de un precipicio. La verdad podría empujarla. Podría darse cuenta de que todo a su alrededor es una mentira. Que todos hemos estado jugando con sus fantasías y entonces, ¿dónde estará?»

«Así que, aunque ahora la quiera, ¿debería echarme atrás, dejarla en paz, volver al colegio con la chica con la que todo el mundo espera que esté y esperar que Grace Greenway acabe por olvidarme? ¡No quiero que me olvide! Y pensará que la dejé otra vez; pensará que rompí mi promesa... otra vez».

«Tenemos que tener en cuenta tus sentimientos a la hora de proceder con esto, esto, sea lo que sea. Necesitamos repensarlo, reagruparnos. Vete a casa ahora. Vuelve por la mañana. Grace dormirá al menos ocho horas. Ven a verme cuando vuelvas, y te pondré al día. No vayas directamente a visitar a Grace. Ven a verme primero».

«Trato hecho».

Vincente y el doctor Ackerman cruzaron el aparcamiento, donde una fila de taxis esperaba a los pasajeros. Vincente subió al asiento trasero de uno y pronto estaba de camino a casa.

A casa, donde esperaba dormir sin soñar.

CAPÍTULO 37

P OR LA MAÑANA, GRACE se despertó en una habitación vacía. Se sintió sola y traicionada, mientras una de las enfermeras le mullía la almohada y le ponía delante una bandeja con el desayuno. Ella la apartó. El mero olor le daba náuseas. «No tengo hambre», dijo Grace.

Cuando la habitación volvió a estar libre de gente, Grace se recostó en la almohada y cerró los ojos. Reprodujo repetidamente en su mente el día de su boda, hasta que una vez más se quedó dormida.

CAPÍTULO 38

Al día siguiente, el doctor Ackerman citó a Helen en su despacho. La instó a sentarse, con una expresión de perplejidad en el rostro.

Helen sabía que tenía malas noticias que darle. También sabía que no debería haber dejado a su hija a solas con aquel chico.

El doctor Ackerman se sentó frente a Helen de modo que sus rodillas casi se tocaban.

La miró directamente a los ojos y le dijo: «Grace está embarazada».

Helen se rió.

«Grace está embarazada», repitió.

«¿Qué?

«El otro día hicimos unos análisis de sangre y el resultado fue positivo. Anoche le saqué más sangre y está confirmado: su hija está embarazada».

«¡No puede estarlo! ¡Mataré a ese pequeño bastardo!»

«¿Y eso de qué va a servir?», preguntó. «Tienes que calmarte y escucharme. Escúchame con atención».

Ella respiró hondo. Aflojó los puños.

«Es pronto y tu reacción exagerada no te ayudará ni a ti ni a Grace».

«¿Ella lo sabe?»

«No, tú eres el primero en saberlo. Me pareció apropiado. Tenemos que discutir cómo proceder».

«¿Cómo proceder? No tiene sentido discutirlo. Tenemos que deshacernos de ella.»

«Grace tiene dieciséis años, tiene derechos.»

«¡Tiene que ser de Marino!»

«No necesariamente. Ella ha estado aquí, con personal y visitantes a su alrededor, todos los días. No había estado a solas con ella hasta anoche y, por cierto, sólo se quedó un par de horas antes de que le enviara a casa.»

«Mi hija va al colegio y vuelve a casa. Trabaja en matemáticas y hace experimentos por las tardes. No conoce a otros chicos. Debe de haber sido Marino».

«Pero tenemos que estar seguros antes de acusar a nadie. Y lo más importante, debemos decírselo a Grace».

«Primero tenemos que confirmar que es el padre y luego se lo podemos decir», dijo Helen.

«Vincente se preocupa mucho por su hija. Está confundido y me ha dicho que los dos no han hecho nada más que besarse. Sin embargo, Grace cree que los dos son una pareja casada. Por lo tanto, si se lo decimos, estará segura al cien por cien de que espera un hijo de Vincente».

«Si no es de él, ¿entonces qué? ¿Una concepción inmaculada?»

«Lo único que sé con certeza es que tenemos que decírselo a Grace. Ella necesitará su ayuda para decidir qué hacer», declaró Ackerman.

«Si no es suyo, entonces la prueba será evidente, que hemos estado jugando cruelmente con ella al seguirle la corriente a sus fantasías», dijo Helen. «Podría ser demasiado para ella».

«Necesitaremos confirmación lo antes posible. Le preguntaré a Vincente si está de acuerdo en que le haga unas pruebas cuando venga a verme más tarde, hoy mismo.»

«Y si no es de él, entonces es más que probable que ella acceda a prescindir de él».

«¿Quiere decirle ahora que está embarazada? Una vez que Vincente haya hecho las pruebas, podremos abordar con ella el tema de quién podría ser el padre, suponiendo que no lo sea», dijo Ackerman.

«Sí, creo que deberíamos decírselo. Cuanto antes, mejor».

«Vayamos ahora a su habitación a ver cómo está. Podemos evaluar la situación y decidir entonces qué hacer».

«Tiene que saberlo. Mi hija necesita saberlo».

***

Vincente llegó a la planta de Grace en el momento exacto en que Helen y el doctor Ackerman salían de su despacho.

«Doctor Ackerman, quería hablar con usted», dijo Vincente. Y luego: «Hola, Helen».

Ella lo miró con puñales en los ojos.

«Tenemos que entrar a hablar con Grace, pero por favor espéreme en mi despacho. Volveré enseguida y entonces podremos hablar».

Vincente se pasó los dedos por el pelo. Vio alejarse a Helen y al doctor Ackerman. Cuando llegaron a la puerta de Grace, dudaron brevemente y luego entraron. Se preguntó a qué se debía la vacilación.

Se sentía culpable por haber dejado sola a Grace. Quería verla para arreglar las cosas entre ellos.

Una vez dentro del despacho del doctor Ackerman, cerró la puerta tras de sí y se sirvió un vaso de agua. Vincente se sentó y cogió una revista deportiva. La hojeó mientras esperaba, pero su mente estaba demasiado distraída. No podía quedarse sentado, así que se levantó y se puso a dar vueltas. Se metió los puños en los bolsillos. Y esperó.

***

«¡Qué contenta estoy!» exclamó Grace. «Es la mejor noticia posible para Vincente y para mí. Vamos a tener un bebé».

Helen abrazó a su hija, que temblaba de emoción.

«Grace, tienes que guardar fuerzas y comer. ¿Qué es eso que he oído de que te has saltado el desayuno?». dijo el Dr. Ackerman.

«Entonces no me sentía con fuerzas, pero ahora comeré algo. ¡Vamos! Estoy muy emocionada». exclamó Grace. Después de respirar hondo, pidió: «Por favor, dígale a Vincente que venga a verme. Estoy deseando darle la noticia».

CAPÍTULO 39

«GRACIAS POR ESPERAR, VINCENTE», dijo el doctor Ackerman.

«¿Cómo está Grace esta mañana?»

«¡Está radiante! Dormir le ha sentado de maravilla, y tú también pareces descansado. ¿Has dormido bien?»

«Sí, he dormido del tirón».

«Sé que no eres uno de mis pacientes habituales, pero me gustaría pedirte permiso para hacerte un análisis de sangre.»

«Un análisis de sangre. ¿Por qué?»

«Anoche parecía muy alterado y pensé que sería bueno hacerle un chequeo para asegurarme de que está en forma.

«Me he sentido muy cansado.»

«Menos mal, vamos a comprobar a cabo entonces», dijo Ackerman. «Por favor, súbase la manga y le tomaré la muestra enseguida».

Una vez tomada la muestra y guardado el vial, el doctor Ackerman presentó a Vincente un formulario de autorización para que lo firmara. Le autorizaba a utilizar las muestras de sangre para realizar todas las pruebas necesarias.

«¿Puedo verla?» preguntó Vincente.

«Hoy no, pero venga a verme mañana. Quizá pueda verla entonces».

«Pero usted dijo que estaba radiante y descansada».

«¡Sí, y queremos que siga así! Vete a casa, vuelve mañana. Dale algo de espacio, algo de tiempo. Ahora está con su madre».

«De acuerdo, doctor. Hasta mañana entonces».

«Gracias, Vincente», dijo el doctor Ackerman mientras salía corriendo con las muestras de sangre. No podía esperar a llevarlas al laboratorio.

***

Veinticuatro horas después, estaban todos reunidos en la habitación de Grace.

Cuando por fin llegó el doctor Ackerman, no sonrió. No habló ni estableció contacto visual con ninguno de los tres presentes. Llevaba los resultados en un portapapeles pegado al pecho.

Grace estaba entusiasmada.

Helen tenía los puños cerrados y la mandíbula apretada. Parecía alguien que necesitaba ir al baño con urgencia.

Vincente no tenía ni idea.

«Buenos días a todos», comenzó el doctor Ackerman. «Según los análisis de sangre, Grace y Vincente esperan un bebé».

Grace estalló en vítores y abrió los brazos a Vincente.

Vincente se quedó mirando a Grace. Estaba más blanco que las sábanas de la cama. «¿Cómo puede ser?», se preguntó, y luego dijo en voz alta: "¿Cómo puede ser si lo único que hemos hecho es besarnos?".

Helen se desmayó y cayó al suelo con un ruido sordo.

CAPÍTULO 40

«¿Grace? Despierta Grace. Es hora de que nos vayamos», susurró una voz infantil.

Grace se estremeció. La habitación estaba muy fría y oscura. Vio cómo las persianas de la habitación parecían agitarse con la brisa. Parecía que la ventana estaba abierta de par en par.

Las ventanas de los hospitales no se abren, pensó.

Una mano diminuta agarró la de Grace y la sacó de la cama.

Grace, aún medio dormida y medio despierta, caminó junto a la niña. Juntas caminaron hacia la ventana abierta, como en trance.

La niña también iba vestida con un camisón de lino blanco con un lazo rojo. «Agárrate fuerte», dijo mientras colocaba una suave manta en los brazos de Grace.

Grace acunó la manta instintivamente y cerró los brazos en torno a ella.

Sus camisones soplaban y susurraban mientras se dirigían hacia la ventana.

A la luz de la luna, Grace reconoció a la niña que se le había aparecido dos veces antes. Una vez en medio de la carretera, y la segunda vez cuando Grace estaba varada en un árbol gigante. Se estremeció cuando el camisón de la niña brilló a la luz de la luna.

La niña se encaramó al alféizar de la ventana, sin dejar de sujetar la mano de Gracia con la suya. Tiró, pero los pies de Grace no se movían.

«¿Adónde vamos?» preguntó Grace.

«Al corazón del mundo», explicó la pequeña.

Grace apretó la manta contra su pecho y se miró los pies. Intentó apartar de su mente lo que había ocurrido la última vez, cuando la habían sacado por la ventana hacia la noche.

La pequeña siguió observando a Gracia con impaciencia. «Yo soy la cuerda», dijo. «Debes venir conmigo ahora. Están esperando».

«¿Quién, quién está esperando?» inquirió Gracia.

«Ya lo verás», dijo la pequeña. «Ven.»

Con una mano, Grace sujetaba la manta y con la otra, retorcía el lazo rojo alrededor y alrededor y alrededor. No quería sentarse en el alféizar de la ventana. No quería salir a la noche. Esta vez no tenía que ir. No quería ir.

«Date prisa Grace. Llevan una eternidad esperándote», le explicó la niña.

Grace retrocedió.

Cuando Grace no quiso unirse a ella, la niña bajó del alféizar. Cogió de nuevo la mano de Grace. La cogió con fuerza de la mano y la llevó hasta la ventana. Durante unos segundos, sus pies se levantaron del suelo y pronto estuvieron sentadas una al lado de la otra en el alféizar.

Juntas, se sentaron y miraron el rostro de la luna.

«Respira hondo», dijo la niña, y luego contó suavemente: "¡5, 4, 3, 2, 1!". Y juntos cayeron hacia delante en la noche cimeriana.

CAPÍTULO 41

Después de caer durante muchos minutos, que parecieron horas, aterrizaron sobre el lomo de una bestia que los esperaba.

Esta bestia no era la misma que había transportado a Gracia hacía algún tiempo y la había depositado en lo alto de un árbol.

Esta bestia no era peluda ni emplumada. En su lugar, tenía alas de metal, que reflejaban la luz de la luna y de las estrellas mientras surcaba en picado el cielo ennegrecido.

Grace tenía tantas preguntas que hacer, pero el viento aullaba y la bestia soltaba un rugido atronador de vez en cuando. Gracia se aferró a la manta, deseando que fuera Vincente a quien se aferraba.

La niña se echó el pelo oscuro hacia atrás y levantó la cara hacia la luna. Cerró los ojos y empezó a tararear una relajante canción de cuna. Grace reconoció la melodía; era su canción, la de ella y la de Vincente. Grace cerró los ojos y se sumió en un profundo sueño.

CAPÍTULO 42

Volaron durante un tiempo excepcionalmente largo, hasta que la Madre Sol empezó a dar luz a un nuevo día.

Ésa fue la señal para iniciar el descenso. Gracia y la niña se aferraron con fuerza a la bestia metálica mientras la luz del sol se reflejaba en su cuerpo haciendo que salieran rayos en todas direcciones. El cielo se iluminó con fuegos artificiales diurnos mientras caían entre las nubes.

Entonces las nubes empezaron a separarse, mientras descendían hacia el corazón de la Tierra.

A lo lejos, Gracia pudo ver una gigantesca piedra roja, que ardía a la luz del sol. Estaba rodeada de arena.

Sin embargo, cuando abrió y cerró los ojos varias veces, el océano empezaba y terminaba en los bordes de la roca. Las olas chocaban y rodaban, pero nunca rompían más allá del borde del monolito. Era como si el océano empezara y terminara aquí, en la roca.

Acercándose más, Grace pudo distinguir un patrón de círculos concéntricos. Desde el aire, lo que veía debajo parecía una diana gigante.

Ahora, reconociendo el patrón, Grace era capaz de dividir la distancia entre los anillos subsiguientes y distinguir una región de otra.□

En el exterior, la arena roja, que se elevaba esporádicamente como la tierra, inhalaba y exhalaba. El círculo siguiente, como hemos explicado, era el océano, que empezaba y terminaba cuando las olas besaban la roca roja sin desbordarse. La roca roja formaba un anillo, y de él crecía un círculo de árboles.□

Los árboles extendían sus ramas, unos hacia otros, pero un árbol sobresalía por encima de todos los demás: un olivo. Llegaba hasta las nubes, muy por encima del pájaro de metal sobre el que cabalgaba Gracia. Junto al olivo había arces de tamaño normal, palmeras y eucaliptos, por nombrar sólo algunos. Esta sección empezaba y terminaba con árboles y luego volvía a verse un círculo divisorio de arena roja.□

Dentro de los árboles, había otra sección de flores. Estaba formada por girasoles y cascabeles dorados y tulipanes y rosas y muchas, muchas más.□

Luego más arena roja, seguida de animales muy altos como dinosaurios, jirafas, elefantes y osos.□

Donde terminaba esa sección, empezaba otra. Arena roja, luego otros círculos de criaturas acuáticas como ballenas y tiburones y medusas. El agua corría por encima y alrededor de ellas sin tocar ninguna de las otras secciones, ya que estaban protegidas y contenidas.□

En un círculo, estaban todos los animales voladores y planeadores. Había cuervos, zorros, mariposas y cacatúas. Subían y bajaban casi como si un titiritero imaginario los sujetara. La bestia, a cuyo lomo habían viajado Gracia y la niña, ocuparía su lugar dentro de este círculo.□

A continuación, tras otro círculo de arena, venía una sección de reptiles, marsupiales, y seguían otras numerosas secciones de animales, de modo que cada filo y especie estaba representado en especie.□

Había demasiadas secciones para que Gracia pudiera contarlas todas. Los sonidos procedentes de ellas se elevaban desde la Tierra, casi como si hablaran con una sola voz.□

Ahora, a medida que se acercaban más y más, Gracia podía ver también círculos de personas.□

Hombres y mujeres, jóvenes y viejos, estaban divididos en secciones. Procedían de todo el mundo y representaban a todas las culturas aborígenes e indígenas. Algunos vestían atuendos tradicionales. Algunos llevaban lanzas. Otros llevaban bumeranes. Otros iban adornados con pieles y plumas, y unos pocos llevaban la cara pintada. Otros hacían música con palos de lluvia y tambores.□

A medida que se acercaban, todos los habitantes del círculo sentían intrínsecamente la presencia de Gracia. En sincronía, cada segmento empezó a balancearse. La arena roja subía y bajaba dentro de los límites de su círculo.□

Cada vez volaban más cerca y, por un momento, creyó ver a Vincente. Era cierto. Estaba de pie en un círculo con otros chicos de su misma edad. Todos eran rubios y vestían una túnica larga hasta el suelo, como la que llevaría un monje.□

Los ojos de Vincente se cruzaron con los de Grace. Agitó su hombre aborigen tallado en el aire para reconocer su presencia.□

A la luz del sol, Grace se dio cuenta de que volvía a llevar en el dedo el anillo heredado de su familia. Juntos, los chicos levantaron los brazos en dirección a ella. Grace quedó cegada momentáneamente cuando la luz del sol les dio a cada uno de los anillos a la vez. Todos llevaban exactamente el mismo anillo que Vincente.□

Parpadeando de nuevo a la realidad, Grace vio que cada uno de los chicos se quitaba el anillo y lo colocaba frente a sí en un pequeño cuadrado de tela.□

Dentro de la sección de chicos había un círculo de chicas. De nuevo, había miles, una chica por cada uno de los chicos. Todas las chicas iban vestidas con camisones de lino blanco con lazos rojos alrededor de los cuellos. Cada chica llevaba una manta en los brazos.□

Cuando estaban a punto de aterrizar, Gracia vio cómo los lazos rojos subían y bajaban con la brisa, luego se calmaban y volvían a subir y bajar.□

Los ojos de Vincente se clavaron en los de Gracia. Ella estuvo a punto de saltar del lomo de la bestia, pero Vincente apartó la mirada casi como si estuviera muerta para él. Sus pies tocaron la arena. Habría corrido hacia él, si la niña no lo hubiera impedido agarrándola de la mano.□

Gracia se unió al círculo donde las niñas esperaban en silencio. Gracia tenía muchas, muchas preguntas que quería hacer, para las que necesitaba respuestas. La niña se llevó el dedo a los labios y dijo: «Shhhh».□

La corbata roja de Grace ahora subía y bajaba al compás de las otras chicas mientras la cálida brisa las acariciaba. Aunque estaba abrigada, Grace temblaba.□

«Pon la manta en el suelo delante de ti», exigió la niña.□

Las demás niñas del círculo siguieron el ejemplo de Grace.□

De nuevo, Grace intentó hacer una pregunta, pero, como antes, la niña sólo dijo: «Shhh».

CAPÍTULO 43

AHORA SE HABÍAN AÑADIDO cuatro nuevas secciones. Un círculo de arena roja, seguido de un círculo de tela con un aro encima delante de los chicos. A continuación, otro círculo de arena y un círculo de mantas delante de las chicas.

Fue entonces cuando empezaron los cánticos. Comenzó en el exterior y fue pasando de una sección a otra. Cada segmento emitía un sonido, que juntos formaban una canción. Juntos cabalgaron sobre las alas de la melodía mientras el sol se abría paso cada vez más alto en el día recién nacido.

Tan rápido como había empezado, el canto se detuvo.

Por un momento hubo un silencio absoluto. Luego, todos juntos rugieron con una sola voz, una sola canción.

Era un sonido hermoso, calmante y tranquilizador, en absoluto lo que uno podría imaginarse, pero era tan fuerte que Gracia se tapó los oídos.

La niña vio el miedo de Gracia y le susurró al oído: «La Tierra ha soportado el dolor durante mucho, mucho tiempo. Ahora la

Tierra está liberando el dolor. Su supervivencia depende de ello. No tengas miedo. Estás siendo testigo de la curación».

Grace bajó las manos y cerró los ojos y, cuando ya no tuvo miedo, pudo sentirlo y apreciarlo todo.

La Madre Sol derramó sus rayos en los corazones de todos los presentes. Parecía estar extrayendo latidos del corazón, sincronizándolos. Haciéndolos reverberar en el latido único del universo.

«Dilo ahora», dijo la niña. «Grace, di las palabras».

Grace se encogió de hombros, confundida. No tenía ni idea de lo que la niña quería de ella.

«Dilo ahora. Di las palabras, las palabras. Las palabras que te han enseñado. Eres la última. Debes decirlas ahora. Todos estamos esperando».

La mente de Gracia regresó a la canción que la niña le había cantado hacía algún tiempo. No estaba segura de poder recordar la letra. Sin embargo, de algún modo, supo instintivamente que sí las recordaba.

Todos estaban callados. Todos esperaban.

Grace respiró hondo, pero no pudo emitir ni un solo sonido.

«Habla con el corazón», dijo la niña. «Y las palabras fluirán».

Grace calmó la respiración y cerró los ojos. Las palabras brotaron de su boca al aire libre como un regalo:

"Yo soy la mujer-cajón,
soy el grito;
Soy la voz secreta,
soy el suspiro;

Soy lo que se oye

Bajo en el crepúsculo;

Los pájaros por una nota responden,

Las flores en almizcle;

Yo soy esa planta dolorosa,

Pronunciada donde llama

Un pájaro solitario

Cascadas tenues;

Soy la mujer dibujante,

No pases de mí;

Soy la voz secreta,

Escucha mi grito;

Soy el poder que la noche

Pierde en el exterior;

Soy la raíz de la vida;

Yo soy el acorde». *

Las chicas de la sección empezaron a cantar. Una canción para una, una canción para todas. Luego unieron sus manos y se balancearon al calor de la Madre Sol.□

La niña sonrió a Gracia y volvió a transformarse en cuervo. Voló hacia la sección, donde la recibió el sonido del batir de sus alas.□

Mientras cantaban, hombres y mujeres empezaron a reunirse fuera del círculo. Iban vestidos con trajes tradicionales y habían llegado a la roca roja desde muchas, muchas tierras lejanas. Se colocaron en parejas y se cogieron de la mano. Pronto se separaron las manos y los hombres se colocaron en la fila que conducía al círculo de los hombres y las chicas en la fila que conducía al círculo de las chicas.☐

Un chico aborigen se colocó delante del primer chico rubio, y se abrazaron. Entonces el chico rubio cogió su anillo y el cuadrado de tela y lo colocó en la mano abierta del chico aborigen. El chico aborigen se colocó el anillo en el dedo. Volvieron a abrazarse y el chico aborigen esperó.☐

La pareja del chico se puso delante de la primera chica, que llevaba un vestido de lino blanco. Las dos chicas se abrazaron como habían hecho los chicos. La chica le dio a la chica aborigen el lazo rojo de su vestido. Volvieron a abrazarse y entonces ella se agachó, cogió la manta y ella y su pareja caminaron en dirección al sol. Cuando la pareja caminó hacia la luz, desapareció.☐

Este mismo incidente se repitió durante muchas, muchas horas. Juntos, los hombres y las mujeres salvaron la brecha del tiempo. Hubo muchos llantos y abrazos. Pronto, sólo quedaron Vincente y Grace y una pareja que estaba fuera del círculo.☐

El último aborigen entró en la sección, y él y Vincente hicieron el intercambio.☐

Y entonces el fardo a los pies de Grace empezó a llorar.☐

No era sólo una manta. No era un bulto vacío. Era un niño. El hijo de Grace y Vincente.☐

Grace se inclinó hacia delante para acariciar la manta, pero la mujer aborigen ya estaba allí y la ceremonia ya había empezado.☐

El bebé siguió berreando a los pies de Grace.☐

Ésta miró la mano de la mujer y vio que temblaba.☐

La mujer abrazó a Grace.☐

Grace miró por encima del hombro para confirmar que la pareja de la mujer llevaba ahora el anillo de Vincente. Lo llevaba, lo que significaba que Vincente había dado su permiso.□

Una lágrima desafiante rodó por la mejilla de Gracia.□

Lo siguiente en la ceremonia fue el regalo de la corbata roja. Si Grace se negaba a entregarlo, el trato no se haría. Quería ver a su bebé, consolar a su bebé.□

La mujer abrazó a Grace una vez más.□

Y entonces ocurrió.

CAPÍTULO 44

Las olas que rodeaban el monolito rojo se elevaron, cada vez más alto, hasta que se enroscaron alrededor de la roca roja y formaron una nueva sección de pantallas de cine ginormous-max circulares.□

Una vez completado el nuevo círculo de pantallas, el suelo bajo los pies de Grace empezó a temblar y a estremecerse, mientras se rompía. La plataforma elevó a Grace y a su hijo cada vez más alto.□

Delante de ella, la historia de los pueblos aborígenes e indígenas del mundo empezó a pasar por las pantallas. Fue testigo de cómo se llevaban, robaban y entregaban bebés a desconocidos y de cómo los padres lloraban repetidamente durante días, años y siglos.□

Y con cada niño que se llevaban, el olivo se retorcía y hacía una herida en el cuerpo de Grace. Al principio, gritó por el pinchazo, pero cuando miró a los ojos heridos de aquellos bebés a los que arrancaban de sus familias, abrió los brazos y acogió el dolor como parte de su ser. Ahora reconocía que el olivo era la constante. La conexión entre aquí y allí, entre ellos y nosotros, entre mundos.□

Cuando hubo aceptado el dolor en su cuerpo, miró en dirección a Vincente. Había intentado correr hacia ella, pero sus pies no se lo permitían. Era como si los hubieran hormigonado en el suelo.□

Se arremolinó, con la sangre goteando de sus heridas abiertas, e invocó a la Madre Tierra, que bajó los biombos y devolvió a Gracia al suelo llano, donde la esperaba la aborigen.□

En cuanto volvió a pisar tierra firme, Grace no dudó en abrazar a la aborigen, susurrarle una disculpa al oído y entregarle la cinta roja de atar.□

La mujer aborigen cogió al que ahora era su propio bebé. Saludó con la mano y no miró atrás mientras consolaba a su hijo, y avanzaron en dirección a los cálidos rayos del sol.□

Al principio se reanudaron los llantos del bebé, pero pronto se sintió reconfortado, y el aire estaba en calma, muy quieto y notablemente tranquilo.□

Y entonces se produjo un pandemónium de ruido, cuando todos los árboles y animales bramaron sincronizadamente.□

Un cuervo bajó volando hasta donde estaban los dos últimos, Gracia y Vicente. Volvió a convertirse en la niña y tendió la mano a Vincente y luego a Grace.□

Restablecido el equilibrio para la Madre Tierra, el trío caminó hacia la luz del sol.□

«Una cosa más», susurró la niña y luego les soltó las manos.

CAPÍTULO 45

L A TIERRA EMPEZÓ A temblar y a convulsionarse bajo sus pies.□

Gracia y Vincente se aferraron el uno al otro mientras las fuerzas los empujaban juntos y separados, juntos y separados.□

Se cogieron de la mano mientras se elevaban del suelo.□

Giraron y giraron en un túnel negro, casi como si estuvieran dentro de un paraguas negro giratorio.□

Se abrazaron. Se besaron.□

Sonó una llamada unificada.□

En un abrir y cerrar de ojos, la Madre Tierra devolvió todo y a todos a donde debían estar.□

Y una vez más, el monolito rojo se quedó solo.

EPÍLOGO

UN JOVEN SE SENTABA a horcajadas sobre su tabla de surf en Manly Quay.□

Esperaba la gran ola.□

A lo lejos, vio algo que parpadeaba y se balanceaba.□

Se acercó remando. Era una cámara.□

Se puso la correa alrededor del cuello y, cuando por fin llegó la gran ola, cabalgó sobre el oleaje hasta la orilla.□

Más tarde, recorrió la playa de arriba abajo durante un buen rato, preguntando si alguien había perdido una cámara. Nadie la reclamó.□

Curioso, la llevó a la tienda de fotografía local. La película que contenía no estaba dañada ni mojada. Pidió que se la revelaran.□

Unas horas más tarde, cuando la película estaba lista, el surfista volvió a la tienda de cámaras. La joven que estaba detrás del mostrador se disculpó porque sólo había una fotografía en el carrete.□

Abrió el sobre.□

Un joven de pelo rubio, con una chaqueta de esmoquin negra, sin camisa y unos vaqueros negros, estaba cogido del brazo de una mujer de pelo castaño rojizo, con una tiara y un vestido de novia de encaje. Parecían muy felices. Detrás de ellos, las luces de hadas, la luna y el océano habían proporcionado el telón de fondo perfecto para su boda.□

Al no reconocer a ninguno de los dos, tiró la foto y la cámara a la papelera.□

Tres cuervos gritaron a lo lejos.

CITA

Como era

Y como siempre será...

Los niños pagan el precio,

Por la historia.

GRACIAS

***DAME MARY GILMORE (1865-1962)**

El poema de Dame Mary Gilmore titulado «La canción de la mujer-cajón».

se incluye en este libro por cortesía de la editorial ETT Imprint, Sydney, Australia.

Para saber más sobre la obra de Mary, sigue las rutas indicadas a continuación, que estaban activas en el momento de la publicación:

http://lib.unsw.adfa.edu.au/speccoll/finding_aids/gilmore□

http://adb.anu.edu.au/biography/gilmore-dame-mary□
-jean-6391

http://banknotes.rba.gov.au/australias-banknotes/□
gente-en-los-billetes/dame-mary-gilmore/

http://www.civicsandcitizenship.edu.au/cce/gilmore,9133.html□

http://www.portrait.gov.au/portraitofanation/□
gilmore-biografia.html□

http://trove.nla.gov.au/people/463377?c□
=personas

SUGERENCIAS DE LECTURAS

Todos los enlaces estaban activos en el momento de la publicación:

GADIGAL DE LA NACIÓN EORA Y LOS INDÍGENAS AUSTRALIANOS

http://www.sydneybarani.com.au/sites/aboriginal-people-and-place/

http://www.australia.gov.au/about-australia/australian-story/austn-indigenous-cultural-heritage

http://lib.unsw.adfa.edu.au/speccoll/finding_aids/gilmore_mary.html

BIOGRAFÍAS DE MUJERES MATEMÁTICAS

http://www.ams.org/women-mathematicians

http://womenshistory.about.com/od/
sciencemath1/ss/
Women-in-Mathematics-History.htm

MUJERES CIENTÍFICAS:

http://womenshistory.about.com/od/airspacesciencemath
/tp/Famous-Women-Scientists.htm

http://www.smithsonianmag.com/science-nature
/ten-historic-
female-scientists-you-should-know-84028788/?no-ist

LEONARDO FIBONACCI (1175-1250)

https://www.mathsisfun.com/numbers
/fibonacci-sequence.html

http://www2.stetson.edu/~efriedma/
periodictable/html/F.html

ALBERT EINSTEIN (1879-1955)

http://www.nobelprize.org/nobel_prizes/
physics/laureates/1921/einstein-bio.html

DEL AUTOR

Queridos lectores,

Viví en Sydney, Australia, durante más de quince años con mi hijo y mi marido, y descubrí las obras de Mary Gilmore. El poema incluido en esta novela me inspiró mucho y quería que otros también lo descubrieran. Y que, como yo, quisieran saber más sobre la vida y los logros de Mary.☐

Cuando se me presentaron por primera vez los personajes de Grace y Vincente, no estaba segura de estar preparada para la tarea que se me había encomendado. Ella era una protegida de las matemáticas y él un jugador de críquet, de ninguno de los cuales yo tenía grandes conocimientos. Me costó mucho rumiar, investigar, construir... antes de sentarme a escribir el primer borrador.☐

Por fin estaba trabajando afanosamente en el primer borrador, cuando asistí a un Retiro de Escritores con la Sociedad de Escritoras NSW Inc. y, durante uno de los ejercicios de su seminario, me abrí y me di permiso para escribirlo. La historia fluyó de forma natural tras esa revelación. Espero que disfrutes leyéndola, tanto como yo disfruté escribiéndola.☐

Estos días estoy de vuelta en casa, en Ontario, Canadá, con mi marido, mi hijo, mi gato y mi perro (nuestra querida gata Layla falleció hace poco. Nació en Australia y voló hasta Canadá con nosotros. La echamos mucho de menos).□

Gracias por elegir mi libro para leer.□

Y, como siempre, ¡FELIZ LECTURA!

Cathy

TAMBIÉN POR:

FICCIÓN JUVENIL

E-Z DICKENS SUPERHÉROE LIBROS UNO A CUATRO

DISPONIBLES EN ESPAÑOL

+ LIBROS INFANTILES